위로보다 월급이 소중한
직장 생활 ❶

위로보다
월급이 소중한
직장 생활 ❶

ⓒ INJI, 2023

초판 1쇄 발행 2023년 10월 10일

지은이   INJI
펴낸이   이기봉
편집   좋은땅 편집팀
펴낸곳   도서출판 좋은땅
주소   서울특별시 마포구 양화로12길 26 지월드빌딩 (서교동 395-7)
전화   02)374-8616~7
팩스   02)374-8614
이메일   gworldbook@naver.com
홈페이지   www.g-world.co.kr

ISBN   979-11-388-2360-9 (04810)
ISBN   979-11-388-2359-3 (세트)

직장 생활은 정답이 없다

INJI 지음

위로보다
월급이 소중한
직장 생활 ①

EXIT

나와 같은 수많은 미생들에게 진짜 도움이 되는 이야기

당신의 직장 생활이 지옥 같고 힘든 이유는 스스로 회사를 그만두지 못하기 때문이며
그 이유 또한 돈 때문임을 부인할 수 없다는 것이다

좋은땅

1. 글을 쓰기 시작한 이유

"혹시 독서를 좋아하니?"
"아니요. 독서를 좋아하는 사람은 거의 없지 않나요?"

다행히 직장 생활을 하면서 매년 30권 이상의 책을 읽었고, 어느 해에는 50권을 넘게 읽은 적도 있었다. 솔직히 자기 계발이나 무엇인가를 배우기 위해서라기보다는 책 읽는 것 자체를 특별히 싫어하지는 않았다. 그렇게 읽다 보니 나름 습관이 되어 독서를 계속하게 되었다. 인문학이나 자기 계발서, 만화책 등을 가리지 않고 읽었다. 그러다가 문득 이런 생각을 하게 되었다.

'왜 책은 꼭 성공한 사람들만 쓰는가?', '시간이나 금전적 여유가 생겨서 쓰는 것인가?' 솔직히 책을 쓴 사람들은 어느 정도 성공했고 사회적으로 인정받는 사람들이 대부분이다. 하지만 그들이 쓴 책을 읽는 사람들은 아직 성공이나 사회적 지위를 가지고 있지 않은 사람들로 무엇인가 배우고 느끼며 성공하기 위해 읽는다. 나는 이러한 근본적인 입장과 시각 차이가 자기 계발서를 읽는 사람들에게 많은 스트레스를 주고 있다는 것을 느꼈다. 이는 마치 완생이 미생에게 훈수하는 느낌이었다. 어쩌면 이런 이유 때문에 자기 계발서 인기가 없는지도 모르겠다.

만약 자기 계발서가 진짜 자신의 이야기라면, 가장 힘들고 고통스러웠을 때, 그때 자신이 느끼고 행동한 것에 대한 그 당시 솔직한 기록이어야 공감이 된다. 하지만 현재 성공한 위치에서 생각하면, 과거는 아름답게 보이고 과대 포장된 것이 아닌지 의심스러웠고 내용도 그다지 공감되지 않았다. 예를 들면 우리는 모두 군대 시절이 힘들고 싫었지만, 제대하고 나면 그 시절에 배운 것과 행복했던 일도 많다고 이야기하지 않는가? 그렇다면 도대체 왜 포장해서 이야기를 하는가? 혹시 군대 다녀온 것이 억울해서인가? 나도 고생했으니 너희들도 반드시 가야 한다는 어처구니없는 복수심인가?

또한 '지금의 고통이 당신의 앞날에 초석이 될 것이고 미래의 디딤돌이 될 것'이라는 말들로 인해, 우리는 계속 마음에 상처를 입는다. 그렇다면 당신이 힘든 상황이었을 때, 진짜로 이 어려움과 역경이 앞날에 초석이 될 것이고 미래의 디딤돌이 될 것이라고 생각하고 행동했는가? 솔직히 아니지 않은가? 당신이 진짜 힘든 상황이었을 때, 그 상황은 그냥 죽고 싶은 어려움이었고, 당장이라도 그만두고 싶었고, 세상이 원망스럽지 않았는가? 그럼에도 조금 더 노력하고 다행히 좋은 운과 사람들을 통해 지금의 자리에 와 있는 것 아닌가?

혹시 그래서인가? 개인적으로 정확히 기억나지는 않지만, 직장 생활을 하면서 느낀 나만의 솔직한 이야기를 쓰고 싶었다. 그리고 나는 나 자신에 대해 몇 가지 장점을 이해하고 있었다. 학창 시절 오랫동안 과외를 하면서, 지식이 많지는 않지만 알고 있는 것을 이해하기 쉽게 전달할 줄 아는 능력이 있다는 것을 깨달았다. 회사에서도 운 좋게 기회가 주어져 많은 강의 경험을 하게 되었고 평가 결과도 양호했다. 게다가 강의 준비를 하는 과정에서 내용을 더 잘 이해하게 되었고, 강의하는 자체에서 많은 행복감을 느꼈다. 또한 나름 끈기가 있다. 보통 산에 오를 때 다른 사람들은 쉽게 오르지만 나는 금방 지치고 퍼진다. 체력이 부족하기 때문이다. 하지만 올라가다 쉬는 한이 있어도 포기하지 않고 끝까지 올라간다. 나는 지금까지 한 번도 해 보지 않았던 글을 쓰고 책을 내기 위해 회사를 그만두고 2년 가까이 준비했다. 이 과정 또한 열정보다는 끈기가 중요했다. 옆에서 한심하게 지켜보던 와이프는 "솔직히 내용은 잘 모르겠지만 참 지독하게 끝까지 하네!"라고 비난스러운 칭찬을 했다.

나는 지금도 여전히 미생이며 미래가 어떻게 될지 모르는 상황에서, 나 자신만의 솔직한 생각과 실제 경험을 정리하고 현재 나와 같은 수많은 미생들에게 진짜 도움이 되는 이야기를 해야겠다고 결심했다. 그래서 직장 생활 동안의 경험과 느낀 점들을 그때그때마다 메모하고 생각들을 기록했다. 이 책의 내용은 그 동안의 솔직한 기록들을 바탕으로 했다. 그리고 이 책의 독자는 오늘도 출근하기 싫고 직장 생활이 매일 지옥같이 느껴지지만 월급 때문에 어쩔 수 없이 출근해야 하는 이 시대의 슬픈 직장인들이다.

이 책의 진심이 솔직하게 전달되기를 희망하며 한 글자씩 최선을 다했다.

2. 위로보다 월급이 소중한 직장 생활

나에게 21년간의 직장 생활은 행복보다는 고통과 불행이 훨씬 많았다. 솔직히 좋은 기억보다는 고통스럽고 안 좋은 사람들에 대한 기억으로 가득하다. 좋은 기억만 가지고 회사를 나오려고 노력했지만, 나쁜 기억이 훨씬 많다. 누구나 그렇지 않을까? 또한 칭찬받은 기억은 있지만 질책이 훨씬 많았고, 좋은 사람들은 많았지만 적이 더 많았으며, 웃음보다는 슬픔과 고통이 더 많았다. 물론 한때는 인정받는 직장인이었던 적도 있었다. 그때의 나는 누구보다 열심히 직장 생활을 했다고 자부한다. 회사를 미친 듯이 사랑한 적도 있으며, 그만큼 배신의 상처도 깊다. 하지만 내가 선택한 회사였고 그래서 후회는 없다.

개인적으로 직장 생활을 정산해 보니, 간신히 모은 약간의 돈과 몇 명의 좋은 사람들이 직장 생활에서 남은 전부다. 그럼에도 한편으로는 회사에 감사한다. 아무것도 가진 것이 없었던 놈에게 이 정도까지 여건을 만들어 줬으니 말이다. 게다가 좋은 사람도 많이 만났다. 물론 그만큼 나쁜 사람도 많이 만났다. 만약 직장 생활이 사업이라면, 나는 사업에 실패했다고 생각한다. 그리고 실패의 이유도 잘 안다. 나는 다양성에 대한 이해와 겸손이 부족했다. 누구보다 건방졌으며 타인에 대한 이해나 배려도 부족했다. 항상 능력보다 과대평가를 받고 싶었고 이기적이었다.

다행히 시간은 흘렀고 경험은 남았다. 그리고 직장 생활 동안 경험하며 느끼고 기록해 왔던 솔직한 생각들을 이 책에 담았다. 나는 이 땅의 힘들어하는 모든 직장인들에게 확실하게 말해 주고 싶다. "직장 생활은 정답이 없으며, 직장 생활의 가장 큰 이유는 월급, 돈 때문이라는 사실을 인정해야 한다."고 말이다. 당신의 직장 생활이 지옥 같고 힘든 이유는 스스로 회사를 그만두지 못하기 때문이며, 그 이유 또한 돈 때문임을 부인할 수 없다는 것이다. 위로보다 월급이 소중한 직장 생활.

3. 독자님께 부탁드립니다

이 책은 정답이 없는 직장 생활에 대한 개인적인 생각과 경험에 관한 솔직한 이야기입니다. 직장 생활은 정답은 없으며 독자님에게 맞는 정답은 독자님만이 결정할 수 있습니다. 어느 누구도 독자님을 대신해 정답을 내릴 수는 없습니다. 당연히 이 책의 내용도 정답이 될 수는 없습니다.

[부탁 1]

책의 내용이 남성 중심적이거나 대기업 경험이 독자님의 상황과 다를 수 있습니다. 또한 내용에 대해 공감하지 못하거나 틀리다고 생각할 수도 있습니다. 저는 당연히 독자님의 의견이 정답이라고 생각합니다. 다만 '이런 경험과 생각을 가진 사람도 있구나.'라고 생각하면서 너그럽게 이해해 주시길 부탁드립니다.

[부탁 2]

책의 내용이 다소 강압적이고 다양성이 부족하며 지시적으로 느껴질 수도 있습니다. 하지만 사람마다 말투나 표현 방식이 다르듯이, 저에게 맞는 쉽고 편안한 스타일로 글을 썼습니다. 불편하시더라도 너그럽게 이해해 주시길 부탁드립니다.

목차

Part 1   Lifestyle

Lifestyle

1. 걱정과 불안

• 걱정을 해서 걱정이 없어지면 걱정이 없겠네

우리는 언제쯤 걱정과 불안에서 자유로워질 수 있을까? 어릴 때는 성적이나 시험, 대학이나 취업에 대해 걱정이나 불안해하고, 나이가 들어감에 따라 건강, 금전, 사람 관계, 무엇이라도 해야 한다는 강박 등 수많은 걱정과 불안을 가지고 살아간다. '인생사 새옹지마'라고 하지만, 좋은 날이 언제 올지도 모르고 막연히 걱정과 불안을 견뎌야 한다. 그래서 삶이 더 고통스러운지도 모른다. 과연 세상에 걱정과 불안이 없는 사람이 존재하기는 할까?

모든 직장인은 나이와 직급에 상관없이 미래에 대한 걱정과 불안을 느끼며 살아간다. 걱정과 불안은 불확실한 미래를 두려워하는 인간의 숙명이며, 사람은 누구나 과거를 후회하면서도 밝은 미래를 희망하고 현재의 걱정과 불안을 느끼며 사는 것이 당연한지도 모른다. 또한 걱정과 불안 외에도 자기만의 고민을 가지고 살아간다. 워라밸이나 행복이 중요하다는 희망과는 다르게 하루하루가 지옥 같고 힘들어하는 직장인이 더 많은 것도 현실이다. 그래서 〈라이온 킹〉의 '하쿠나 마타타'라는 말이 가슴에 더 와닿는지도 모르겠다.

 "걱정을 해서 걱정이 없어지면 걱정이 없겠네."라는 말처럼, 걱정과 불안은 문제 해결을 통해 사라지기도 하지만, 시간이 지나면서 자연스럽게 해결되는 경우가 더 많다. 지나친 걱정과 불안은 습관적 사고에 불과하며, 미래에 대한 불안함과 두려움을 피하고자 하는 자기방어 본능에서 나오는 것이다. 엄밀히 말하면, 걱정과 불안은 미래가 가지고 있는 불확실성보다는 미래 자체를 통제하지 못할 것에 대한 두려움 때문에 생긴다. 즉, 걱정은 미래를 통제하고 싶은 욕심에서 생긴다.

 직장 생활에 대한 걱정과 불안이 많으면, 동료와의 관계나 평판이 나빠지기 쉽다. 어느 누가 걱정과 불안이 가득한 사람과 함께 일하고 싶어 하겠는가? 대안은 없이 막연하게 걱정만 하는 모습에 대해 스스로를 탓하지 않고 책임을 피하려고 하거나 프리라이딩을 하려는 직장인, 많이는 배웠지만 쓸모없는 지식만 가득하고 실행력이 부족한 직장인도 많다. "어리석은 사람은 과거를 후회하고 미래를 걱정한다. 하지만 현명한 사람은 과거를 반성하고 현재에 집중하며 미래를 준비한다."라는 말처럼, 우리는 걱정만 하기보다는 현재의 상황과 실행에 집중하고, 막연한 불안함을 느끼기보다는 미래에 대한 통제력과 희망을 가질 수 있도록 의식적으로 노력해야 한다. 즉, 내일을 걱정하기보다는 지금 이 순간에 충실하고 집중해야 한다.

또한 걱정 중에 90%는 쓸데없는 걱정이며 실제로 일어나지 않는다. 하지만 나의 걱정과 불안은 전혀 그렇게 생각되지 않는다. 그래서 걱정과 불안을 줄이고 싶다면, 객관적이고 사실 중심적인 사고가 필요하다. 그냥 생각이 흘러가는 대로 걱정하고 불안해할 것이 아니라, 지금 자신이 처해 있는 상황을 정확히 이해해야 한다. 메모나 글로 기록하면 자신의 걱정과 불안의 실체를 정확히 알 수 있다. 그리고 할 수 있는 것에 최선을 다하고, 통제할 수 없는 것에 대해서는 한 걸음 물러나서 관조적으로 생각하고 받아들여야 한다. 만약 걱정만 해서 문제 해결이 가능하다면 죽도록 걱정해도 상관없다. 하지만 걱정은 소중한 시간만 낭비하는 것이다. 개인적으로 마음이 불편하고 걱정과 불안이 심해지면, 절에 가서 기도를 드리거나 나 자신과 솔직한 대화를 하려고 한다. 산책이나 운동, 게임이나 독서, 영화나 음악 등 즐겁고 좋아하는 것에 집중함으로써 걱정과 불안을 잊기 위해 노력한다. 게다가 걱정을 줄일 수 있는 마법 같은 문구로 '이 또한 지나가겠지?', '모든 게 잘될 거야. 나는 원래 되는 놈이니까.', '어쩔 수 없으니 그냥 내버려 두자.' 같은 말들을 몇 번씩 반복하면 걱정과 불안도 줄어들고 마음도 차분해진다.

사실 우리가 가장 경계해야 할 점은 걱정만 하면서 행동해야 하는 타이밍을 놓치는 경우다. 사람들은 "지금의 걱정은 어차피 시간이 지나면 저절로 해결되는 경우가 많으니 너무 크게 신경 쓰지 마라."라고 말한다. 하지만 이런 기대와 생각이 습관이 되어, 평상시 아무것도 하지 않고 막

위로보다 월급이 소중한 직장 생활 1

연히 걱정만 반복하는 사람들도 의외로 많다. 실제로 시간이 해결해 주는 반복적인 경험을 통해 모든 문제를 이러한 방식으로 접근한다. 하지만 진짜 실행이 필요한 상황에서 실행하지 못해 큰 사고나 나쁜 결과가 생기는 경우도 많다. "이 또한 지나가리라."라는 말은 지금 상황에 대해 걱정만 하지 말고 할 수 있는 부분은 최선을 다해야 하는 것을 의미한다. 그리고 모든 것은 절대로 그냥 지나가지 않는다. 나중에 지나서 보니 그렇게 느끼는 것에 불과하다. 우리는 이 사실을 오해하면 안 된다.

그렇다면 세상에서 당신을 가장 사랑하고 걱정하는 사람은 누구일까? 부모님이나 형제 등 가까운 가족이 아니다. 모든 사람은 자기 자신을 가장 걱정하고 사랑한다. 회사를 퇴직할 때도 당신보다 당신에 대해 더 걱정하는 상사나 동료들은 존재하지 않는다. 당신의 건강을 당신보다 더 걱정해 주는 사람도 없으며, 어느 누구도 당신보다 당신을 더 배려하거나 걱정하지 않는다. 개인적으로 회사를 퇴직하는 후배들에게 항상 해 주었던 이야기가 있다. "그동안 수고했어. 나는 너의 생각을 절대적으로 지지하고 응원해. 앞으로도 모든 일은 잘될 거고 넌 충분히 잘할 수 있을 거야. 난 너를 믿으니까."라는 격려와 위로의 말이다. 퇴직하는 후배의 결정을 존중하고 응원해 주는 것이 선배로서 할 수 있는 최선이라고 생각했다. 사실 그 어떤 말도 이미 퇴직을 결정한 후배에게 위로가 되지 않는다고 생각한다. 솔직히 퇴직을 결정하기까지 얼마나 많이 외롭고 힘들었겠는가? 오히려 퇴직을 결정하기 전에 함께하지 못해 미안할 뿐이다.

퇴직이야말로 오직 자신만을 생각하고 결정해야 하는 직장 생활에서 가장 외로운 결정이다. 그래서 우리는 항상 자신을 사랑해야 한다. 자신을 사랑하지 않는 사람은 그 누구에게도 사랑받을 자격이 없다.

"피할 수 없으면 즐겨라."라는 말은 과연 누가 했을까? 직장 생활이 너무 하기 싫고 지금 당장 모든 것들을 피하고 도망치고 싶은데, 당신은 정말 이 지옥 같은 상황을 즐길 수 있다고 생각하는가? 오늘도 불안하고 내일도 출근해야 한다는 생각만해도 죽고 싶은데, 이런 상황을 피할 수 없다고 해서 과연 즐길 수 있을까? 게다가 대부분의 직장인은 업무나 책임을 피할 수만 있다면 무조건 피하고 싶어 한다. 피하는 것과 즐기는 것은 분명히 다르다. 지금 당장 하기 싫고 피하고만 싶은데 어떻게 즐길 수 있겠는가? 그러나 피할 수 없음을 알기 때문에 마지못해 최선을 다할 뿐이다. 솔직히 스스로 즐겼다는 생각은 모든 상황이 지나고 좋은 결과가 나왔을 때, 자기 자신을 포장하는 말인 경우가 대부분이다. 혹시 당신은 직장에서 인정받고 성공한 사람 중에 당신처럼 업무나 책임을 피했다고 말하는 사람을 본 적이 있는가? 그들의 이야기를 들어 보면 모두 아이언맨이다. 하지만 진실은 모두가 책임을 피하고자 최선을 다 했다는 것이다.

만약 당신이 직장인으로서 인정과 신뢰를 받지 못하고 하루하루가 고통스럽기만 하다면, 책임을 져야 하는 중요한 업무는 가급적 피해야 한다. 그럼에도 불구하고 상황상 어쩔 수 없고 피할 수도 없다면, 오히려 적극적으로 임해야 한다. 더 이상 도망치면 안 된다. 반대로 상사나 동료들에게 쿨 하게 보이고 확실하게 각인될 수 있도록 자신감 있게 행동해야 한다. 특히 중요한 업무일수록 조직은 나쁜 결과가 되게끔 당신을 가만 놔두지 않는다. 그래서 고생은 하더라도 걱정이나 불안해할 필요까지는 없다. 회사는 개인이 아닌 시스템으로 돌아간다. 이렇게 생각하면 업무를 즐길 수는 없어도 피하고자 하는 생각이나 두려움은 조금은 줄일 수 있다. 그래도 직장 생활에 대한 걱정이나 불안을 지울 수 없다면, 퇴직을 고려해 보는 것도 좋은 방법이다. 어쩌면 당신에게 지금의 직장 생활이 안 맞는 것인지도 모른다.

　"위기는 기회다."라는 말은 오해하기 쉬운 좋은 말이다. 하지만 일단 위기는 위기다. 우선 지금의 위기는 최선을 다해 빨리 벗어나야 한다. 그리고 그다음 기회를 찾아야 한다. 솔직히 위기에서 기회를 찾을 수 있으면 좋겠지만 거의 불가능하다. 진짜 위기에서는 기회도 위기로 보인다. 게다가 위기를 기회로 생각해서 성공한 사람보다 실패한 사람이 훨씬 많다. 다만 실패한 그들의 이야기가 우리에게 들리지 않을 뿐이다. 또한 미래에 대한 통제력이 있다면 걱정할 필요가 없고, 통제력이 없다면 걱정을 해도 소용 없다. 즉, 걱정만으로는 아무것도 할 수가 없다. 하지만 우리는 한없이 약한 존재이기에 걱정과 불안에서 벗어나기 힘들다. 모든 것들이 걱정과 불안을 통해 해결될 수만 있다면 참 좋겠다.

INJI's story

현재보다 과거나 미래에 너무 집착하고 있는 것은 아닐까?

우리는 왜 세상을 항상 비관적으로만 생각할까? 사람은 행복보다는 불행을, 좋은 감정보다 나쁜 감정을 쉽게 받아들인다. 솔직히 어느 누구도 걱정과 불안에서 자유로울 수 없으며, 걱정과 불안은 석기 시대부터 인간의 DNA 안에 새겨져 내려온 것인지도 모른다.

그렇다면 왜 수많은 경제학자나 미디어들은 미래를 항상 불행하고 비관적으로만 바라볼까? 2022년 말 현재, 서울의 집값은 앞으로 40% 이상 더 폭락할 것이라고 말하는 교수들도 있고, 앞으로 계속 금리가 폭등할 것을 예상하는 미디어도 많다. 물론 그렇게 될 수도 있고, 실제로 영끌족이 엄청난 실패를 경험하고 있다. 그리고 왜 회사는 지속 성장함에도 불구하고 항상 위기라고 말할까? 혹시 직원들을 겁주는 것인가? 그렇게 말하지 않으면 직원들이 안심하고 편하게 논다고 생각하는가?

보통 비관적으로 말하면 결과가 맞을 경우 엄청난 명성을 얻을 수 있지만, 틀리더라도 좋은 결과 때문에 사람들은 비관적으로 말한 사람이나 사실을 잊어버리거나 비난하지 않는다. 즉, 조심해서 나쁠 일이 없듯이, 비관적으로 말하면 책임질 일이 거의 없다. 또한 회사의 중요 이슈에 대해 회의를 하면, 참석자 대부분은 무엇 때문에 어렵고 어떠한 제약 때문에 실행하기 힘들다는 비관적인 의견을 많이 제시한다. 그럼에도 만약 결과가 좋으면 모두가 협업해서 잘된 것이지만, 결과가 나쁘면 "내 말이 맞다. 이미 그전에 말했지 않느냐?"라는 식으로 책임을 피해 갈 수 있기 때문에 대부분 비판적 혹은 비관적으로 이야기를 한다. 결국 비관적 이야기의 핵심은 결과에 책임을 지고 싶지 않다는 의미다. 하지만 가장 슬픈 사실은 대안적인 사고와 방법을 말하는 사람들은 거의 없다는 것이다. 이 과정에서 최종 의사 결정을 해야 하는 대표이사에 대한 배려는 없다. 게다가 비관적인 의견들이 긍정적인 의견보다 전문성이 있어 보이고 귀에 쏙쏙 들어온다. 사람은 누구나 위험이나 책임을 피하고 싶어 하니까.

우리는 수없이 많은 나쁜 뉴스와 비관적 전망이 가득한 세상에서 살고 있다. 솔직히 기분 좋은 뉴스는 5%도 안 되는 것처럼 느껴진다. 이런 환경에서 어떻게 불안해하지 않고 살아갈 수 있겠는가? 게다가 안 그래도 힘든 직장 생활인데, 나만의 걱정과 불안 외에도 주변에서 더 많은 걱정과 불안을 계속 쏟아 내고 있다. 후회는 과거에 살고 걱정과 불안은 미래에 살고 있다고 하는데, 우리는 지금 어느 순간을 살아가고 있는 것일까? 혹시 현재보다 과거나 미래에 너무 집착하고 있는 것은 아닐까?

2. 고통과 고생

• 고통은 피할 수 없다고 참거나 즐길 문제는 아니다

"인생은 고통의 연속이고 하루하루가 전쟁이다."라는 말처럼, 인간으로 태어나 세상을 고통 없이 살아간다는 것은 불가능하다. "아프니까 청춘이다."라는 말은 위로도 안 된다. 지금도 누군가는 가난해서 힘들고 비참하며 아프고 불행하다. 물론 직장 생활도 마찬가지다.

실행은 목적과 목표를 위해 생각을 행동으로 전환하는 것이며, 실행하는 과정은 필연적으로 고통과 고생을 수반한다. 실행의 결과가 좋다면 행복할 수 있지만, 결과가 불행한 경우는 고통만 남긴다. 그러나 실행 자체가 의미 있는 경험이자 행복이라고 생각하는 사람들도 있다. 예를 들어 공부가 가장 쉬웠고 공부를 너무 하고 싶다는 사람이라면 충분히 가능하다. 하지만 이 또한 공부의 결과가 좋아서 하게 된 말인지도 모른다. 그리고 우리는 항상 원하는 일만 하고 싶고, 하기 싫은 일은 피하고 싶어 한다. 일하기 위해 움직이기보다는 누워서 자고 싶고, 공부하기보다는 나가서 놀고 싶다. 직장 생활도 마찬가지다. 대부분의 직장인은 출근하는 자체가 고통의 시작이며, 퇴근 이후의 시간은 다음 날의 고통을 준비하는 시간이다. 그래서 고통을 잊기 위해 불꽃 같은 금요일이 필요한지도 모른다.

만약 MZ세대 직장인들에게 "젊어서 고생은 사서도 한다."라는 말을 하면, 그들은 과연 어떻게 받아들일까? 그들로부터 무슨 말이 되돌아올까? 솔직히 젊어서 하는 고생도 자신의 수준에 맞게 적당히 해야 한다. 그래야 좋은 경험이 된다. 고통이나 고생이 과하면 나이 들어서 골병 든다. 어쩌면 지금 당장 잘못될 수도 있다. 그래서 고생을 피할 수만 있다면 피하는 것이 가장 좋다. 굳이 고생을 사서까지 할 필요는 없다. 마찬가지로 직장 생활의 고생도 피할 수 있다면 피하는 것이 바람직하다. 잦은 야근과 번아웃은 건강을 해치기도 하고, 성과 경쟁과 승진 누락 등의 마음고생은 가급적 안 하는 것이 좋다. 물론 직장 생활에서 이러한 상황을 어느 누구도 피할 수 없다.

냉정하게 말하면, 고통과 고생은 실패자에게는 걸림돌이 되고, 성공한 사람에게는 디딤돌이 된다. 즉, 같은 고생도 결과에 따라 해석이 다르다. 마스시타 고노스케는 "리더로 키우고 싶은 자녀들을 온실 속의 화초처럼 키우는 것. 아이들이 원하는 것을 다 들어주고, 부족한 것 하나 없이 키우려고 하는 것은 마치 애들에게 매일 독약을 조금씩 먹이는 것과 같다." 라고 말하면서 고통과 고생의 당위성을 강조한다. 어쩌면 그는 고통과 고생만이 성장의 밑거름이라고 생각하는지도 모르겠다. 만약 당신이 성공적인 직장 생활을 원하거나, 남들보다 더 많은 재산이나 지위와 명성, 탁월한 성과에 욕심을 가지고 있다면, 당연히 그에 상응하는 실행과 노력의 고통은 필수적이다. 하지만 노력한다고 해서 원하는 결과가 보장되는 것도 아니다. 사실 대부분 직장인은 노력과 고통에 비해 기대에 못 미치는 결과물을 가지고 회사를 떠난다. 직장 생활은 고통과 고생, 슬픔과 외로움, 오해와 충돌로 가득하며, 지금도 누군가에게는 모든 것이 걸림돌이고 하루하루가 지옥같이 느껴진다.

그렇다면 고생과 고통은 어떻게 이해하고 받아들여야 하는가?

첫째, 월급 받는 만큼만 일하거나 고생하겠다는 조금은 이기적인 생각을 가져야 한다. 나름 행복한 이기주의자가 될 필요가 있다. 야근이나 주말 근무 등 소중한 시간과 열정을 희생하면, 나중에 당신만 희생자가 되기 쉽다. 자칫하면 회사에 헌신하다 헌신짝만 된다. 그래서 지금 당장 원하는 것을 회사나 상사에 요구하고 잘못된 부분이 있다면 적극적으로 어필하고 개선해야 한다. 그리고 회사와 당신은 계약 관계이며 연봉 계약서는 노비 문서나 노예 계약서가 아니다. 당신 스스로 회사를 선택했으며 회사는 군대도 아니고 의무도 아니다. 그래서 회사를 버리는 것도 당신의 선택이어야 한다. 만약 직장 생활이 계속 고통스럽고 비참함에서 벗어날 수 없다고 판단되면, 당신만을 위한 과감한 결정도 할 수 있어야 한다. 고통은 피할 수 없다고 참거나 즐길 문제는 아니다.

요즘 MZ세대 직장인들은 이직을 많이 한다. 예전처럼 한 회사에서 정년까지 다니겠다는 생각은 하지도 않는다. 그들은 언제든지 그만둘 수 있다는 생각을 당연하게 한다. 커리어나 연봉을 위해 이직을 하기도 하지만, 대부분은 지금 당장의 직장 생활이 힘들고 고통스러워서 이직을 한다. 그래서 직장 생활이 견디기 힘들다면 솔직하게 생각하고 이기적으로 행동해야 한다. 만약 학생 때처럼 누군가의 이해나 배려를 바란다면, 이는 회사를 오해하고 있는 것이다. 회사는 당신을 케어하거나 지켜 주지 않는다. 당신은 오직 당신 자신만이 지킬 수 있다.

　둘째, 직장 생활은 원래 고통스러운 것이 당연하다고 생각해야 한다. 그래야 참고 견디기 쉽다. 직장 생활은 항상 성과와 사람을 비교하며 경쟁한다. 게다가 동료들과 경쟁하고 상사와 충돌한다. 비교를 많이 하면 비참해지거나 교만해지기 쉬운데, 특히 회사는 비교를 경쟁이라는 단어로 생각하며 직장인을 끊임없이 괴롭힌다. 그래서 직장 생활은 최후의 몇몇 승자를 제외하면 대부분 비참하거나 고통스럽다고 느낀다. 하지만 이를 당연하게 생각하고 받아들여야 직장 생활을 그나마 편하게 할 수 있다. 다행인 것은 당신을 포함한 상사와 동료 모두가 똑같이 고통스러워한다는 사실이다. 직장인은 혼자만 힘든 것이 아니기에 서로 어깨동무하고 위로하며 견디고 살아간다. 그리고 직장 생활을 10년 이상 했다면, 고통을 참아 내는 인내심과 정신력만큼은 무조건 인정해 줘야 한다고 생각한다. 게다가 만약 "직장 생활은 정신력이다."라는 말에 공감한다면,

당신은 이러한 직장 생활의 모습에 충분히 적응했다는 것을 의미한다.

셋째, 직장 생활의 목적을 분명히 해야 한다. 직장 생활은 돈을 벌기 위해서 한다. 자아실현이나 자기 계발은 그다음이다. 이 외에도 인정 욕구, 소속감, 성취감, 재미와 성장 등 직장 생활의 목적은 사람마다 다양하다. 솔직히 꼰대라고 생각할 수도 있지만, 월급은 스트레스의 양에 비례하고 고통과 고생은 선택이 아니라 디폴트 값이라고 생각해야 한다. 그리고 당신의 연봉 수준이 지금 느끼는 고통의 수준을 넘어서는지 확인하고 감내 여부를 스스로 결정해야 한다. 즉, 직장 생활의 지속 여부를 스스로 결정하는 것이다. 연봉이 지금 느끼는 고통에 비해 적합하다고 생각되거나 더 좋은 대안이 없다면, 직장 생활의 고통은 충분히 이겨 낼 수 있고 당연하게 받아들일 수 있다. 잊지 말아야 할 것은 직장 생활 외에도 돈을 벌며 행복한 인생을 살아갈 수 있는 방법은 충분히 많다는 사실이다. 지금도 수많은 직장인들이 직장 생활을 하루라도 빨리 그만두고 자신의 삶을 위해 스스로 FIRE족이 되려고 노력하지 않은가? 자신이 직장 생활에서 왜 계속 고통을 받고 살아가는지를 명확히 이해할 수 있어야 한다. 그래야 참고 견디는 힘이 생긴다.

지금 이 시간에도 힘들고 고통스러운 직장인들이 너무 많다. 저녁 10시가 넘어도 환하게 불이 켜져 있는 사무실을 보면 안타깝기만 하다. 드라마 〈다모〉에서 이산은 "아프냐? 나도 아프다."라고 말했지만, 직장인은 "아프냐? 나는 더 아프다!"라고 말하면서 누군가로부터 위로받고 싶어 할지도 모른다. 하지만 아무리 직장 생활이 힘들고 고통스러워도 좋게 생각하거나 웃어 넘기려는 노력이 필요하지 않을까? 어차피 해야 하고 할 수밖에 없으며 찡그릴수록 될 일도 안 되고 힘들어질 뿐이다.

INJI's story

고통 끝에 무엇이 당신을 기다리고 있을까?

"피할 수 없다면 즐겨라.", "고생 끝에 낙이 온다."라는 말은 과연 누가 했을까?

개인적인 직장 생활의 고통은 2000년에 시작되어 2021년 말에 마무리가 되었다. 햇수로 22년이자 만으로 21년. 절대로 짧지 않은 기간이다. 그리고 모든 것은 결과에 따라 해석이 달라지듯이, 나의 직장 생활은 고통과 고생 끝에 그나마 다행스러운 수준이었다고 생각한다. 솔직히 직장 생활의 고통과 고생은 언제 끝날지 끝이 보이지 않았으며, 나중에 행복할지 불행할지 전혀 예측할 수도 없었다. 오히려 끝이 불행했던 선배들을 훨씬 더 많이 봤다.

예전 어느 A 팀장은 "직장 생활은 원래 불행하고 고통스러운 거야. 만약 직장 생활이 즐겁고 행복하면 반대로 돈을 내고 다녀야지."라고 말하기도 했다. 아마도 A 팀장은 직장 생활의 고통을 이렇게 생각하면서 극복했는지 모르겠다. 그래서 임원까지 된 건가? 아무튼 대단하다고 생각한다. 모로 가도 서울만 가면 된다면, A 팀장은 서울 근처까지는 갔다.

보통 회사에서 성공한 사람들은 고생 끝에 직장 생활의 행복과 의미가 있다고 강조한다. 하지만 개인적으로 경험한 현실은 전혀 그렇지가 않았다. 그리고 사실 이렇게 말하는 당신도 고생할 때는 그렇게 생각하지 않았다. 그냥 아무 생각 없이 열심히 살았는데, 다행히 결과가 좋아서 생각이 달라지고 말이 바뀌었다고 생각한다. 당신은 진짜로 고통과 고생 끝에 직장 생활의 행복과 의미가 있다고 생각하면서 이겨 냈을까? 그게 정말 사실일까? 솔직히 내가 본 당신의 모습은 다른 직장인과 크게 다르지 않았다.

대한민국의 직장인은 대부분 불행하다. 오전에 원치 않는 출근과 성과 경쟁, 야근과 휴일 근무, 상사와 동료와의 갈등, 평가와 승진 등 많은 부분에서 비교당하고 경쟁하면서 불행함을 느끼며 살아간다. 그래서 위로와 행복, 워라밸이라는 단어가 점점 중요해졌다. 솔직히 지금 당장이라도 그만두고 싶은데 목구멍이 포도청이다. 게다가 회사를 그만두려고 하면 주변에서 '회사 밖은 지옥'이라고 협박한다. 솔직히 퇴직할 용기도 부족하고 마음이 약해지는 것도 사실이다. '나는 용기가 없어서 못 나가니, 너도 나가지 말고 여기서 나와 함께 죽자.'라는 의미로 들린다.

그렇다면 지금 당신의 직장 생활은 행복한가? 직장 생활을 피할 수 없다고 해서 과연 즐길 수 있을까? 정말로 고생 끝에 보람은 있을까? 고통 끝에 무엇이 당신을 기다리고 있을까? 슬프지만 모든 직장인은 불확실함에 행복과 미래를 걸고 고통과 고생을 감내하고 있다. "턱걸이를 만만하게 보고 매달려 보면 알게 돼. 내 몸이 얼마나 무거운지를. 그리고 현실에 닥쳐 보면 알게 돼. 내 삶이 얼마나 버거운지를."이라는 미생의 이야기처럼, 오늘도 수많은 직장인들은 아침부터 무거운 몸과 마음을 현실에 내던지기 시작한다. 그들은 불행과 고통을 느끼며 하루를 시작하고, 집에 돌아오면 하루의 상처를 치료하기 위해 대형 밴드를 가슴에 붙이고 잠을 청한다. 그리고 내일에 대한 걱정에 괴로운 밤이 계속된다. 과연 이 고통은 언제쯤 끝이 날까?

성공이란 아름다운 잔혹 동화에 불과하다

직장에서 성공한 사람들은 자신의 성공을 강조하기 위해 과거의 실행과 성과를 미화한다. 자신은 항상 최선을 다했고, 위기를 기회라고 생각했으며, 열정과 노력으로 고통을 극복하고 치열한 경쟁을 이겨 냈다고 강조한다. 또한 누군가는 "어려움이 닥쳐도 그건 그냥 삶의 한순간에 불과하다. 결국엔 모두 스쳐 지나갈 순간."이라고 말한다. 하지만 이 또한 시간이 지난 사람들의 이야기에 불과하며, 당신의 고통은 언제 끝날지 아무도 모르고 어쩌면 끝이 없을 것 같이 느껴지기도 한다. 지금 우리에게 느껴지는 직장 생활이 그렇다.

직장 생활은 고생은 덜하면서 인정과 신뢰를 받으면 가장 바람직하다. 무엇이든 투자 대비 결과가 좋아야 한다. 하지만 모두가 그렇지는 못하며 죽도록 고생만 하다가 버려지는 직장인이 더 많은 것이 현실이다. 사용 기간이 경과되면 도태되고 버려지는 것이다. 그렇다면 "젊어서 고생은 사서라도 해야 한다."라는 말은 도대체 누가 하는 말인가? 당신은 젊은 사람들이 그렇게 말하는 것을 들어 본 적이 있는가? 역사는 승자의 시선으로 쓰이듯이, 이 또한 성공한 사람들만의 이기적인 이야기는 아닐까? 그리고 도대체 젊어서 왜 고생을 사서까지 해야 하나? 솔직히 지금 하고 있는 고생만으로도 충분하다고 느껴진다. 게다가 고생을 사서 하면 성공이 보장되는가? 성공한 사람들은 젊어서 고생한 경험이 중요하다고 말하지만, 그렇다면 실패한 사람들은 고생하지 않고 놀았거나 그들의 고생은 고생도 아니란 말인가?

갓 제대한 사람들에게 군대를 다시 가라고 하면 어쩌면 자살할지도 모른다. 처음 입대는 군대를 잘 몰라서 두렵기도 하고 어쩔 수 없이 해야 했지만, 재입대는 누구보다 그 고통과 고생을 잘 알기에 죽기보다 싫어한다. 하지만 제대한 사람들은 군대를 안 간 사람들에게 "군대 가면 배울 것이 많다."고 말한다. 솔직히 그만한 가치가 있다면, 본인이 두 번 가서 반복해서 배우면 되는 거 아닌가? 그렇게 할 것도 아니면서 왜 그렇게 말할까? 자신은 이미 군대를 제대했고 두 번 다시 갈 일도 없으며 사회적으로도 어느 정도 성공했기에 아직 미생인 상대방 입장을 배려하지 않고 함부로 말하는 것이다. 엄밀히 말하면 이 또한 갑질이다.

개인적으로 직장 생활의 고통과 고생은 최대한 피하는 것이 좋다고 생각한다. 최선은 다하되 좋은 사람과 운이 따라 줘서 성공하는 것이 가장 바람직하다. 과연 젊은 나이에 성공한 벤처 기업가는 모두 고생을 많이 했을까? 반대로 실패한 벤처 기업가는 고생 없이 놀기만 했을까? 고통과 고생의 양이 성공을 보장하지 않는다. 그리고 성공한 사람들은 노력도 많이 했지만 다른 외적인 부분의 영향으로 성공한 경우가 훨씬 많다. 모든 성공의 원인을 고통이나 노력, 인내 등 개인적인 부분에서만 찾는 것은 진실도 아니며, 우리 같은 미생에게는 성공이란 아름다운 잔혹 동화에 불과하다.

3. 가난과 돈

● 가난은 당신의 생각보다 훨씬 잔혹하고 비참하다

"지금 이 나라에서 가난한 것은 죄예요. 이렇게 고도성장한 나라에서 여전히 가난하다? 그건 정신병이라고 보시면 돼요. 이 시대는 어마어마하게 돈 벌기 쉬운 시대예요. 가난은 충분히 치료할 수 있는 정신병입니다."라고 말하는 유튜브 광고를 봤다. 처음 봤을 때 '가난이 정신병이라고? 뭐 이런 광고가 다 있나?'라고 생각했다. 왠지 힘들고 가난한 사람들을 더 힘들게 할 것만 같았다. 그리고 이 광고가 불편하게 들리는 또 다른 이유는 돈에 대한 맹목적 추종과 돈을 모든 가치의 절대적 기준으로 생각하는 사회 현상의 방증이라는 생각이 들었기 때문이다. 당연히 거부하고 싶은 불편한 진실이다,

가난이 죄는 아니지만 여전히 가난을 벗어나지 못하는 상황, 가난이 죄라면 어떤 죗값을 치르더라도 지금 이 힘든 가난에서 벗어나고 싶은 간절함, 가난으로 인해 정신병이 걸릴 것 같은 수준의 스트레스와 수많은 자살들, 지금도 수많은 사람들이 돈의 위력을 절감하며 세상을 힘들게 살아가고 있다. 게다가 가난 때문에 마음이 비뚤어지거나 심하면 세

상에 대한 복수심이 생기기도 한다. "부자라고 전부 행복하지는 않지만 가난하면 대부분 불행하다." 혹은 "행복한 결혼생활을 위해서는 경제력이 무엇보다 중요하다."라는 말이 절대 틀리지 않은 이야기임에 가난한 현실은 더 슬퍼진다. 개인적으로 세상엔 돈보다 더 소중한 가치가 많다고 말하고 싶지만, 이 광고가 의미하는 가난에 대한 현실을 도저히 부인할 수가 없다. 가난은 분명 모든 사람을 불행하게 만든다.

우리는 경제적 자유가 그 어느 때보다 소중한 시대에 살고 있다. 경제적 자유란 자신의 의지에 따라 행동할 수 있는 자유. 즉, 자신이 원하는 행위를 하기 위해 필요한 일정 수준 이상의 경제적인 여건을 의미한다. 사람들은 돈을 저축하고 절약해야 한다고 말한다. 그러나 돈을 낭비하는 것도 문제지만, 경험과 시간을 낭비하면서까지 돈을 모으는 것은 다른 차원의 문제다. 젊을수록 경험의 가치와 미래에 투자해야 한다. 젊은 시절에 소중한 경험을 포기하고 모으는 돈의 크기는 경험의 미래 가치와 비교했을 때 어떤 레버리지가 발생할지 아무도 모른다. 오히려 젊을수록 시간과 경험의 가치를 절약이라는 말로 쉽게 포기하지 말고 공격적으로 투자해야 한다. 절대로 경험까지 절약해서는 안 된다. 하지만 너무 가난하거나 이미 나이가 어느 정도 들었다면, 시드머니를 빨리 만들고 경제적 자유를 위해 최선을 다해야 한다. 또한 경제적 자유의 가치는 당신이 원하는 것을 할 수 있는 자유와 원하지 않는 것을 하지 않을 자유, 이 두 가지 자유 모두를 포함한다. 그리고 미래에 대한 확신이 없다면, 무엇이라도 담을 수 있는 기회의 그릇. 즉, 경제적 자유를 만들기 위해 집중해야 한다.

우리가 직장 생활을 하는 이유는 금전적인 부분이 가장 크다. 자아실현, 소속감, 행복, 경험이나 커리어 등은 모두 금전적인 이유 다음에 해당된다. 또한 현실은 돈이 없으면 결혼도 쉽지 않고 자신감 있는 직장 생활도 하기 힘들다. 솔직히 직장인이 퇴직을 주저하거나 두려워하는 가장 근본적인 이유도 금전 때문이며, 사람들과의 관계도 많은 제약이 생긴다. 사람은 입고 먹는 것이 충족되어야 예의를 알게 되듯이, 최소한의 경제력은 무엇보다 중요하다. 그리고 일정 수준 이상의 금전적 여유는 당신의 직장 생활과 삶을 자신감 있고 안정적으로 만들어 준다. 우리 주변에는 금수저 친구들도 많지만 흙수저 친구들은 더 많다. 당신이 세상에 태어났을 때부터 부의 불공평함은 이미 존재했다. 다만 그 불공평함을 어떻게 생각하고 받아들이느냐에 따라 세상을 살아가는 태도가 달라진다. 남들과 비교를 통해 더 높은 곳만 바라본다면 욕심과 비참함은 끝이 없다. 어쩌면 금수저로 태어나지는 못했어도 금수저가 될 수 있는 기회가 있는 세상에서 살고 있음을 그나마 다행이라고 생각해야 할지도 모른다. 옛날처럼 태어났는데 나도 모르게 노비 문서에 이미 등록되어 있는 어쩔 수 없는 상황이 아니라, 스스로 일어설 수 있는 기회가 충분히 많은 세상에 대해 감사해야 할지도 모른다. 하지만 이 또한 말이 쉽지, 지금의 흙수저 상황을 받아들이기는 너무 힘들고 위로도 안 된다. 게다가 주어진 환경만을 탓하기에는 세상이 절대 호락호락하지가 않다.

그래서 잔인한 말이지만, 돈이 없으면 벌어야 하고 능력이 없으면 키워야 한다. 어느 누구도 당신의 힘든 상황을 이해해 주지 않는다. 또한 어떤 직장인들은 금수저들의 직장 생활을 '명예직'이라고 말하면서 "내가 만약 금수저라면 직장 생활은 절대 하지 않는다!"라고 비아냥대며 부러워한다. 원래 부러우면 지는 건데, 대부분의 직장인들은 금수저들에게 이미 지면서 살아가고 있다. 일정 수준의 경제적 자유는 직장 생활을 행복하고 자신감 있게 할 수 있는 힘이라는 사실을 직장인이라면 누구나 공감하면서 살아간다.

그렇다고 경제적 자유가 아무리 중요해도 '목구멍이 포도청'이라는 먹고사니즘에 매달려 살면 안 된다. 그러면 삶이 너무 힘들고 각박해진다. 직장 생활이 먹고사니즘에 갇히면 주도적으로 생활하기 힘들다. 그래서 일정 수준의 경제력을 빨리 확보하는 것이 무엇보다 중요하다. 만약 돈이 없다면, 자존심이나 자존감이 무너지는 비참한 상황도 많아지고 상대방의 악의 없는 말 한마디에도 열등감으로 인해 상처가 되기도 한다. 게다가 지옥 같은 직장 생활에서 도망칠 용기도 사라진다. 이처럼 돈은 우리 인생에 건강 다음으로 많은 영향을 미친다. 어쩌면 누군가에게는 돈이 건강보다 더 중요할지도 모른다. 그들에게 돈은 무엇이라도 가능하게 하는 절대 반지와 같다. 하지만 지금 당장 돈이 없다고 해서 무조건 불행하다는 생각은 경계해야 한다. 돈은 사람을 불편하게 만들지만, 불행하다고 느끼게 되면 인생이 너무 초라하고 비참해진다. 어쩌면 돈으로 인해 모든 행복과 불행이 결정된다고 생각하게 될 수도 있다. 금수저는 금수저대로, 흙수저는 흙수저대로 나름의 행복을 느끼며 살아가야 한다. 물론 이런 말들이 가난한 사람들에게 위로가 될지는 모르겠지만, 개인적으로 50년 정도를 살다 보니 어느 정도는 이해하게 되었다. 솔직히 가난한 것도 적당히 견딜 수 있는 수준이어야 한다. 너무 가난하면 몸과 마음이 피폐해지고, 가난이 익숙해지면 염치나 수치심이 사라지기도 한다. 적어도 직장인은 절대 그래서는 안 된다.

'열정페이'라는 말은 어려운 취업 현실을 의미하는 신조어다. '열정페이'는 젊은이들의 열정을 빌미로 한 저임금 노동을 의미한다. 솔직히 말하면, 돈이 필요한 힘든 젊은이들을 어른들이 만들어 낸 열정이란 좋은 단어로 포장하여 그들의 노력과 시간을 싼 가격으로 착취하는 것이다. 이 사람들은 젊음을 돈 주고 살 수는 없어도, 젊은이들을 싼값에 살 수 있다고 생각하는 사람들이다. 즉, 돈과 경험이 부족하고 힘든 젊은이들을 돈으로 협박하는 것이다. 이는 명백한 갑질이다. 게다가 열정페이는 불법이다. 이런 사람들은 어른도 아니고 나이 먹은 양아치에 불과하다. 그리고 정당한 노력의 대가와 좋은 경험은 선순환해야 한다. 정당한 노력의 대가가 제대로 지급되지 않는다면 절대로 좋은 경험이 되지 않는다. 그래서 열정페이는 반드시 피해야 한다.

위로보다 월급이 소중한 직장 생활 1

세상은 요즘 젊은 세대를 3포 세대라고 부른다. 연예, 결혼, 출산 등 이 3가지를 포기한 세대다. 어렵고 힘든 환경에서 연애도 힘들고 결혼은 엄두 자체가 안 난다. 당연히 출산율은 낮아진다. 전 세계 국가 중 대한민국의 출산율이 가장 낮고 지금도 그 추세를 유지하고 있다. 이토록 낮은 출산율은 결혼한 사람들도 금전과 교육 문제 등 다양한 이유 때문에 아이를 적게 낳기도 하지만, 정작 결혼해야 할 사람들이 결혼을 못 하거나 포기해서 문제가 더 심각해진다. 그리고 3포 세대는 자연스럽게 집, 사람 관계, 직업, 꿈, 희망 등 수많은 것들을 포기하는 N포 세대가 된다. 그들은 도대체 얼마나 더 많이 포기해야 지금보다 상황이 좋아질까? 슬프지만 엄연한 현실이며, 이 또한 모든 문제의 바탕엔 돈 문제가 도사리고 있다. 어쩌면 N포 세대는 '부자'라는 말도 포기해야 할지도 모른다.

솔직히 부모님에게 돈 한 푼 지원받지 못하고 평생 부족한 돈을 모으면서 직장 생활을 한다는 것은 진짜 어렵고 힘든 일이다. 그렇다면 도대체 돈은 얼마나 있어야 하는 걸까? 필요한 돈의 기준은 사람마다 다르겠지만, 그래도 일정 수준의 평균은 존재한다. 특히 요즘은 FIRE족이 되고자 하는 젊은 직장인들이 많다. FIRE족은 1년 생활비의 25배 정도의 돈을 최대한 빨리 모아서 이 지옥 같은 직장 생활을 그만두고 진심으로 원하는 일을 하고자 하는 직장인을 의미한다. 만약 1년 생활비가 4천만 원이라면, 25배인 약 10억의 돈을 모아야 한다. 하지만 이게 쉽지 않다. 부모님의 도움이 없이 월급만으로는 거의 불가능하다. 2021년 말 기준의 통계청 조사에 의하면, 전국 기준으로 상위 1% 가계의 순자산은 29억이며, 상위 5%는 13억, 상위 10%는 9억 수준이다. 물론 수도권으로 한정하면 그보다 훨씬 높아질 것이다. 그리고 10억은 상위 10% 내에 해당하는 굉장히 큰돈이다. 요즘 젊은이들이 쉽게 "최소 10억은 있어야 한다."라는 말은 너무 현실과 동떨어진 말도 안 되는 이야기다. 게다가 이미 서울의 30평대 아파트 평균 가격은 10억을 돌파했다. 물론 앞으로 집값이 떨어질 수도 있고 더 오를 수도 있다. 하지만 10억이란 돈은 세후 기준으로 연봉 5천만 원인 사람이 하나도 쓰지 않고 20년을 모아야 만들어지는 엄청나게 큰돈이다. 솔직히 직장 생활을 20년 이상 하기도 힘든데, 월급을 하나도 안 쓰고 20년을 모아야 가능한 돈이다. 생각만 해도 가슴이 답답하다. 그리고 직장인의 월급만으로는 큰돈이 되지 않는다. 월급은 단지 지금의 생활을 가능하게 하는 수준이며, 승진이나 성과급 등 연봉 인상에 따라 생활의 윤택함이 약간 더해지는 수준에 불과하다. 비교하면 슬프지만 누군가의 '억' 소리 나는 연봉이나 개인 사업을 통해 성공을 거둔 지인의 이야기는 마치 달나라 이야기처럼 들리며, 당신의 연봉은 아직 가야 할 길이 멀다. 동시에 우리는 누군가의 재산 규모에 배 아프고 부러워하며 쓰러져 간다.

　그래서 만약 당신이 빨리 큰돈을 벌고 싶다면 직장인보다는 개인 사업을 해야 한다. 엠제이 드마코가 쓴 『부의 추월차선』이라는 책에서도 가장 강조하는 부분이다. 직장 생활을 통해서 10억이라는 돈을 모으는 것은 너무 오래 걸리거나 불가능한 것처럼 보인다. 기대 수준이나 눈 높이를 낮추지 않는 이상은 힘들다. 그리고 과거에는 "소도 비빌 언덕이 있어야 한다."라고 말했다. 하지만 이제는 언덕 수준이 아니라 큰 산 정도의 크기가 필요하다. 개그맨 박명수의 "티끌 모아 티끌." 혹은 "젊었을 때 고생하면 늙어서 골병 든다."라는 말이 그래서 가슴에 더 와닿는지도 모르겠다. 게다가 앞으로의 세상은 부도 대물림되고 가난도 대물림된다고 한다. 가난은 누구에게나 슬프고 힘든 상황임에 틀림없다. 과연 우리는 직장 생활을 통해 가난에서 벗어날 수 있을까? 미리 말하자면, 다행히도 충분히 가능하다. 큰 부자가 되지는 못해도 가난은 벗어날 수 있다.

앞서 말했듯이, 직장 생활을 통해 큰돈을 모으는 것은 거의 불가능하다. 빨리 큰돈을 벌고 싶다면 무조건 개인 사업을 해야 한다. 그렇다면 직장 생활을 하면서 돈을 모으려면 어떻게 해야 하는가?

첫째, 자기만의 돈에 대한 개념과 이해를 확실하게 정립해야 한다. 어떤 사람은 돈을 생명보다 소중하게 생각하고, 다른 사람은 돈을 마냥 더럽고 멀리해야 하는 것으로 생각한다. 사람마다 현재 가진 돈의 상황이나 생각이 다르다. 하지만 돈을 모으려면 돈에 대해 절박하고 궁해야 한다. 혹시 당신이 돈의 가치를 느껴 보고 싶다면, 친구나 지인에게 빌려 보면 쉽게 알 수 있다. 게다가 부자는 예금을 하고 시간이 돈이 되지만, 가난한 사람은 대출을 하고 시간이 비용과 부담이 된다. 누구에게나 공평하게 주어진 시간조차도 부자의 편이다. 이건 달라도 너무 다르다. 그리고 당신이 돈에 대해 어떻게 생각하든 상관없다. 돈에 대한 자기만의 확실한 철학만 가지고 있으면 된다. 예를 들어 돈을 모으기 위해 지금의 행복을 희생하는 것보다 오늘 당장의 행복이 더 중요하다고 생각한다면, 월세를 살면서 비싼 슈퍼카를 가져도 무방하다. 물론 누군가는 카푸어라고 비아냥대기도 하겠지만, 이 또한 자신의 생각만 명확하면 상관없다. 하우스 푸어도 있지 않은가? 솔직히 둘 다 가난하기는 마찬가지다. 원래 자기 인생은 자신이 책임지는 것이다. 최소한 돈에 대한 개념만 확실히 가지고 자신 있게 선택하고 책임지면 된다. 그래야 나중에 후회가 없다.

둘째, 경제와 재테크에 대한 지식을 꾸준히 쌓아야 한다. 모르면 공부해야 한다. 적어도 직장인이라면, 업무나 전공에 상관없이 주식, 금융, 이자, 부동산, 채권 등에 대한 기본적인 지식을 가져야 한다. 개인적으로 직장 생활 동안 금융에 대한 관심이 전혀 없었고 돈에 대해서도 상대적으로 무지했다. 하지만 와이프가 돈에 대한 감각이 있어서 그나마 다행이었다. 지금은 늦게나마 금융이나 주식, 부동산 등 재테크에 대해 관심을 가지고 공부하고 있다. 또한 모든 사람은 유유상종하며 주변 환경에 많은 영향을 받는다. 가급적 부자인 직장 동료나 친구들과 함께하며 그들의 돈에 대한 마인드를 배울 필요가 있다. "부자처럼 생각하고 부자처럼 행동하라."는 말처럼, 부자들이나 돈에 대한 감각이 좋은 사람들과 함께하면서 돈에 대해 배우는 기회를 만들고 따라 해야 한다. 원래 위험과 수익은 정비례한다. 더 많은 수익을 위한 투자는 반드시 더 많은 위험을 감수해야 한다. 그리고 따라 하다 가랑이가 찢어지는 한이 있어도 투자는 직접 해 봐야 한다. 동시에 경제와 재테크에 대한 지식과 경험을 꾸준히 쌓아야 한다. 실패나 손해를 보더라도 무리만 하지 않으면 좋은 경험과 지혜가 된다. 누구나 이런 과정을 통해 조금씩 부자가 된다.

셋째, 종잣돈 혹은 시드머니라고 부르는 일정 수준의 돈은 최대한 빨리 모아야 한다. 부럽게도 누군가는 시드머니를 부모님으로부터 지원받기도 한다. 그들은 부모님으로부터 돈, 시간, 기회 모두를 지원받은 것이다. 생각하면 할수록 부러울 뿐이다. 어쨌든 종잣돈이나 시드머니가 있어야 투자나 장사 등 무엇인가를 해 볼 수 있는 기회가 생긴다. 보통 인생에는 3번 정도의 기회나 대운이 온다고 한다. 하지만 아무것도 준비되어 있지 않으면 다가온 기회도 기회로 보이지 않고, 설령 기회가 보인다고 해도 적절한 대응이 안 된다. 요즘 시중에 많이 나오는 베스트셀러 중에 "난 5천만 원으로 50억이나 100억을 모았다." 등의 이야기도 우선 투자를 할 수 있는 시드머니가 있는 상태에서 가능했던 방법들이다. 그들은 최소 5천만 원은 준비되어 있었다. 그래서 마냥 부자를 부러워하기보다는 우선 시드머니를 빨리 만드는 것에 집중해야 한다. 어쩌면 모으는 중간에 기회가 올지도 모른다.

개인적으로 직장인이라면 1억 정도의 시드머니를 추천한다. 1억은 연봉 5천만 원 수준의 직장인이라면, 5년 정도면 충분히 모을 수 있는 돈이다. 그리고 1억 정도면 주식이나 부동산 등에 기본적인 투자가 가능하다. 투자는 위험을 감수하면서 추가적인 돈을 벌 수 있는 행위다. 물론 성공도 할 수 있고 실패도 할 수 있는 것이 투자다. 위험한 투자는 수익이 높다는 말과 함께 힘들게 모은 돈이 사라질 수도 있다는 것을 의미한다. 그래서 힘들게 모은 돈일수록 위험에 민감하며 과감한 투자보다는 안전한 예금에 마음이 쏠리기도 한다. 사람은 누구나 마찬가지다. 하지만 정기예금 이자율 같은 무위험 수익률이 엄청나게 올라가지 않는 이상, 투자를 통해 당신이 원하는 수익을 창출하는 것은 위험하며 쉽지도 않다. 솔직히 당연하지 않은가? 돈을 벌기가 어디 쉬운 일인가? 게다가 '오바마의 현인이자 투자의 달인'이라고 불리는 워렌 버핏도 잘 모르는 분야에 투자하지 말고, 지나치게 모험적인 투자도 하지 말라고 강조한다. 게다가 많은 사람들은 이 2가지를 배우려고 엄청난 돈을 들이면서까지 워렌 버핏과 점심 식사를 하려고 한다. 당연히 성공적인 투자를 위해서는 시간과 노력을 투자해야 한다. 하지만 아무리 투자가 중요하다고 해도 직장인에게는 월급이 가장 중요한 소득의 원천이자 기본임을 잊지 말아야 한다. 일단 지금부터라도 시드머니를 빨리 모아 보자.

넷째, 커리어에 맞는 이직을 통해 돈이 되는 곳으로 과감하게 움직일 수 있어야 한다. 지금은 어느 누구도 한 회사에서 평생 근무한다고 생각하지 않는다. 능력이 있으면 당연히 더 좋은 기회가 생기기 마련이며, 이직을 통해 자신의 연봉과 가치를 높여 나가야 한다. 즉, 자기 몸값을 올려 더 높은 직책과 연봉을 받을 수 있는 기회를 만들어야 한다. 이를 위해 커리어와 역량 관리는 필수적이다. 솔직히 역량이나 실력이 없으면 이직의 기회도 없고, 설령 이직을 하더라고 과거의 직장에서 도망친 수준에 불과하다.

예전에 함께 근무했던 후배 A 대리가 있었다. 성향도 좋았고 역량이 탁월했던 A 대리는 자신의 미래와 더 높은 연봉을 위해 B 회사로 이직을 선택했고, 또 얼마 지나지 않아 C 회사로 이직을 했다. 그리고 이직을 할 때마다 연봉이 20% 이상 올랐다. 아마 지금까지 같은 회사에 계속 있었으면 승진도 못 하고 정체되어 있었을 것이다. 직장 생활은 정체되어 있으면 자연스럽게 도태된다. 그래서 남들은 뛰어가는데 나만 걷거나 멈춰 있어서는 안 된다. 이제는 고민만 하고 행동하지 않으면 바보가 된다. 도전하지 않으면 어떤 것도 얻을 수 없다. 특히 돈에 대한 의사 결정은 과감하게 해야 하며, 항상 돈에 대해 민감하게 반응하고 신속하게 움직여야 한다. 큰 부자는 하늘에서 내리고 가난은 임금도 못 구한다고 하지만, 가난에서 벗어나거나 작은 부자가 되는 것은 당신의 노력으로 충분히 가능하다.

마지막으로 당신이 상사나 동료들에게 인정과 신뢰를 받고 있다면, 빠른 승진을 통해 임원이 될 수 있도록 직장 생활에 집중해야 한다. 탁월한 성과를 내거나 인맥을 통한 정치 행위도 필요하다면 과감하게 할 수도 있어야 한다. 보통 직장인의 연봉은 이직이나 승진을 통해서만 올라간다. 하지만 임원이 아닌 일반 정규직의 연봉으로는 큰돈을 모으기 힘들다. 계약직이나 임시직은 두말할 필요도 없다. 임원도 임시직이긴 하지만 연봉은 정규직보다 훨씬 많다. 물론 임원이라는 자리는 언제 그만두게 될지 아무도 모른다. 그래도 당장은 임원을 빨리 되는 것이 중요하다. 보통 대기업 부장의 연봉은 1억에서 1.5억 정도지만, 임원은 그보다 최소 2배 이상이다. 직장 생활을 하면서 주식이나 부동산 등 투자를 잘하는 것도 큰돈을 벌 수 있는 기회가 되지만, 직장인은 승진을 통해 연봉을 올리는 것이 가장 직장인다운 방법이다. 하지만 임원이 되는 것 또한 쉽지가 않다. 대기업에서 진급 누락이 없이 임원이 되려고 해도 최소 15년 이상이 필요하다. 그래서 누군가는 '하늘의 별 따기'라고 말하기도 한다. 게다가 대기업에 입사해서 임원이 되는 사람의 비중은 2%도 안 된다. 그만큼 경쟁이 치열하다. 하지만 경제적 자유를 위해 힘들게 모은 돈을 위험 자산에 투자하거나 돈 자체를 모으는 것은 하늘의 별을 따는 것보다 훨씬 힘들다.

그리고 승진은 개인의 노력과 실력, 사람 관계와 운에 의해 결정되지만, 승진이 어렵더라도 직장 생활을 계속하면 큰돈은 아니라도 안정적으로 생활은 할 수 있다. 직장 생활은 경제적 자유를 위한 가장 안전한 투자 방법이다. 만기가 정해진 정기 예금은 아니지만, 최소한 우량주 투자 정도는 된다. 그렇다고 계속해서 낮은 직급에 머물러 있으면 큰돈을 모으기는 쉽지 않고, 힘들게 시드머니를 만들어 투자하면 손해를 볼 수 있기에 두렵기만 하다. 오히려 지금 하고 있는 직장 생활에 최선을 다한다면, 임원 승진을 통해 경제적 자유를 충분히 만들 수 있다. 물론 시간이 오래 걸리거나 불확실하기도 하지만, 직장인이라면 직장 생활에 승부를 걸어 볼 기회와 도전의 가치는 충분하다.

누군가는 인생에 가장 불행한 일은 초년의 성공, 중년의 상처, 노년의 빈곤이라고 말한다. 그리고 노년의 가장 필요한 3가지는 건강, 돈, 그리고 친구나 배우자 등 사람 관계라고 한다. 하지만 개인적으로는 초년, 중년, 노년 모두 가난에서 벗어나지 못한 상황이 가장 불행하다고 생각한다. 또한 재산이나 월급은 일정 수준을 넘어서면 더 이상 있어도 행복에 영향을 주지 않는다고 하고, 행복은 돈으로 살 수 없다고 한다. 그러나 지독한 가난을 경험해 본 사람들은 행복을 돈으로 어느 정도는 살 수 있다는 사실을 확실히 알고 있다. 가난은 당신의 생각보다 훨씬 잔혹하고 비참하다. 그래서 굳이 경험할 필요가 없다. 게다가 누군가는 "궁하면 통한다."고 말하지만, 지금의 세상은 아무리 궁해도 통하지 않는 경우가 훨씬 많다. 특히 돈이 없으면 어떤 것도 안 통한다. 앞으로의 세상은 부와 가난 모두 대물림될 것이다. 교육과 의료는 누구에게나 공평해야 한다고 생각하지만, 불공평해진 지도 이미 오래다. 그리고 교육의 차이로 인한 기회와 빈부 격차는 점점 커질 것이다.

개천에서 용 나는 시대는 이미 지나갔고, 부자가 될 수 있는 사다리도 다 부러졌다고 한다. 부자만 더욱 부자가 되는 세상, 가난한 사람은 가난을 벗어나기 위해 과거보다 몇 배 이상 노력해야 한다. 지금 세상은 부자가 될 수 있는 기회는 과거보다 더 다양하고 많겠지만, 그 기회조차도 누구에게나 공평하게 주어지지 않을 것이다. 능력 있는 사람이 더 많은 기회를 가지는 것이 이 시대의 공정함이고 게임의 룰이라면, 돈은 확실한 능력이고 그 능력을 바탕으로 부자가 더 큰 부자가 될 수 있는 기회를 많이 갖게 되는 것이 당연한 세상이 될 것이다.

모든 가치의 기준이 경제력임을 도저히 부인할 수가 없다

어느 날 와이프와 함께 산책을 하다가 "만약 당신이 지금 다시 결혼한다면, 남편을 선택하는 가장 중요한 기준은 뭐야?"라고 물었다. 와이프는 질문을 듣자마자 "당연히 경제력이지~."라고 말했다. 그리고 그다음 순위도 무조건 경제력이었다. 경제력이 없는 그다음 조건은 아무런 의미가 없다는 느낌이었다. 개인적으로 와이프에게 20대의 순수함을 기대하지는 않았지만, 그래도 경제력이 무엇보다 중요하다는 사실은 와이프를 포함한 대한민국 여성들은 왠지 다 동의할 것만 같았다. 솔직히 비전이나 자신감, 성격, 유머 코드 등 연예와 결혼에 필요한 모든 조건들은 경제력 다음이다. 어쩌면 가난이 대문으로 들어오면 사랑이 창문으로 나간다는 말이 사실일지도 모른다.

그렇다면 우리는 왜 직장 생활을 하는가? 자아실현? 소속감? 행복? 절대 아니다. 1순위는 무조건 돈이고 연봉이다. 워라밸이나 커리어 등은 일정 수준 이상의 경제력이나 연봉이 충족된 상태에서 생각할 수 있는 조건들이다. 물론 경제력이 삶에 가장 많은 영향을 주는 것은 사실이다. 그리고 돈은 쓰기는 쉽지만 모으기는 힘들다. 간혹 돈이 더럽고 너무 많으면 불행해진다고 말하는 사람들도 있기는 하지만, 우선 딱 한 번만이라도 많았으면 좋겠다는 생각, 로또 1등을 한 번만이라도 당첨되었으면 하는 생각을 더 많이 하는 것이 우리의 현실이다.

며칠 전 어떤 카툰을 보았다. 사랑하는 남녀가 대화 중에 "오빠는 집도 있고 돈도 있는데 왜 나에게 결혼하자고 말하지 않아?"라고 물었다. 남자는 "아~, 그건 네가 집과 돈이 없기 때문이야."라고 말했다. 그 순간 결혼 적령기에 있는 남녀들이 얼마나 힘들지 충분한 이해가 되었다.

그렇다면 수많은 취준생들은 왜 대기업에 입사하기 위해 최선을 다 할까? 대기업은 사회적으로 인정도 받고 기업 자체가 크다는 의미도 있지만, 대기업은 무엇보다 연봉이 많다는 의미에 더 가깝다. 개인의 역량이나 커리어의 성장은 솔직히 그다음이다. 솔직히 모든 가치의 기준이 경제력임을 부인할 수가 없다. 우리는 모두 부자가 되고 싶고 돈에서 자유롭고 싶지만, 어느 누구도 자유로울 수 없는 것이 현실이다.

위로보다 월급이 소중한 직장 생활 1

4. 건강

- 생로병사 중 스스로 유일하게 관리할 수 있는 것은 건강뿐이다

"건강한 신체에 건강한 정신이 깃든다."는 당연한 말처럼, 당신의 건강은 세상의 어떤 가치보다 소중하다. 과거에는 "직장 생활은 정신력."이라고 말하는 사람들도 많았다. 나 또한 그렇게 생각했던 시절이 있었다. 상사에게 깨지더라도 아무렇지 않게 웃을 수 있는 힘이나, 과음한 다음 날 정상적으로 출근할 수 있는 힘도 정신력이었다. 무리하거나 몸을 피곤하게 만들면 업무에 집중하기도 힘들지만, 어쨌든 출근해야 하는 그 자체에 엄청난 정신력이 필요했다.

대한민국의 직장인은 항상 피곤하다. 피로 회복에 좋다는 박카스나 비타 500을 아무리 마셔도 피로가 풀리지 않는다. 스트레스나 술자리로 인해 수면도 부족하고 잦은 야근에 피로가 계속 누적된다. 그다음은 잠을 아무리 많이 자도 피로가 풀리지 않는 만성 피로가 된다. 혹시 만성 피로에 시달리지 않는 직장인이 있을까? 예전에 함께 근무했던 형님 이름이 ×만성 팀장이었다. 그와 함께 근무하는 부하 직원들은 형님의 별명을 '만성 피로'라고 붙였다. 멀리서 목소리만 들어도 짜증과 피곤이 동시

에 몰려온다는 의미였다. 그리고 수많은 직장인들은 그나마 현재 유지하고 있는 건강을 지키기 위해 다양한 건강 보조제를 먹고 있다. 평균적으로 하루에 알약 4개, 커피와 박카스 등 음료 5잔, 상사로부터 욕을 2회 정도 먹고 산다. 솔직히 이런 상황에서는 건강이 절대로 좋아질 수가 없다. 하지만 현실은 어쩔 수가 없다. 불행하게도 직장인은 자신의 소중한 시간과 건강을 월급으로 바꾸는 삶을 살아가고 있다. 직장인은 업무 전문성이나 성과도 중요하지만, 자신의 건강과 컨디션을 꾸준히 유지할 수 있어야 한다. 즉, 직장인에게 체력은 국력이 아니라 실력이다. 열정과 끈기, 창의성과 혁신 등 모든 역량은 체력이 있어야 가능하다. 건강이 무너지면 회사도 성과도 아무런 의미가 없다.

건강이란 '질병이 없거나 허약하지 않은 것 외에 신체적, 정신적, 사회적으로 완전히 안녕한 상태'라는 WHO의 정의처럼, 건강함은 신체적인 부분 외에도 스트레스나 외로움 등의 정신적인 부분과 사람 관계 등 사회적인 부분까지 모두 포함한다. 특히 인생을 살면서 평생 지켜야 할 것이 있다면, 가족이나 재산도 중요하지만 무엇보다 자신의 건강이 무조건 1순위다. 어느 누구도 당신 대신 아파해 줄 수도 없으며, 자신의 건강 상태는 본인이 가장 잘 알아야 한다. 그리고 건강할 때는 느끼기 힘들지만, 막상 아파서 병원에 가 보면 아픈 사람이 얼마나 많은지 쉽게 알 수 있고, 지금 아프지 않다는 자체가 얼마나 다행이고 행복인지를 확실하게 느낄 수 있다. 하지만 병원에서 나오면 언제 아팠냐는 듯이 건강함에 대한 감사함을 잊고 살아간다. 그리고 또 다시 병원에 실려 가면, 그때서야 건강의 소중함을 깨닫게 된다.

보통 건강은 나쁜 생활 습관을 통해 조금씩 잃어 간다. 과도한 스트레스나 운동을 하지 않거나 자신에게 맞는 휴식 방법을 모르고 몸을 혹사하면서 점점 건강을 잃어버리고 결국엔 병원 신세를 지게 된다. 물론 일시적인 수술이나 약 처방을 통해 좋아지기도 하지만, 근본적인 방법은 나쁜 생활 습관을 버리고 건강에 좋은 습관을 만들어야 한다. 몸이 나빠지는 데 10년이 걸렸다면, 최소한 5년 이상은 운동과 좋은 습관을 통해 꾸준히 관리해야 건강한 몸으로 되돌아올 수 있다. 하지만 우리는 이 사실을 충분히 알면서도 건강이 나빠졌을 때 깨닫게 되거나 불행히도 너무 늦게 깨닫게 되는 경우가 많다. 당연한 말이지만, 정신없이 바쁘고 시간이 없을수록 건강을 위한 투자를 더 많이 해야 한다. 체력은 정신력보다 훨씬 중요하다. 체력과 건강이 있어야 정신력도 발휘할 수 있다. "나이 들어 좋은 화장품을 쓰는 것은 지금의 피부 상태를 유지하기 위함이다. 피부는 절대로 다시 젊어지지 않는다. 그래서 젊을 때일수록 피부 노화를 늦추기 위해 좋은 화장품을 써야 한다."라는 매출에 쫓기는 어느 화장품 바이어의 말처럼, 건강도 하루라도 젊었을 때 지키고 관리되어야 한다.

그렇다면 직장인은 건강 관리를 어떻게 해야 할까?

첫째, 항상 자신의 컨디션을 관리하고 유지할 수 있어야 한다. 그러려면 우선 자신의 몸을 잘 이해해야 한다. 피곤하면 무리하지 말고 아프면 병원에 가야 한다. 건강에 대해서는 무조건 민감하게 반응해야 한다. 무식하게 참고 정신력으로 이겨 내려고 해서는 안 된다. '아파도 괜찮아지겠지.'라고 생각하고 계속 참으면, 자칫 큰 병이 되고 본인만 손해다. 어느 누구도 당신만큼 당신을 걱정하지 않고 관심도 없다. 자신의 몸은 스스로 지켜야 한다. 그리고 자신의 몸이 소화계, 호흡계, 순환계 등 어느 부분이 약한지 정확히 이해하고 관리해야 한다. 혈압이 있다면 혈압 약을 먹고, 비만이라면 다이어트를 통해 적정 체중을 유지해야 한다. 호흡계가 나쁘다면 금연을 하고, 소화계가 나쁘다면 음식이나 과식을 조심해야 한다. 지금 당장은 건강하다고 해서 몸에 무심하거나 학대하는 것만큼 어리석은 일이 없다. 건강은 당신도 모르는 사이에 아주 조금씩 나빠진다. 게다가 어느 누구도 당신의 잃어버린 건강을 보상해 주지 않는다. 건강은 건강할 때에 관리하고 지킬 수 있어야 한다.

둘째, 잠은 충분히 잘 자야 한다. 특히 수면의 질이 중요하다. '숙면은 하늘이 내린 선물'이라고 하지만, 주위를 둘러보면 스트레스나 고민, 나쁜 습관 때문에 불면증으로 고통받는 사람들이 의외로 많다. 보통 수면은 하루에 7~8시간 정도가 적당하다. 그리고 수면은 인생의 30% 이상을 차지하는 소중한 행위다. 솔직히 운동도 이 정도의 시간을 매일 할 수는 없다. "신은 인간에게 여러 가지 근심에 대한 보상으로 희망과 잠을 주었다."는 볼테르의 말처럼, 질 높은 수면은 행복하고 건강한 삶에 매우 중요한 영역이다. 특히 요즘 수면에 대한 관심과 수면 시장의 급격한 성장을 보면, 이미 질 높은 수면은 삶에 가장 중요한 부분이자 워라밸의 핵심이 되었음을 확인할 수 있다. 예전에 함께 근무했던 A 팀장은 부하 직원들에게 "어차피 죽으면 평생 잠을 자게 되는데, 너는 왜 이렇게 잠이 많냐? 나는 회사 때문에 잠이 안 온다."고 말했다. 수면의 가치나 행복을 모르는 꼰대 팀장이었다. 게다가 요즘 이렇게 말하면 직원들에게 돌 맞는다. 그렇다면 지금 당신의 수면 공간은 어떠한가? 만약 당신이 불면증으로 고생하고 있다면, 지금 당장 행복함과 오감을 만족시킬 수 있는 공간으로 바꿔야 한다. 수면에 대한 투자를 아껴서는 안 된다. 사람은 안 먹어도 죽고 잠을 못 자도 죽는다. 우리는 매일 건강한 식사를 하고 있지만, 불면증이나 질 낮은 수면으로 인해 서서히 죽어 가고 있을지도 모른다

셋째, 반신욕을 자주 해야 한다. 개인적으로 2006년 치질 수술을 하면서부터 주 3회 이상, 1시간, 15년을 넘게 반신욕을 하고 있다. 경험상 반신욕을 하면 혈액 순환도 확실히 좋아지고, 몸속의 노폐물도 땀을 통해 배출할 수 있고, 피부도 좋아지며 좋은 컨디션을 유지할 수 있다. 동네 아저씨들이 사우나를 좋아하는 이유이기도 하다. 게다가 반신욕을 하면서 책을 읽거나 생각을 정리하고 가끔 연락이 뜸했던 사람들에게 문자 안부를 하는 등 자기만의 정리와 휴식 시간을 가질 수도 있다. 그리고 이 시간은 오롯이 당신만을 사랑하는 소중한 시간이다. 또한 반신욕은 운동보다 우울증

치료 효과가 2배 이상이며 불면증에도 도움이 된다. 물론 너무 오래 하거나 뜨겁게 하면 부작용도 있으니 조심해야 한다. 솔직히 반신욕 전도사는 아니지만, 반신욕은 건강 관리에 탁월한 방법임에 틀림없다. 혹시 이 글을 읽고 지금부터라도 반신욕을 하고 싶다면, 우선 화장실과 욕조를 당신이 가장 좋아하는 색과 향으로 바꾸고 꾸미는 일부터 시작해야 한다. 화장실을 배설의 공간이 아닌 당신만의 행복한 휴식 공간으로 바꿔야 한다.

넷째, 적정 체중을 유지해야 한다. 이 글을 쓰고 있는 나 자신도 항상 과체중이고 평생 다이어트 중이다. 그래서 매일 몸무게를 확인한다. 와이프는 몸무게만 확인하고 다이어트 노력은 하지 않는다고 비난하지만, 그래도 몸무게만이라도 재야 한다. 그래야 체중이 늘어나는 것을 경계할 수가 있다. 의지력 부족으로 항상 다이어트에 실패하고 어쩌다 조금 살이 빠지더라도 요요는 필수이자 슬픈 친구다. 게다가 비만이면 잡스러운 병들이 많이 생긴다. 고혈압, 당뇨, 고지혈증이라고 불리는 이상지질혈증 등 다양한 기저 질환도 생기기 쉽다. 개인적으로 오래전부터 혈압약을 먹고 있다. 한국에 혈압 약을 먹는 사람이 천만 명이 넘는다는 말에 조금은 위로가 되지만, 그래도 한 번 먹으면 평생 먹어야 하는 슬픈 약이다. 다이어트를 성공하면 혈압 약도 과감하게 끊어 볼 생각이다. 또한 뚱뚱하면 게을러 보이거나 전문성이 부족해 보인다. 자기 관리도 못 하는 의지가 부족한 사람처럼 보인다. 물론 나만의 선입견이고 수많은 비만인을 모욕하고자 하는 이야기가 아니다. 하지만 뚱뚱한 사람이 마른 사람들보다는 게으른 편은 맞다. 그리고 세상에 물만 먹어도 살찌는 사람은 없다. 이제 물은 그만 먹고 거울을 통해 자신의 모습을 냉정하게 바라볼 수 있어야 한다. 몸짱이 되어 바디 프로필을 찍지는 못할지언정, 환자가 되어 CT나 MRI를 찍을 수는 없지 않은가? 일단 뚱뚱하다면 다이어트부터 시작하자.

다섯째, 건강 검진은 매년 꾸준히 해야 한다. 젊다고 해서 건강에 대해 과신하면 절대 안 된다. 태어나는 것은 순서가 있어도 죽는 것은 순서가 없다. 특히 몸이 조용히 말해 주는 소리에 귀를 기울여야 한다. 건강은 좋아지게 하는 것도 중요하지만, 나빠지는 것을 막는 예방 행위는 더 중요하다. 건강은 건강할 때 지켜야 한다. 큰 병이 생기기 전에 혹은 병의 크기가 작았을 때, 건강 검진을 통해 미리 발견하고 적절한 치료를 해야 한다. 특히 생명에 치명적인 병의 경우는 더욱 중요하다. 솔직히 당신에게 어떤 병이 생길지는 아무도 모른다. 그리고 건강 검진은 100세 시대의 핵심이다. 요즘은 나이가 들어가면서 건강 검진을 할 때마다 혹시라도 나쁜 결과가 나올까 봐 항상 두려워한다. 점점 건강에 자신이 없어진다. 게다가 지금의 시대는 워라밸과 운동도 중요하지만, 자연스럽게 생기는 병과 함께 잘 지내면서 관리하는 것도 중요하다. 유병장수라고도 하지 않는가? 병은 치료나 관리도 중요하지만 예방이 더 중요하다. 도대체 언제까지 병에 걸리고 나서야 후회할 것인가? 기본적인 건강 검진 외에도 혹시라도 몸에 어딘가가 이상하다고 느껴진다면 미리 검사하고 확인을 해야 한다. 당신은 과한 것이 부족한 것만 못하다고 생각하는가? 하지만 건강만큼은 절대 아니다. 부족하면 죽을 수도 있다. 그러니 스스로 건강하다고 맹신하지 말고 지금 바로 건강 검진부터 예약하자. 나쁜 결과가 나올 수는 있어도 치료 시기를 놓쳐서 죽을 수는 없다.

여섯째, 멘탈과 스트레스를 잘 관리해야 한다. 회사나 직장 동료들에게 너무 많은 것을 기대하지도 말고, 할 수 없는 일에 매달리지 말고, 남들을 부러워하지 말고, 자신의 심신을 안정적으로 유지할 수 있어야 한다. 하지만 이게 말은 쉬운데, 경쟁 속에서 살아가는 직장인에게는 거의 불가능하다. 솔직히 이렇게 살려면 회사를 때려 치고 자연인이 되어야 할지도 모른다. 또한 멘탈이 유난히 약한 사람들도 있다. 내가 지어 준 와이프의 별명은 '멘탈 바사삭'이다. 와이프는 멘탈도 약하고 모든 일에 스트레스를 많이 받는 타입이다. 특히 작은 고민을 공룡만 하게 키운다. 남편은 행복을 키우고 싶은데, 와이프는 고민과 불행을 키우기 바쁘다.

그리고 스트레스는 만병의 근원이다. 직장 생활에 스트레스가 없을 수는 없지만, 적정 수준의 관리는 되어야 한다. 스트레스가 너무 가볍게 알려져 쉽게 생각되기도 하지만, 절대로 쉽게 생각해서는 안 된다. 스트레스가 왜 만병의 근원이겠는가? 병에 대한 정확한 원인을 모를 때, 스트레스가 정답은 아니더라도 해답은 될 수 있다. 예전 어떤 팀장은 "스트레스의 양과 연봉의 크기는 비례한다."고 말했다. 자신의 스트레스가 그만큼 많다는 의미인지 아니면 연봉이 스트레스에 비해 작다는 불평인지 잘 모르겠지만, 암튼 자신의 건강도 그만큼 나쁘다는 의미였을 것이다. 직장인은 스트레스에서 자유로울 수는 없지만, 자신만의 스트레스 관리 방법은 최소한 한 가지 이상 가지고 있어야 한다. 어떤 방법도 법의 테두리 안에서라면 상관없다. 오히려 스트레스를 덜어 내지 못하고 계속 쌓기만 하면 당신만 죽어 난다.

일곱째, 회사에서 번아웃이나 워커홀릭이 되는 것은 정말 미친 짓이다. 솔직히 회사가 당신 것인가? 도대체 왜 남의 것에 이렇게 미쳐 있는가? 우리는 언제 죽을지도 모르기에 건강도 관리해야 하고, 회사를 언제 잘릴지도 모르기에 커리어와 역량 향상에도 집중해야 한다. 그리고 번아웃은 직장인이 가장 경계하고 피해야 할 모습 중의 하나다. 번아웃이란 '신체적, 정신적인 극도의 피로감으로 인해 무기력증이나 자기혐오에 빠지는 증상. 즉, 체력과 정신력이 모두 방전된 상태'를 의미한다. 쉽게 말하면 지쳐서 아무것도 하기 싫은 상태다. 건강과 삶의 의욕을 잃어버리기 쉽고 자칫하면 생명에도 문제가 된다. "사람은 진이 빠지면 일찍 죽는다."는 말처럼, 자신이 번아웃 상태에 있다면 무조건 빨리 빠져나올 수 있도록 방법을 찾아야 한다. 그러나 현실은 자신이 번아웃 상태인지도 모르는 채로 계속 유지된다는 것이다. 하지만 직장 생활의 목표를 생각한다면, 절대로 번아웃이 되면 안 된다.

또한 워커홀릭이란 '외부의 압력이 아니라 스스로 압박을 느껴 필요 이상의 시간과 에너지를 쏟아 일하는 상태'를 의미한다. 이들은 밤낮도 없고 쉬는 날도 없다. 사람마다 정도의 차이가 있을 뿐, 직장인이라면 누구나 한 번쯤은 워커홀릭임을 느낄 때가 있다. 하지만 항상 미친 듯이 일만 하는 워커홀릭인 사람도 있다. 그리고 이들을 상사로 만나면 진짜 힘들다. 동료라면 그나마 다행이다. 당신도 워커홀릭이 되지 않으면 상사를 이해하거나 함께할 수 없고, 상사는 워커홀릭 상태를 정상적인 직장 생활이라고 생각한다. 워커홀릭에 걸린 직장인은 자신이 워커홀릭인지도 모르고 오히려 회사에 대한 애사심과 로열티가 높은 직장인이라고 생각하는 경우가 많다. 그러다가 건강이 나빠지거나 평가나 승진 등에서 밀려나게 되면, 그때서야 자신의 모습을 객관적으로 보게 되고 직장 생활에 대해 후회하는 순간이 찾아오게 된다. 그리고 만약 당신의 팀에서 단 한 명만 승진해야 한다면, 워커홀릭에게 양보하는 것이 좋다. 만약 승진 욕심을 낸다면, 당신도 워커홀릭이 되어야 한다. 다행히도 승진은 워커홀릭한 사람만 되는 것이 아니라 여러 사람이 같이 되니까 그 안에 포함되면 된다. 슬프게도 워커홀릭 대부분은 직무 만족도가 낮고 외부에 지인이나 친구도 없고 삶의 만족도도 낮으며 건강도 나쁘다. 솔직히 왜 이렇게 사는지 옆에서 지켜보면 답답할 때가 많다. 하지만 나 역시 예전에 많은 동료들이 워커홀릭이라고 말하던 시기가 있었다. 지금 생각해 보면, 그 시간과 열정이 너무 후회스럽고 미친 짓이라고 생각한다. 어쨌든 직장인은 절대로 번아웃이나 워커홀릭이 되면 안 된다.

마지막으로 산책과 걷기는 꾸준히 해야 한다. 요즘 최고의 화두는 단연 걷기다. 어느 의사는 걷기보다 더 좋은 운동이 없다고 말한다. "생각은 걷는 사람의 발끝에서 나온다."는 니체의 말처럼, 산책과 걷기는 생각하는 힘과 건강을 동시에 챙기는 가장 확실한 방법이다. 그리고 산책과 걷기의 장점은 혈압이나 콜레스테롤이 관리되고 다이어트에도 효과적이다. 소화력이 좋아지며 만병의 근원인 스트레스도 줄어든다. 『동의보감』은 "약으로 고치는 것보다 음식으로 고치는 것이 좋고, 음식으로 고치는 것보다 걸어서 고치는 것이 좋다."고 했다. 개인적으로도 와이프와 함께 하루에 1시간 이상 매일 걷는다. 10년 가까이 된 습관이다. 이제 산책을 하지 않으면 몸에서 먼저 산책을 해야 한다고 반응이 온다. 그나마 몇 개 안 되는 귀한 습관 중에 하나다. 산책과 걷기는 시간만 내면 쉽게 가능하고 어렵지도 않으며 비용적으로도 효율적인 방법이다. 분명 당신의 삶에 가장 좋은 습관이자 친구가 될 것임을 확신한다.

이외에도 술과 담배를 피하고 몸에 좋은 음식과 건강 보조제를 챙겨 먹거나, 규칙적인 운동과 좋은 생활 습관을 가지려고 노력하는 등 자신에게 맞는 다양한 방법으로 건강을 유지할 수 있도록 해야 한다. 건강은 건강했을 때 지켜야 한다. 솔직히 생로병사 중 스스로 유일하게 관리할 수 있는 것은 건강뿐이다.

실제로 아프니까 건강이 가장 소중하게 느껴진다

개인적으로 매년 건강 검진을 하면서 담낭에 돌이 있다는 이야기를 10년 넘게 들었다. 솔직히 처음 들었을 때는 마치 큰 병에 걸린 듯 무서웠다. 초음파 검사하는 분에게 "담낭에 돌이 있으면 앞으로 어떻게 되나요?"라고 걱정스럽게 물어봤다. "지금은 하나도 안 아프시죠? 담낭에 돌이 0.6cm라서 추적 검사만 하시면 돼요. 하지만 나중에 돌이 1cm가 넘으면 많이 아파요. 그때 병원에 가서 담낭을 떼어 내면 됩니다."라고 무덤덤하게 말했다. 나 같은 사람이 많은 모양이다. 그 이후에 아무렇지 않게 직장 생활을 했고 매년 건강 검진을 받을 때마다 동일한 결과를 받았다. 나름 신경이 쓰였지만 그래도 '지금 아프지 않으니 괜찮겠지?'라고 생각하며 넘어갔다. 그런데 갑자기 몇 년 전부터 위가 많이 아팠다. 평소에 위염이 있어서라고 생각했다. 하지만 아플 때는 견딜 수 없을 정도로 통증이 심했다. 처음에는 위경련이라고 생각하면서 몇 년을 참았지만, 갑자기 무서워지고 많이 안 좋다는 느낌을 받았다. '아! 이제는 진짜 병원에 가야겠구나.'라는 생각이 들었다.

2021년 8월, 정밀 검사를 통해 '만성 담낭염'이라는 판정을 받았다. 담낭에 돌이 생긴 이유는 정확히 모르지만, 이제는 문제가 되었다는 의미였다. 의사는 "담낭의 기능이 거의 상실됐어. 만약 내가 환자분 형이라면 지금 당장 수술시켰어. 그래도 아직 젊으니까 빨리 수술하는 게 좋아. 나이 들면 수술도 못 해."라고 말했다. 솔직히 무섭기도 했고 회사의 일도 많아서 의사에게 "제가 연말까지 직장 생활을 정리할 예정이니 잘 마무리하고 내년에 수술하겠습니다."라고 말했다. 그리고 그 동안 문제가 없도록 6개월간의 약을 처방받았다. 우루사 200mg. 평소에 피곤할 때나 먹었던 우루사를 치료용으로 먹기 시작했다.

2022년 6월 14일, 복강경 수술을 통해 담낭을 제거했다. 수술도 성공적이었고 떼어 낸 담낭의 조직검사 결과도 문제가 없었다. 그 이후 아픈 것은 사라졌고 무엇보다 삶의 질이 좋아졌다. 그래서 '이렇게 될 줄 알았으면 빨리 수술할걸.' 하면서 후회하기도 했다. 그동안 생각보다 많이 아팠던 모양이다. 이제는 쓸개도 없는 놈이 되었다. 개인적으로 직장 생활을 하면서 많은 사람들에게 상처를 주고 독하게 해서 천벌을 받았다고 생각한다. 퇴직한 지금, 이제는 그렇게 살고 싶은 생각이 추호도 없다. 실제로 아프니까 건강이 가장 소중하게 느껴진다.

5. 행복

• 당신의 직장 생활은 행복했다고 말할 수 있을까?

개인적으로 "직장 생활을 왜 하십니까?"라는 질문에 행복하기 위해서라고 말하는 직장인을 거의 본 적이 없다. 대부분의 직장인은 돈이나 소속감, 성취감이나 자아실현을 위해서라고 말한다. 그 안에서 행복이라는 단어는 찾아 보기 힘들다. 그렇다면 행복한 직장 생활은 가능한 것일까?

상사였던 A 상무님은 "직장 생활이란 원래 불행한 거야. 만약 직장 생활이 행복하다면 오히려 돈을 내고 회사를 다녀야지!"라고 자주 말했다. 그의 직장 생활은 많이 힘들고 불행했던 모양이다. 부하 직원들도 자신과 똑같이 불행할 거라고 생각해서 그렇게 말했는지 모르겠다. 안타깝게도 A 상무님의 퇴직할 때 모습은 누구보다 불행해 보였다. 마치 죄지은 사람인 양 도망치듯이 그만두셨다. 또한 최근 대한민국의 직장인은 금전과 건강, 행복과 위로에 대한 집착으로 가득하다. 서점에는 행복과 건강을 찾는 방법이나 위로를 건네는 책들로 가득하다. 이 외에도 투자나 성공에 대한 이야기는 훨씬 많다. 도대체 직장인은 왜 행복이나 위로를 일부러 찾아서 느껴야 할 만큼 불행하고 힘든 직장 생활을 계속 하고 있는 것일까?

"행복의 비밀은 자신이 좋아하는 일을 하는 것이 아니라, 자신이 하는 일을 좋아하는 것이다."라는 괴테의 이야기와는 반대로, 대부분의 직장인은 '직장 생활이란 힘들기만 하고 좋아할 수도 없으며 대부분 비관주의자나 이기주의자로 생활하기에, 그 속에서 행복을 찾거나 위로를 느끼기는 불가능하다.'고 생각한다. 그렇다면 왜 이렇게 부정적인 생각들이 지배하는 것일까? 정말 우리는 오직 금전적인 이유로 직장 생활을 해야만 하는 불행한 노예에 불과한 것일까? 게다가 누군가는 피할 수 없다면 즐기라고 말하지만, 직장 생활은 도저히 피할 수도 없고 즐길 수도 없는 것이 현실이다.

인생이란 어떤 목표나 도달해야 할 목적지가 따로 정해져 있는 것이 아니다. 그냥 하루하루 살아가는 여정 그 자체다. 행복은 삶에 대한 애정을 가지고 보람과 재미를 느끼는 과정에서 결정된다. 그래서 행복은 정도나 규모가 아닌 빈도에 연동한다. 행복한 삶을 살고 싶다면, 목표의 크기에 상관없이 긍정적이고 기분 좋은 일들이 많아야 한다. 그리고 우리는 일하기 위해 태어난 것이 아니라 행복하기 위해 태어났다. 만약 직장 생활을 계속 불행하게 느끼고 실제로 불행한 것이 맞으며 도저히 개선의 여지가 없다고 생각되면, 지금 바로 회사를 과감하게 정리해야 한다. 하지만 이조차도 자신의 의지대로 하기엔 쉽지 않은 것이 현실이다. 게다가 우리를 불행하게 만드는 것 중 유난히 경계해야 할 것들도 많다. 과거에 대한 후회, 걱정, 고민, 비교와 자격지심, 아무것도 하지 않으면서 미래에 대한 막연한 기대감 등이다. 특히 걱정과 고민의 80% 정도가 시간이 지나면 자연스럽게 사라지고, 20%는 어차피 벌어질 일이기 때문에 걱정과 고민을 미리 한다고 해서 해결되는 것도 아니다. 오히려 미래를 통제할 수 없기에 걱정과 고민보다는 지금 할 수 있는 부분에 최선을 다하는 것이 우리가 할 수 있는 전부다. "걱정을 해서 걱정이 없어지면 걱정이 없겠네!"라는 말처럼, 과도한 걱정과 고민은 있지도 않은 불행을 불러오거나 지금 당신의 행복을 갉아먹고 있을지도 모른다. 어쩌면 우리는 행복을 찾기보다는 불행을 피하기 바쁜지도 모른다. 도대체 왜 이렇게 됐을까?

대부분의 직장인은 회사에서 하루 중 가장 많은 시간을 보낸다. 그래서 직장 생활이 행복하지 않으면 삶이 행복할 수가 없다. 그렇다면 어떻게 해야 직장 생활을 조금이라도 행복하게 할 수 있을까?

첫째, 자신에 대해 최대한 긍정적으로 생각하며 일을 사랑하려고 노력해야 한다. 물론 상투적이고 지긋지긋하게 들릴 수도 있다. 하지만 어쩔 수 없다. 원래 진리란 투박하고 당연하게 들린다. 그리고 자기 일을 사랑하려면 우선 자신을 사랑해야 한다. 자신에 대한 절대적인 지지자는 오직 자신뿐이다. 당연히 세상의 중심도 당신 자신이다. 당신이 없으면 어떤 세상도 존재하지 않는다. 이렇게 자기 중심적인 생각을 바탕으로 무슨 일을 하더라도 잘할 수 있다는 자신감을 가져야 한다. 그래야 상사의 인정과 신뢰, 성과 창출을 통해 일을 사랑할 수가 있다. 또한 나쁜 일은 경험이고 좋은 일은 다행이자 행복이라고 느껴야 한다. 긍정적인 생각을 최대한 많이 해야 행복한 직장 생활을 할 수 있다. 만약 일이 너무 힘들고 좋아하기 어려우면, 그동안 취업하기 위해 얼마나 많은 고생을 했고 지금 나에게 주어진 일이 있다는 사실 자체가 얼마나 감사한 것인지를 생각하면 된다. 물론 지금 당장은 회사 때문에 고통을 받지만, 당신의 자리를 원하는 수많은 사람들이 대기하고 있다고 생각을 하면 그나마 위로가 될 것이다. 원래 사람은 올려 볼수록 불행하고 내려 볼수록 만족할 수 있다. 항상 긍정적으로 생각하고 일을 사랑하려고 노력해야 한다. 그래야 힘든 직장 생활이 조금이나마 행복해질 수 있다. 직장인에게 직장 생활이 불행하면 삶이 절대로 행복해질 수 없다.

둘째, 자신이 직장 생활에 왜 최선을 다해야 하는지 스스로를 이해시킬 수 있어야 한다. 만약 직장 생활 외에 다른 대안이 있으면 그것을 선택하면 된다. 하지만 여건상 어쩔 수 없이 직장 생활을 해야 한다면, 최대한 긍정적으로 생각하고 인정과 칭찬을 받으면서 직장 생활을 하는 것이 바람직하다. 솔직히 직장 생활은 그냥 힘들고 모든 사람이 힘들어한다. 특히 자신이 직장 생활을 왜 해야 하는지 스스로를 이해시키지 못하면 즐겁거나 긍정적일 수 없다. 하루하루 노예처럼 일에 끌려다니면서 불행함을 느끼기보다는, 업무를 주도하고 성과를 통해 행복감을 느끼는 것이 맞다. 어차피 할 거면 제대로 해야 한다. 그리고 회사에서 인정과 신뢰를 받지 못하면 직장 생활은 불행해진다. 일은 점점 하기 싫어지고 성과는 계속 나빠지는 악순환에 빠진다. 이런 슬럼프나 악순환은 무조건 생각을 바꿔서 하루라도 빨리 벗어나야 한다. 직장 생활은 피할 수 없다고 해서 참거나 즐길 수 있는 문제는 아니다. 지금 자신이 왜 직장 생활을 해야만 하는지 냉정하게 이해하고 겸허하게 받아들여야 한다. 직장 생활의 행복은 여기서부터 시작된다. 스스로를 이해도 못 시키는 직장 생활에 과연 행복이 존재할까? 그렇다면 당신은 직장 생활을 왜 하는가? 개인적으로는 돈 때문에 직장 생활을 했고, 모든 어려움을 참고 견뎌 낼 수 있었다. 아무리 힘들고 비참함을 느껴도 나 자신의 행동을 이해시킬 수 있었다.

셋째, 남들과 비교하지도 말고 어쩔 수 없이 비교해야 한다면, 비교의 기준과 욕심을 낮추어야 한다. 비교는 하면 할수록 비참해지거나 교만해진다. 남들과 비교해서 앞서면 자만심이 생기거나 다행이라고 생각되고, 남들보다 부진하면 열등감을 느끼거나 결과 자체를 부인하게 된다. 그리고 열등감이란 스스로 느끼는 자기만의 감정이다. 누가 당신에게 심어 준 것이 아니다. 당신은 남들과 키, 외모, 재산, 성격, 성장 과정 등 모든 것이 다르다. 세상에는 당신과 똑같은 사람은 존재하지 않는다. 그런데 왜 자꾸 남들과 비교해서 스스로 상처를 받는가? 게다가 비교는 당신에게 얼마 남지도 않은 자신감과 자존심에도 상처를 준다. 비교와 경쟁은 직장인의 정신 건강을 해치는 가장 큰 요인이다. 진짜 중요한 것은 남들에게 보여지거나 평가되는 부분이 아니라 자신이 바라보는 자기의 모습이다. 남들의 평가나 험담은 당신의 가치와 행복과는 전혀 상관없다.

솔직히 비교를 하면 할수록 직장 생활이 불행해지는 것은 확실하다. 만약 비교를 통해 스스로 성장하고 싶다면, 일신우일신(日新又日新)의 자세로 어제의 자신과 오늘의 자신을 비교하면 된다. 하지만 이 또한 말할수록 정말 고리타분하게 들린다. 어쩌면 '나의 경쟁 상대는 나 자신'이라는 말도 우리가 성장해야 하고 모든 것을 극복해 나가야 한다는 강박에서 나오는 말인지도 모른다. 우리는 학창 시절 동안 학교 친구나 옆집 친구와 비교당하며 살아왔다. 대학과 취업을 할 때도 마찬가지였다. 그리고 지금도 회사에서 원치 않는 비교를 충분히 당하며 살아가고 있다. 이렇게 비교를 피할 수도 없는데 왜 남들이 아닌 스스로까지 비교를 하면서 불행함을 느끼는가? 솔직히 묻고 싶다. 당신은 정말 누군가보다 조금 우월하면 행복한가? 정말 비교를 통해 성장할 수 있다고 생각하는가?

또한 비교는 기준을 어디에 둘 것인가에 따라 결과와 해석이 달라진다. 낮은 곳을 보면 만족하고 행복할 수 있으며, 높은 곳을 보면 열패감만 느낀다. 비교는 지금 나의 위치가 중요한 것이 아니라 상대적 위치가 중요하기 때문에, 비교를 하는 순간 자기만족을 통한 행복은 사라지고 교만해지거나 비참함만 남게 된다. "사돈이 땅을 사면 배가 아프고, 우리는 배가 고픈 것은 참아도 배가 아픈 것은 못 참는다."는 말처럼, 비교에서 나오는 질투심과 상대적 박탈감은 행복에 전혀 도움이 되지 않는다. 게다가 유난히 비교를 좋아하는 경쟁적이고 공격적인 기업 문화가 직장 생활을 더욱 불행하게 만든다. 직장 생활을 하면 어느 누구도 비교에서 자유로울 수 없다. 평가나 승진 등 모든 것들이 비교에서 시작된다. 하지만 어쩔 수 없다. 이것이 싫다면 회사를 그만둬야 한다. 그리고 행복은 자신을 기준으로 인식하는 것이고, 불행은 타인을 기준으로 나를 인식하는 것이다. 비교의 기준이나 생각을 바꾸고 욕심을 내려놓을 수 있다면, 우리는 조금이라도 행복한 직장 생활을 할 수 있다.

넷째, 상사나 동료 직원들과 좋은 관계를 형성해야 한다. 직장 생활을 그만두는 이유의 90%가 사람 관계 때문이며, 직장 생활은 가급적 적을 만들지 말아야 한다. 하지만 직장 생활의 적은 당신이 원하지 않아도 자연스럽게 만들어진다. 단지 적의 규모만 차이가 있을 뿐이다. 회사 동료들을 경쟁자로 생각해서 굳이 적대시할 필요도 없고, 모든 사람들과 잘 지내기 위해 노력할 필요도 없다. 물론 노력한다고 해서 가능한 것도 아니다. 그냥 같이 힘든 직장 생활을 하는 동지로서 마음으로 함께하면 된다. 학창 시절 친구 관계와 똑같다고 생각하면 된다. 만약 상사나 동료들에게 인정과 신뢰를 받지도 못하고 조직에서 왕따를 당한다면, 행복한 직장 생활이 가능할까? "나에게 좋은 사람을 찾으려고 노력했지만, 먼저 상대방에게 내가 좋은 사람이 되어서야 비로소 좋은 사람이 다가왔다." 라는 이효리의 말처럼, 직장 동료들에게 진심과 함께 좋은 사람으로 먼저 다가선다면, 당신의 직장 생활은 충분히 행복해질 수 있다. 관계에서 상처받기를 두려워하기보다는 오히려 행복을 찾을 수 있다는 긍정적인 생각에 집중해 보자.

다섯째, 직장 생활은 과정도 중요하지만 결과나 성과가 더 중요하다. 많은 사람들이 행복은 결과가 아닌 과정에 달려 있다고 말한다. 물론 심정적으로 100% 동의한다. 그러나 과정에서 최선을 다해 좋은 성과가 있으면 다행이지만, 성과가 나쁘면 불행하게 되는 것이 직장 생활이다. 게다가 성과에 따라 과정에 대한 해석이 달라지기도 한다. 우리는 직장 생활에서 워라밸을 추구하고 행복함을 느끼려고 노력하지만, 회사 동료들에 비해 진급이 늦거나 성과가 나쁘거나 상사나 동료로부터 인정과 신뢰를 받지 못하면 직장 생활은 행복할 수가 없다. 심하게 말하면, 직장 생활에 성과가 없으면 행복도 없다. 성적이 나쁜 학생의 학교생활이 행복하기란 쉽지 않다. 그래서 직장인은 반드시 성과에 집중해야 한다. 직장인은 성과로써 자신의 가치를 증명해야 한다. 성과는 당신의 가치이자 행복의 수준과 연결되니까 말이다.

여섯째, 험담이나 뒷담화 등 부정적인 말보다는 장점이나 칭찬 등 좋은 말을 가급적 많이 하고 긍정적인 사람들과 함께해야 한다. 사람은 누구나 주변 환경에 많은 영향을 받는다. "잘했어! 잘될 거야!"라는 긍정의 말을 최대한 많이 하고, 동료들에게도 긍정적인 에너지를 주는 사람이 되어야 한다. 나름 걱정한답시고 "그게 가능할까? 그게 될까?" 등의 부정적인 우려나 의심적은 말은 서로에게 부담만 되고 될 일도 안 되게 한다. 그리고 사람은 원래 유유상종하며 비슷한 사람들끼리 똘똘 뭉친다. 험담하는 사람은 험담하는 사람끼리 뭉친다. 그들은 너와 나를 구분하지 않으며 지금도 어디선가 당신에 대한 험담을 하고 있을지도 모른다. 게다가 긍정의 힘을 믿고 샐리의 법칙을 더 많이 믿어야 한다. 항상 좋은 기분을 느낄 수 있도록 노력한다면, 긍정의 기운과 행복이 당신과 함께할 것이다. 당연한 말이지만, 긍정적인 사람을 주변에 많이 두고 싶다면, 당신이 먼저 긍정적인 사람이 되어야 한다. 직장 생활의 행복도 마찬가지다. 스스로 행복하다고 생각해야 진짜 행복해진다. 하지만 회사에는 이기적이고 불평불만으로 가득한 사람들이 많다. 도대체 왜 그렇게 생각하고 행동하는지 이해가 되지는 않지만, 그 나름대로 행복한 직장 생활을 하고 있지 않을까 생각한다. 우선은 당신부터 긍정적이고 행복할 수 있도록 노력해 보자.

마지막으로 당신만의 행복을 위한 시간 관리를 철저히 해야 한다. 일단 행복을 찾거나 느낄 수 있는 시간을 의식적으로 만들어야 한다. 성과를 위해서는 일의 우선순위를 설정하고 스케줄을 철저하게 관리해야 하듯이, 행복한 직장 생활을 위해서는 행복을 느낄 수 있는 시간을 의도적으로 많이 만들어야 한다. 동화 작가 미하엘 엔데의 『모모』에서도 회색인들이 침범해서 평안하고 행복했던 마을 사람들의 시간을 빼앗고, 그들을 항상 바쁘고 불행하게 만든다. 이는 마치 직장 생활을 이야기하는 듯하다. 이제부터는 불필요한 일을 줄이고 걱정과 고민하는 시간도 줄여야 한다. 기존의 시간을 비워야 새로운 시간을 만들 수 있다. 당신의 시간을 노예 의식과 업무로만 채우려 한다면, 행복한 직장 생활은 불가능하다. 지금 당신에게는 행복을 느낄 수 있는 시간이 절대적으로 부족하다.

  당신의 직장 생활은 정말 행복할 수 있을까? 그렇다면 당신의 직장 생활은 행복했다고 말할 수 있을까? 지금 이 글을 읽고 있는 당신만이라도 조금은 행복해졌으면 좋겠다.

.

당신의 리즈 시절은 언제였는가?

만약 과거로 돌아갈 수 있다면, 당신은 어느 시절로 돌아가고 싶은가? 그리고 가장 행복했던 시절은 언제인가? 개인적으로는 고등학교 2학년과 3학년 시절이 가장 행복했다. 많은 사람들이 고등학교 시절을 공부와 입시에 대한 스트레스 때문에 싫어하지만, 나에게는 가장 행복한 시간이었다.

강남의 K 고등학교. 졸업한 지 30년이 넘었지만, 지금까지 계속 함께하는 친구들이 있다. 생각만 해도 행복한 친구들이다. 그 시절 우리는 농구나 배구 등 운동과 공부를 같이했고, 20대 시절에도 함께 운동도 하고 인생에 대해 고민하면서 행복하게 보냈다. 아마도 그때 다져진 체력으로 그나마 지금까지 버티고 있다고 생각한다. 30대 중반 이후에는 다들 바쁘다는 핑계로 자주는 못 보지만 그래도 망년회를 유치원이나 사진관을 빌려서 하기도 하고, 힘들면 서로 위로하면서 힘이 되는 친구로 지금까지 함께하고 있다. 나에겐 너무 소중한 친구들이자 인생의 동료들이다.

하지만 신기하게도 고등학교 친구들 중 직장 생활은 나만 했다. 반대로 대학 친구들은 모두 직장 생활을 하고 있다. 고등학교 친구들은 개인 사업을 하거나 판사나 회계사 등 전문직이나 공무원이 되었다. 모두들 자신의 자리에서 최선을 다하며 열심히 살아가고 있다. 그리고 우리는 고등학교 때부터 "돈을 빌리는 친구가 아닌 빌려줄 수 있는 친구, 어렵거나 나쁜 상황을 만들지 말고 서로에게 도움을 줄 수 있는 친구가 되자."고 끊임없이 이야기했다. 지금도 이 말을 서로 지키면서 살아가고 있다. 언제라도 만나면 즐겁고 행복한 친구들이 있다는 것. 이것이 얼마나 다행이고 큰 행복인지 모른다. 함께 만날 때마다 우리는 30년 전으로 행복한 시간 여행을 떠난다.

그렇다면 당신의 리즈 시절은 언제였는가? 만약 돌아갈 수 있다면, 어느 시절로 돌아가고 싶은가? 그리고 그곳엔 누가 있는가? 내일은 친구들에게 소주 한잔하자고 연락이나 해야겠다.

행복은 정도가 아닌 빈도에 달려 있다

최근 2년 동안, 인형 뽑기에 흠뻑 빠져 있었다. 길에서 인형을 뽑는 작은 가계만 보면 미친 듯이 뛰어 들어갔다. 와이프는 돈만 낭비한다고 싫어했지만, 그래도 나만의 작은 행복이었다.

천원을 게임기에 넣고 작은 인형을 뽑으면 인형이 열쇠를 들고 있었다. 그리고 그 열쇠로 케이스에 들어 있는 더 큰 인형을 가질 수 있는 게임이었다. 한번에 큰 인형과 작은 인형 2개 모두를 얻게 된다. 인형의 크기는 약 60cm. 생각보다 크다. 물론 돈을 꽤 많이 썼지만, 막상 뽑았을 때는 너무나 행복했다. 소확행이란 이런 것이 아닌가 생각한다. 작다고 하면 작을 수도 있지만, 나는 확실히 행복했다. 그리고 뽑은 인형들을 아이가 있는 회사 후배나 친구들에게 선물했을 때도 행복했다. 사실 후배들은 이렇게 큰 인형을 뽑을 수 있다는 사실조차도 직접 눈으로 보기 전까지 믿지 않았다. 나의 이런 행동들이 평상시 직장 생활의 모습과는 어울리지 않는다고 생각했던 모양이다.

나는 이런 것들을 행복이라고 믿는다. 우리는 모두 행복하려고 태어난 사람들이다. 정확히 기억나지는 않지만, 태어날 때 분명히 삼신할머니가 "세상에 나가서 행복하게 지내다 돌아오거라~."라고 말씀하셨다. 그리고 지금 행복해야 나중에도 행복할 수 있다고 믿는다. 반드시 큰 목표를 달성하거나 특별한 의미가 있어야만 행복한 것은 아니다. 작지만 좋아하는 것들을 통해 충분히 많은 행복을 느낄 수 있다고 생각한다. 게다가 나는 스타크래프트나 포커 게임을 하는 자체도 행복하고, 와이프와 함께 독서와 산책을 하고 떡볶이를 먹는 것도 행복하다. 지금도 일부러라도 행복함을 많이 느끼려고 노력한다. 나는 주변에 작고 소중한 것들에 행복이 숨어 있다고 믿는다. 찾고자 하는 의지와 눈만 있다면, 마음 속의 욕심이나 방향을 조금만 바꿀 수 있다면, 우리는 행복을 충분히 찾을 수 있다. 그리고 미래의 행복을 위해 현재의 행복을 양보하지는 말자. 언제 죽을지도 모르는 시간 속에 지금의 행복이 더 소중하다는 사실을 그냥 지나치지 말자.

행복은 정도가 아닌 빈도에 달려 있다. 그래서 나는 항상 하고 싶은 것들이 생각날 때마다 메모하고 버킷 리스트에 옮겨 적는다. 하고 싶은 것들이 쌓이는 속도보다는 실행함으로써 느낄 수 있는 행복의 크기가 더 컸으면 좋겠다. 지금 이 글도 행복함을 느끼며 쓰고 있다. 오늘은 왠지 20년이 넘는 직장 생활과 1억이 넘는 연봉을 포기하고 글쓰기를 선택한 개념 없는 나 자신의 용기를 칭찬하고 싶다.

당신을 행복하게 만드는 것들은 의외로 많다

팀장 시절, 가끔 부하 직원들에게 직장 생활의 행복에 대해 질문을 했다. "만약 오늘이 원칙적으로 출근하는 날이지만, 회사가 오늘 하루만큼은 당신 자신을 위해 마음대로 사용할 수 있다고 제안을 한다면, 당신은 지금 당장 무엇을 하겠는가?"라고 물었다.

대부분의 직원들은 그동안 시간이 없어서 미뤄 두었던 영화 보기, 독서하기, 여행하기 등 평소에 충분히 할 수 있는 평이한 것들만 대답했다. 그래서 "평소에 할 수 있는 것 말고, 진짜로 당신 자신만을 위해서 하고 싶은 것은 무엇인가?"라고 물었다. 예를 들면 과거에 같이 근무했던 좋았던 기억을 가진 친구나 동료가 보고 싶거나, 갑자기 그립거나 생각나는 사람, 결혼하기 전에 좋아했던 사우나나 마사지, 그 외에 자신만을 케어하거나 위로를 받을 수 있는 방법과 진짜로 하고 싶은 것들이 분명히 있을 거라고 말했다. 하지만 직원들은 자신들이 무엇을 좋아하고 원하는지 잘 모르고 있었고 표현도 못 했다. 그동안 이런 생각 자체를 한 번도 해보지 않고 지내 왔기 때문이라고 생각한다. 그럼에도 직원들은 "이런 질문들은 생각만 해도 너무 행복하다."고 말했다. 솔직히 지금 생각난 것을 바로 실행하면 더 행복할 수 있는데도 말이다.

만약 지금 이 글을 읽는 중에 갑자기 기억나거나 보고 싶은 사람이 떠오른다면, 생각이 사라지기 전에 메모하거나 바로 연락해 보기를 바란다. 혹시라도 너무 오랜만이라 전화할 용기가 나지 않거나, 서먹하거나 어색하다고 생각이 되면 문자라도 보내야 한다. "그냥 오늘 네 생각이 나서 문자 보내. 잘 지내고 있지?"라고 시작하면 된다. 아마 그 문자를 받은 상대방도 답장이 바로 올 것이다. 만약 그렇다면 상대방도 그 동안 당신을 그리워하고 있었음이 틀림없다. 그다음은 약속을 잡고 만나야 한다. 아니면 최소한 통화라도 해야 한다. 그 자체로 행복함을 충분히 느낄 수 있을 것이다. 실제로 이렇게 말해 준 직원들 중 약 30% 정도만 실행했다. 그리고 그들은 더 이상 말하지 않아도 스스로 행복을 찾아가는 중이다.

행복의 기준은 사람마다 다르며 가르칠 수도 없다. 자기만의 행복에 대한 기준과 충만한 삶이 되기를 희망할 뿐이다. 생각해 보면, 당신을 행복하게 만드는 것들은 의외로 많다. 다만 우리는 기억을 못 하고 있을 뿐이다.

지금은 확실히 행복함을 느낀다

    우리는 삶을 자발적이고 주도적으로 살고 있다는 느낌을 받을 때 행복함을 느낀다. 그리고 삶을 행복하게 살아가기 위해서는 관계, 금전, 건강 등 3가지 조건이 필수적이다. 이 3가지는 노년에만 해당되는 이야기가 아니라, 인생 전체에 걸쳐 반드시 필요한 행복의 조건들이다. 하지만 이 3가지 조건들은 아무리 준비해도 끝이 없다. 사람의 욕심은 끝이 없어서인지 모르지만, 솔직히 얼마나 어떻게 준비해야 되는지 감도 안 온다. 사실 행복은 개인적이고 주관적인 감정이기에 지금의 준비 정도면 만족하는 사람도 있고, 같은 수준에도 턱없이 부족하고 불행함을 느끼는 사람도 있다. 원래 같은 상황도 개인적 욕심, 기대 수준, 상대적 비교 때문에 다르게 생각된다.

    그렇다면 돈은 얼마나 있어야 행복할까? 100억 이상이 있어야 행복할까? 그보다 적은 10억이나 5억만 있으면 불행할까? 훨씬 적으면 얼마나 더 불행할까? 이것은 절대적 기준인가? 아니면 비교를 통한 상대적 기준인가? 도대체 진정한 친구는 몇 명이 필요하고, 건강의 수준은 어느 정도여야 하는가? 생각할수록 욕심과 답답함만 늘어 가고 숨이 막힌다. 이 상태라면 행복을 느끼기 전에 행복의 조건만 준비하다 불행하게 죽을지도 모르겠다.

직장 생활에 미쳐 있던 어느 날, 나는 나 자신을 'Fire족'으로 규정했다. Fire족은 30대 후반에서 40대 초에 계획한 돈을 빨리 모아서 직장 생활을 그만두고 자신만의 소중한 삶을 살아가고자 노력하는 직장인들이다. 솔직히 나는 나이를 생각하면 꽤 많이 늦었다. 하지만 미래에 대한 걱정과 불안보다 지금의 행복을 과감히 선택했다. 다행히 진짜 친구도 몇 명은 있는 것 같고 건강도 그럭저럭 나쁘지는 않다. 서울에 작은 집 한 칸 있는 것도 그나마 다행이다. 그리고 앞으로 주어진 시간을 오롯이 나만을 위해 사용할 수 있다. 그동안 고통스럽고 힘들었던 직장 생활과 꼴 보기 싫은 사람들을 안 봐서 더 좋다. 지금은 내가 하고 싶은 일을 할 수도 있고, 모든 것을 스스로 선택할 수 있어서 행복하다. 무엇보다 와이프가 건강하고 백수인 나를 이해해 주는 것이 가장 큰 행복이다.

그렇다면 지금 나는 진짜로 행복한가? 솔직히 직장 생활은 행복하지 않았다. 하지만 회사를 정리하고 이 글을 쓰고 있는 지금은 확실히 행복함을 느낀다.

6. 습관

• 우리의 DNA는 나쁜 습관을 사랑한다

 습관은 당신의 운명을 바꿀 수도 있으며, 좋은 습관을 3가지만 가지고 있어도 행복한 삶이 가능하다고 한다. 개인적으로 행동이 습관을 만들고 습관이 생각을 바꾼다는 말에는 동의하지만, 습관을 통해 운명까지 바꾸는 것이 가능한지는 좀 더 살아 봐야 알 것 같다.

 습관이란 '무의식적이고 반복적으로 하는 행동이나 사고 방식' 혹은 '어떤 행위를 오랫동안 되풀이하는 과정에서 저절로 익숙해진 행동 방식'을 의미한다. 쉽게 말하면, 행동이나 사고에 꾸준함이나 지속성이 더해지면 습관이 된다. 보통 습관은 처음에 의식적으로 시작되나 시간이 흐르면서 점점 익숙해지고 무의식적으로 행동하게 되는 것이다. 우리는 무엇인가를 시작해서 결과가 나쁘거나 운동이나 다이어트가 작심삼일이나 얼마 지나지 않아서 흐지부지되면, 의지력이나 열정이 부족하다고 자책하거나 실망하게 된다. 우리는 모두 좋은 습관을 원하지만, 몸에 익숙하지도 않고 맞지도 않는 습관을 새롭게 만들려면 많은 시간과 노력이 필요하다. 좋은 습관 만들기에 실패했던 사람들은 열정이나 의지력 부족 때문이라고 생각하기 쉽지만, 그렇게 생각할 필요가 전혀 없다. 다른 사람들도 당신과 똑같다. 좋은 습관 만들기가 그렇게 쉬웠다면, 우리는 절대 미생일 리가 없다. 솔직히 무엇이든 마음 먹어서 좋은 습관을 만들 수만 있다면, 정말 소원이 없겠다.

개인적으로는 좋은 습관이 만들어지는 시기를 총 3단계로 구분한다.

1단계는 시작한 지 3주 정도가 지나면 약간의 익숙함이 생기기 시작한다. 이는 글자 그대로 약간의 익숙함에 불과할 뿐, 아직 습관이라고 말할 정도는 아니다. 그래도 몸에 익숙하지는 않지만, 열정과 의지력으로 좋은 습관을 만들기 위해 노력하는 시기다. 그리고 1단계는 좋은 습관을 만들기 위한 최초의 과정이자 위기이기도 하다. 보통 이 시기에 멈추는 경우가 대부분이고 쉽게 원래 상태로 되돌아간다. 우리는 이런 경우를 작심삼일이라고 한다. 단지 좋은 습관을 만들기 위해 노력했다는 경험과 좋은 습관을 만들기가 얼마나 힘들고 고통스러운지 이해하는 시기다. 대부분의 사람들은 이 시기를 계속 반복하거나 머물러 있다.

2단계는 약 3개월 정도가 지나면 생각과 행동이 완전히 익숙해지는 단계다. 스스로 좋은 습관의 효과를 약간은 느끼면서 더 열심히 해야겠다는 생각이 강화되는 시기다. 다이어트를 하면 체중이 빠지기 시작하고, 공부를 하면 성적이 약간은 반응하는 시기다. 좋은 습관에 대한 기대감이 점점 커지고 열심히 해야겠다는 생각이 매우 강해지는 시기다. 하지만 나쁜 습관은 몸이 편하고 하기 쉬우며, 좋은 습관은 항상 어색하고 불편하다. 게다가 우리의 DNA는 나쁜 습관을 사랑한다. 나쁜 습관은 인간의 본능에 훨씬 가깝다. 그래서 좋은 행동보다 나쁜 행동이 훨씬 빠르게 습관이 된다. 나쁜 행동이 더 즐겁고 재미가 있다. 우리는 운동보다는 먹거나 자고 싶고, 도전보다는 위험을 피하고 현실에 안주하고 싶어 한다. 독서보다는 게임이 좋고, 몸에 나쁘다는 술, 담배, 마약에 쉽게 중독되기도 한다. 특히 이런 해로운 것들은 몸이 저절로 끌어당긴다. 그만큼 나쁜 습관은 매력적이고 위력적이다. 반대로 좋은 습관은 인간의 본능과 자연스러움에 역행하는 행동이다. 그래서 2단계도 멈추면 원래 상태로 쉽게 돌아간다. 하지만 이 또한 상처받지 말고 당연하게 생각해야 한다. 좋은 습관이 되기엔 3개월은 익숙하긴 하지만 아직 부족하다. 그래도 약간의 효과는 직접 확인할 수 있고 이를 통해 열정과 의지력이 강화되는 시기다. 그래서 오히려 지금까지의 꾸준함을 칭찬하고 좋은 습관이 지속될 수 있도록 스스로를 독려해야 하는 중요한 시기다. 여기서 멈추기에는 그동안의 노력이 너무 아깝다.

마지막 3단계는 군이 일부러 생각하지 않아도 몸이 저절로 반응하는 단계다. 이 정도 수준이 되려면 최소 3년 이상의 꾸준함과 지속성이 필요하다. 보통 이 3단계를 습관이라고 부른다. "나는 ○○습관을 가지고 있다."고 말할 수 있으려면, 최소 3년 이상의 꾸준함과 몸이 저절로 반응해야 한다. 개인적으로 독서, 산책, 반신욕 이 3가지 좋은 습관을 가지고 있다. 모두 10년 이상 꾸준히 해 왔다. 솔직히 10년 이상 해 보니 이 3가지 습관의 효과를 확실히 느낀다. 모든 습관은 최소 3년 이상 지속되어야 진짜 습관이 된다. 혹시 당신의 생각보다 길지 않은가? 인생에 진정한 친구 3명만 있어도 성공한 삶이라고 하듯이, 좋은 습관 3가지만 있어도 삶은 충분히 행복할 수 있다. 그래서 좋은 습관을 만드는 것은 진정한 친구를 찾는 것만큼 어려운 일이다.

그렇다면 좋은 습관을 만들려면 어떻게 해야 하는가?

첫째, 좋아하면서도 쉬운 것부터 시작해야 한다. 좋아하지 않으면 꾸준히 하기도 힘들고 좋은 습관이 되기는 훨씬 어렵다. 우선은 지금 좋아하는 것부터 습관으로 만들어 가야 한다. 동시에 자신의 좋은 습관과 나쁜 습관을 정리하고 이해해야 한다. 지금 당신은 어떤 습관들을 가지고 있는가? 나쁜 습관을 버리는 것도 좋은 습관을 만드는 것과 똑같이 힘들고 중요한 일이다. 몸에 좋은 약은 입에 쓰다고 하지만, 이제는 몸에 좋은 약도 입에 쓰지 않고 입맛에 맞는 약들이 충분히 많다. 굳이 힘들 길을 선택할 필요가 없다. 먼저 자신을 이해하고 지금 하고 있거나 좋아하는 것부터 좋은 습관으로 만들면서 나쁜 습관을 없애는 것도 병행해야 한다. 일단은 무조건 좋아하는 것부터 편하고 쉽게 시작해야 한다. 그래야 오랫동안 지속할 수 있다.

둘째, 좋은 습관을 만들기 위한 환경 설정을 잘해야 한다. 특히 좋은 습관을 만들어 가는 과정에서 작심삼일 같은 실패는 당연하다고 생각해야 한다. 보통 직장 생활이 힘든 이유는 근태나 메모 등 습관으로 만들어야 하는 것들이 많기 때문이다. 그리고 좋은 습관을 가진 사람들의 특징 중 하나는 환경 설정을 잘한다는 것이다. 좋은 습관은 열정과 의지력만으로 되는 것이 아니다. 습관은 정신력이 아니라 지속적인 실행력이다. 그래서 집이나 회사 등 어디서나 좋은 습관을 실행하기 쉬운 환경을 만들어야 한다. 물론 나쁜 습관도 마찬가지다. 나쁜 습관은 의지력만으로 끊어내기가 쉽지 않다. 나쁜 습관이 생기기 쉬운 환경을 벗어나거나 상황 자체를 아예 만들지 말아야 한다. 이는 마치 마약이나 도박 환자를 병원에 가두는 것과 같다.

셋째, 매일이나 매주, 격주 등 자신에게 적합한 실행 주기를 선택해야 한다. 좋은 습관 만들기는 100m 달리기가 아니라 마라톤이기에, 자신의 페이스를 유지할 수 있어야 한다. 너무 급하거나 욕심을 내서는 안 된다. 만약 욕심을 내서 매일 2시간씩 독서와 운동을 하겠다고 결심을 하면, 대부분 실패한다. 마치 헬스를 시작한 첫날 너무 무리해서, 다음 날 근육통으로 못 움직이는 것과 같다. 무리한 계획은 실행하기도 어렵지만 의지와 열정까지 꺾는다. 그냥 일주일에 최소 3회, 30분 이상 등 부담스럽지 않고 쉽게 할 수 있는 실행 주기와 강도를 설정해야 한다. 누구나 좋은 습관을 처음 만들어 갈 때는 힘들고 어렵다. 물론 작심삼일이나 얼마

안 가서 멈출 수도 있다. 그래도 괜찮고 또 다시 시작하면 된다. 누군가는 일 년에 작심삼일을 100번만 하면 된다고 말하지 않는가? 솔직히 실패를 반복하는 것이 당연하다. 가장 중요한 것은 자신에게 맞는 실행 주기와 실행 자체에 있음을 기억해야 한다. 제발 처음부터 너무 무리하지는 말자.

넷째, 함께하는 사람이 있으면 확실한 도움이 된다. 물론 사람마다 다르고 함께하는 사람이 누구인지에 따라 효과도 다르다. 오히려 가끔은 역효과가 생기기도 한다. 솔직히 혼자서도 충분히 잘할 수 있지만, 같이 하면 오래 지속할 수 있다. 좋은 습관 만들기의 핵심은 꾸준함과 지속성에 있기 때문이다. 그리고 "빨리 가려면 혼자 가고, 멀리 오랫동안 가려면 함께 가라."는 말처럼, 함께하는 사람이 있어야 좋은 습관을 만들기 쉽다. 좋은 습관은 환경 설정이 중요하다고 했듯이, 함께하는 사람도 중요한 환경 설정 중의 하나다. 개인적으로 산책을 와이프와 같이 시작했고 지금도 함께하고 있다. 아마 혼자 했으면 절대 10년 넘게 못 했을 것이다. 물론 혼자서도 음악을 들으면서 산책을 할 수도 있겠지만, 다행히 와이프와 함께했기에 지금까지 가능했다고 생각한다. 게다가 평생 가는 습관은 어릴 때부터 만들어지기 시작한다. 그래서 부모님이 지겹도록 "항상 좋은 친구들을 많이 만나거나 만들어야 한다."라고 강조한 것인지도 모르겠다. 다행히 지금 나에게는 와이프라는 좋은 친구가 있다. 지금 당신에게 생각나는 사람은 누구인가?

다섯째, 다른 사람들의 좋은 습관이 무엇인지 확인하고 벤치마킹을 해야 한다. 자기 안에서만 좋은 습관을 찾기에는 다양하고 좋은 습관들이 세상엔 너무 많다. 물론 자신만을 보면서 나쁜 습관을 찾을 수는 있다. 하지만 좋은 습관을 찾고 만드는 것은 결이 다르다. 좋은 습관을 만들려면 다른 사람을 관찰하고 배우는 과정을 통해 그들의 좋은 습관을 확인하고 따라 해야 한다. 즉, 상대방의 강점과 장점을 알아보는 눈과 그것을 솔직히 인정하고 부러워해야 한다. 그래야 따라 하며 배울 수 있다. 학창 시절에 공부 잘하는 친구와 함께 공부하면 성적이 오르는 이유는 그 친구의 공부 습관을 따라 배우기 때문이다. 물론 악영향을 주는 친구도 있다. 그래서 부모님이 항상 좋은 친구를 많이 사귀고 공부 잘하는 친구와 함께하라고 했지 않는가? 공부를 못하는 친구가 나쁜 친구는 아니지만, 공부에 있어서는 배울 것이 없는 친구임에는 틀림없다. 우리는 이미 어릴 때부터 다른 사람의 좋은 습관을 따라 배우면서 지금까지 성장해 왔다. 그래서 충분히 잘할 수 있다.

여섯째, 주변 사람들에게 자신의 계획과 의지에 대한 공개 선언을 하는 것도 확실한 도움이 된다. 물론 매번 반복되는 실패를 통해 신뢰가 없는 사람이 될 수도 있고, 말만 남발하는 실없는 사람이 될 수도 있다. 하지만 공개 선언을 통해 자신의 의지와 열정을 불태우고 좋은 습관을 위한 의지가 꺾이지 않도록 지켜봐 달라는 긍정적인 효과도 분명히 존재한다. 만약 건강을 위해 다이어트나 운동을 한다면, 친구들이 술 한잔하자고 불러내는 일이 조금은 줄어들 수도 있다. 이 방법은 생각보다 쉽고 확실히 효과적이다. 일단 무조건 오늘부터 시작한다고 친구들에게 말해 보자.

마지막으로 우리는 몸에 체화되는 것만 습관이라고 생각하기 쉽다. 하지만 '습관적 사고'라는 말처럼, 사고방식 또한 중요한 습관이다. 사고방식이라는 단어에는 습관의 의미가 내포되어 있다. 기존의 것을 새롭게 바라보는 시각, 호기심을 가지고 다르게 생각하는 등의 사고방식은 저절로 습관이 된다. 만약 당신이 고착화된 사고방식으로 직장 생활을 한다면, 창의적이거나 고성과 인재로 인정받기는 힘들다. 오히려 융통성이나 유연함이 부족하고 고지식한 직장인으로 평가되기 쉽다. 게다가 직장 생활은 좋은 업무 습관을 갖는 것이 성장과 성과에 많은 영향을 미친다. 특히 신입 사원은 첫 상사, 첫 사수, 첫 부서가 매우 중요하다. 업무 습관이 만들어지는 중요한 시기이기 때문이다. 그리고 입사 후 3년 정도가 지나면 사고방식이나 업무 습관을 고치기는 쉽지 않다. 솔직히 신입 사원처럼 생각이 말랑말랑하고 업무에 대한 습관 자체가 없을 때, 좋은 업무 습관을 잘 배워야 한다. "좋은 습관을 갖는 것이 일의 능률을 높이는 것이는 것이라면, 하루가 수많은 습관의 결과라면, 당신은 하루를 제대로 살아가고 있는가?"라는 만화 미생의 이야기를 생각해 볼 필요가 있다.

7. 독서

• 독서를 정말 좋아하는 사람이 있을까?

2021년 말 기준, 한국 성인 중 최근 1년 동안 책을 한 권도 읽지 않는 사람의 비중은 53%이며, 그 비율이 매년 늘어나고 있다는 뉴스 기사를 보았다. 조사 방법에 따라 차이는 있겠지만, 실제로 53%보다 높을 것으로 생각된다. 개인적 경험에 비추어 봐도 최소 50% 정도 되는 듯하다. 물론 요즘은 책자 형태의 독서가 아닌 오디오 북이나 웹소설 등 다양한 방식의 콘텐츠와 독서 방법이 생겨서 그렇다고 이해는 하지만, 그래도 독서하는 양 자체가 줄어들고 있다는 사실은 확실하다. 그렇다면 독서를 정말 좋아하는 사람이 있을까?

"요즘 누가 종이책으로 독서를 하나요? 전자책이나 유튜브를 보기도 하고 솔직히 예전에 비해 읽는 양은 절대적으로 늘었는데요."라고 말한다면, 개인적으로 그 말에 100% 동의한다. 하지만 책으로 읽는 독서와 핸드폰이나 온라인으로 읽는 것은 분명 다르다. 물론 이런 생각을 하는 자체가 꼰대적이거나 구시대적일 수도 있다. 그러나 독서는 읽으면서 생각하는 힘을 기르는 것이고, 핸드폰으로 뉴스나 동영상을 보는 것은 정보와 내용을 확인하고 이해하는 수준에 불과하다. 즉, 같은 내용도 사고의 깊이가 다르다. 그리고 무엇인가를 읽고 보는 양은 과거에 비해 확실히 많아졌으나, 생각하는 힘은 오히려 줄었다. 게다가 300페이지 책에 비해 짧은 기사나 요약된 동영상은 전달하는 내용 자체의 힘도 약하고 깊이에서도 차이가 난다.

우리가 독서를 해야 하는 이유는 생각하는 힘을 키울 수 있기 때문이다. 생각하는 힘은 이 시대를 살아가는 모든 이들에게 요구되는 중요한 능력이다. 이제는 검색보다 사색을 해야 한다. AI가 접근하지 못하는 유일한 영역이자 인간만이 할 수 있는 고유한 능력이 생각하는 힘과 사람을 사랑하고 이해하는 힘이다. 미래의 경쟁력과 가치는 바로 여기에 있다.

대부분의 리더는 독서광이다. 당신이 리더의 생각을 이해하고 싶다면, 직접 리더가 되거나 독서와 소통을 많이 해야 한다. 그러나 독서를 많이 해야 한다고 항상 강조만 했을 뿐, 슬프게도 우리는 독서 습관을 제대로 배우지 못했다. 교과서나 전공 서적을 통해 배웠던 독서는 이해하기 힘들고 어렵다는 생각과 나쁜 경험만 쌓았다. 분명 주입식과 암기식 교육의 피해다. 도대체 독서를 왜 이렇게 힘들고 어렵게 느끼도록 만들었을까? 혹시 나만 그런 것인가? 주변을 아무리 둘러봐도 독서가 취미거나 좋아한다는 사람을 거의 찾아볼 수가 없다. 특히 한국 사회가 창의력과 사고력이 부족하다는 문제는 여기서부터 시작된 것이 아닐까 생각된다. 학교에서는 단순히 암기한 것을 시험 치는 것이 아니라, 학생 스스로 독서를 하고 생각하는 힘을 가르쳤어야 했다. 우리는 정답 찾기가 아닌 이해와 사고를 통해 스스로 해답을 찾아가는 과정을 배웠어야 했다. 하지만 그렇지 못했다. 슬프지만 나 또한 독서를 혐오하게 된 피해자 중 한 명일지도 모른다.

사람은 학습과 경험을 통해 성장해 간다. 그리고 경험은 직접경험과 간접경험으로 구분할 수 있다. 실제로 해 보는 직접 경험도 중요하지만, 모든 것을 직접 경험하고 깨닫는 것은 불가능하다. 하지만 우리는 소통이나 독서 등 간접경험을 통해서도 충분히 배우고 성장할 수 있다. 아주 먼 옛날, 선조들은 문자를 통해 소중한 경험과 지식을 남겼고 시간이 흐를수록 지식과 지혜는 지속적으로 쌓였다. 물론 구전을 통해 내려오기도 하지만, 대부분의 지식과 지혜는 기록을 통해 우리들에게 전달되었다. 그리고 이렇게 쌓인 지식과 지혜에 접근할 수 있는 유일한 방법이 교육과 독서였다. 독서는 세상의 모든 지식과 지혜에 접근할 수 있고 생각의 힘을 키울 수 있는 최고의 방법이다. 독서는 사람이 아닌 것과 유일하게 대화할 수 있는 방법이며, 진정한 친구이자 좋은 스승을 사귈 수 있는 기회다.

과거 부모의 지위와 재산이 세습되는 시절에도 독서는 지위나 재산을 유지하거나 키울 수 있는 힘이 되었고 행복한 삶의 동반자도 되었다. 게다가 우리 주위에는 좋은 관계를 형성하고자 당신을 기다리는 책이라는 친구들이 많이 있다. 어릴 때부터 부모님은 공부 잘하는 친구와 사귀라고 말씀하셨다. 그리고 지금 우리가 이야기하는 독서라는 친구는 진짜 공부를 잘하는 친구다. 그래서 지금부터라도 잘 사귀고 함께해야 한다. 물론 처음 사귈 때는 미숙할 수도 있고 사귀기가 쉽지 않은 까칠한 친구다. 하지만 너무 소중한 친구임이 분명하기에 반드시 함께할 필요가 있다. 독서는 무슨 수를 써서라도 당신의 습관이자 친구로 만들어야 한다.

또한 독서는 연애와 같다. 이성 친구를 만나면 밥도 먹고 행복한 시간과 경험을 함께 쌓아 가듯이, 독서도 시간과 생각을 함께하면서 충분한 정서적 교감을 쌓을 수 있다. 그리고 독서를 하면서 가슴에 와닿거나 기억하고 싶은 문구를 만나면 자기만의 방법으로 표시해야 한다. 그냥 SNS에 남긴다고 생각하면 이해하기 쉽다. 그래야 언제든지 다시 찾거나 돌아갈 수 있다. 또한 사람마다 선호하는 이성에 대한 스타일이 다르듯이, 좋아하는 독서 분야도 다르다. 물론 이성 친구와 사귀는 과정에서 무조건 결혼해야 하는 것은 아니다. 만약 당신이 10명을 사귄다면, 그중에서 당신과 가장 잘 맞고 사랑하는 사람과 결혼하듯이, 책도 10권을 읽으면 그중에서 당신에게 가장 잘 맞거나 마음이 가는 책이 자연스럽게 생긴다. 그리고 다른 9명의 이성 친구나 읽었던 책들은 좋은 기억으로 남게 되고 시간이 흐르면 일부러 기억해야만 생각나는 수준의 관계가 된다. 솔직히 사귀거나 읽었다고 해서 모두 확실하게 좋은 기억으로 남는 것은 아니다.

하지만 독서도 잘못하면 부작용이 생긴다. 개그맨 강호동은 "세상에서 가장 무서운 사람은 독서를 많이 하거나 한 권도 안 읽은 사람이 아니다. 오히려 딱 한 권의 책만 읽은 사람이 가장 무섭다."고 말했다. 우연히 읽은 몇 권의 책이 강한 신념이 되어 상대방에게 자신의 생각을 강요하고, 옳고 그름 혹은 다름과 틀림을 판단하는 기준이 되는 사람들이 꽤 많다. 게다가 독서가 자신과 상대방 모두에게 독이 되는 사람들도 있다. 직장 상사나 선배가 책을 몇 권 읽고 후배에게 독서의 중요성에 대해 가르치려고 하거나, 자신은 항상 책을 많이 읽고 뛰어난 사람인 듯 잘난 척하는 모습들이다. 독서의 방향성이 자신을 향해 있어야 하는데, 불행하게도 그들은 상대방에게 방향성이 맞춰져 있다. 솔직히 이런 독서는 자신에게 도움도 안 되고 오히려 상대방에게는 독서에 대한 반감만 키우게 만든다. 이들은 차라리 독서를 안 하는 것이 도움이 되는 사람들이다.

그렇다면 오늘부터라도 독서 습관을 키우고 싶다면 어떻게 해야 하는가?

첫째, 독서를 왜 하는지에 대한 목적을 명확히 해야 한다. 당신은 왜 독서를 하는가? 무엇인가를 배우기 위해서? 아니면 재미나 정보 획득을 위해서? 혹시 시간이 남아서? 솔직히 독서 목적이 무엇이라도 상관없다. 당신만의 목적을 명확히 인식하고 독서를 하면 된다. 그래야 원하는 방향에 맞는 독서를 할 수 있다. 목적이 명확하지 않으면, 독서 습관을 만드는 시간은 고통스럽기만 하고 금방 포기하게 된다. 그래서 우리는 독서를 하지 않는다. 오히려 목적이 없기에 배가 산으로 가고 집에는 읽어야 할 책들이 산더미가 된다. 당신도 그렇지 않은가?

둘째, 만화책이나 소설책 등 주제와 상관없이 좋아하는 분야라면 무조건 읽어야 한다. 우선 읽는 자체가 습관이 되어야 한다. 굳이 어려운 책이 아니라도 상관없다. 매일 30분이라도 읽겠다는 계획을 세우고 가볍게 시작하면 된다. 물론 어떤 날은 10분만 보기도 하고 컨디션이 좋은 날은 1시간도 넘게 볼 수 있다. 가끔 탄력을 받아서 책 한 권을 하루 만에 읽을 수도 있다. 독서는 그냥 무조건 오늘부터 시작하는 자체가 가장 중요하다. 그리고 독서를 꾸준히 하면 좋아하는 영역이 자연스럽게 넓어진다. 만약 독서를 어디서부터 어떻게 시작해야 할지 잘 모르겠다면, 주변 사람들에게 물어보거나 함께하고 싶은 사람에게 책을 추천해 달라고 부탁해도 좋다. 멘토나 상사, 동료 등 누구에게나 부담 없이 좋은 책을 추천해 달라고 부탁하는 과정을 통해 그 사람에게 다가갈 수 있는 기회도 생기고, 읽은 책을 함께 공유하면서 친분과 공감대가 쌓이기도 한다. 그래서 일단 독서는 쉽게 생각하고 가볍게 시작해야 한다. 무조건 시작을 해야 습관이 될 가능성이 조금이라도 생긴다. 지금 무엇을 읽을까 고민하기보다는 바로 옆에 먼지 쌓인 책이라도 펼쳐 보자. 독서 습관은 지금, 당장, 여기서부터 시작된다.

셋째, 독서를 효율적으로 잘하는 방법은 스스로 찾아야 한다. 독서를 하다 보면 자신만의 방법과 스타일이 자연스럽게 생긴다. 시중에 효율적인 독서 방법이 많이 나와 있지만, 자신에게 맞는 독서 방법은 스스로 찾아야 한다. 사람마다 사랑을 표현하는 방법이 다르듯이, 독서하는 방법도 다 다르다. 효율적인 방법이나 쉬운 방법만을 찾으려 하지 말고, 그냥 독서를 시작하는 자체가 중요하다. 두렵거나 어려워할 필요가 없다. 원래 좋은 습관이 만들어지는 과정은 항상 고통스럽다. 게다가 독서를 잘하는 정답은 없다. 오직 당신에게 익숙하고 맞는 답이 있을 뿐이며, 그 답은 시행착오를 통해 당신만이 찾을 수 있다. 그러니 부담은 갖지 말고 편하게 읽기부터 시작하자.

넷째, 무엇인가를 배우거나 느끼겠다는 강박이나 부담감을 버려야 한다. 처음부터 서로에게 기대하는 부담스러운 만남은 좋은 관계를 형성하기도 어렵고 오래 가지도 못한다. 그리고 책의 내용을 전부 기억하겠다거나 모든 의미를 이해하려고 하는 것은 욕심이다. 사람마다 배경지식과 경험이 다르듯이, 작가의 생각과 독자인 당신의 생각은 분명히 다르다. 어떻게 작가의 생각을 전부 이해하겠는가? 국가고시나 시험을 치는 것이 아닌 이상, 전체적인 내용의 흐름만 이해하고 그 안에서 마음에 다가오는 부분만 기억하면 된다. 설령 다가오는 부분이 없거나 전혀 기억이 안 나도 상관없다. 그냥 읽었다는 자체가 의미가 되기도 한다. 게다가 모든 책이 당신에게 의미가 되는 것도 아니다. 오히려 기대나 욕심을 버려야 한다. 읽다가 당신에게 안 맞거나 그냥 읽기 싫은 책은 과감히 덮고 다른 책을 읽으면 된다. 돈이 아깝다고 생각하면 안 된다. 오히려 다 읽는다고 고생한 당신의 시간과 노력이 더 아깝다. 그래서 책을 덮는 것은 용기이자 실력이다.

하지만 우리는 어릴 때부터 독서가 시험이나 평가와 연계되서 그런지, 독서는 항상 어렵고 고통스러우며 반드시 모든 것을 이해해야 한다고 생각한다. 이는 마치 강박에 가깝다. 그래서 우리는 독서를 잘못 배웠다. 독서는 그냥 행복하고 즐겁기 위해서 한다고 생각하고 부담을 갖지 말아야 한다. 이해되면 이해되는 대로, 안 되면 안 되는 대로 그냥 물 흐르듯이 흘러가면 된다. 또 읽다 보면 언젠가 의미를 이해하게 되기도 한다. 같은 책을 한 번 볼 때와 두 번 볼 때가 다르듯이, 반복해서 읽을 때마다 다른 것들이 보인다. 영화도 마찬가지다. 보면 볼수록 새로운 것들이 보인다. 누군가는 아는 만큼 보인다고 하지 않는가? 이미 한 번 봤기 때문에 그 안에서 다른 것들을 볼 수 있게 된다. 이제는 독서에 대한 강박이나 부담감은 내려놓고 독서 자체를 즐길 수 있어야 한다. 독서를 그냥 편안한 친구로 생각해야 오래가는 좋은 관계가 될 수 있다.

다섯째, 매일 30분이나 한 시간, 최소 일주일에 3일 이상 등 독서 시간을 의식적으로 만들어야 한다. 이는 습관과 동일하다. 그리고 생각만 하고 실행이 없으면 생각이 없는 것이다. 우리는 말보다 실행을 믿어야 한다. 독서는 운동과 함께 인생에 가장 도움이 되는 친구이자 습관이다. 운동이 몸의 건강을 지켜 준다면, 독서는 마음의 건강과 생각하는 힘을 키워 준다. 그래서 의도적으로 독서하는 시간을 만들고 그냥 시작해야 한다. 그렇다고 무리해서 하루에 2시간씩 무슨 일이 있어도 반드시 읽겠다는 강박적인 생각은 자칫 독서를 지옥으로 만들기 쉽다. 특히 직장인은 항상 바쁘고 힘든 일도 많다. 퇴근 이후에 회식도 많고 야근도 해야 한다. 그래서 자투리 시간이나 작은 시간을 일부러 만들지 않으면, 독서가 쉬울 것 같지만 실행하기가 참 어렵다. 공부를 못하는 학생에게 당장 필요한 것은 좋은 학원이나 참고서가 아니다. 공부를 해야겠다는 인식과 책상에 앉는 습관이 선행되어야 한다. 공부 내용이나 집중력을 키우는 방법 등은 그다음이다. 그들에게는 우선 시간을 내고 자리에 앉아 엉덩이로 공부하는 습관이 필요하다. 독서도 마찬가지다. 꾸준하게 지속할 수 있는 자신만의 시간과 루틴을 만들어야 한다. 독서나 운동 등 세상에 좋다는 모든 것은 꾸준한 반복과 노력을 통해 습관이 되어야 한다. 그래야 원하는 효과가 생기기 시작한다. 절대로 첫 술에 배부를 수는 없다.

여섯째, 책은 가급적 구매하는 것이 좋다. 독서는 돈보다는 시간과 열정을 투자하는 것이다. 물론 돈이 부족하면 빌려 볼 수도 있다. 한 번 읽고 버려도 되는 만화책이나 패션 잡지 등은 빌려서 봐도 무방하다. 하지만 명확한 목적과 방향성을 가지고 독서를 하는 경우라면, 책을 구매해서 자신의 것으로 만드는 것을 추천한다. 보통 책값은 1~2만 원 사이이고

300페이지 내외다. 솔직히 책이 너무 비싸거나 두꺼우면 금전적인 부담만 되고 읽다가 지친다. 대부분의 대학 교재들이 그렇다. 우리가 독서를 싫어하게 되는 가장 큰 이유 중에 하나다. 그리고 300페이지를 기준으로 책을 한 권 읽는 데 걸리는 시간은 이해하기 쉽고 잘 읽히는 책도 8시간에서 10시간 정도 소요된다. 최저 시급이 9천 원이라면, 10시간을 읽으면 9만 원이고 책값으로 1만 원 그래서 책 한 권을 읽는 데 투자되는 총비용은 10만 원 수준이며 그에 비해 순수 책값은 10%밖에 안 된다. 물론 독서하는 과정의 고통은 제외한 계산이다.

독서는 무조건 남는 장사고 무엇보다 가성비가 뛰어나다. 때로는 돈으로 환산할 수 없는 엄청난 지혜와 가치를 발견하기도 한다. 만약 독서가 주식이라면 무조건 빚을 내서라도 투자해야 한다. 솔직히 독서만큼 효과적인 투자는 없다. 그리고 대부분의 직장인은 소주 한 잔 안 하면 몇 권의 책은 충분히 살 수 있다. 누군가는 월급 안에 자기 계발 비용도 포함되어 있다고 말하기도 한다. 그렇다고 꼭 구매해서 읽은 책이 반드시 의미나 가치가 있는 것은 아니다. 당신에게 맞는 책도 있고 읽다가 덮은 책도 생긴다. 하지만 우리가 선택한 모든 영화가 재미있지는 않고, 관람한 모든 야구 경기가 케네디 스코어도 아니지 않은가? 항상 최고만을 기대하기는 어렵다. 그리고 당신이 가장 사랑하는 좋은 책 한 권을 만난다는 것은 삶에 엄청난 의미가 된다. 당신만의 최애 영화가 인생에 큰 의미가 되듯이, 책 중에서도 그런 의미로 다가오는 책이 자연스럽게 생긴다. 그렇다면 당신은 이렇게 의미 있는 책을 빌려서 읽고 다시 도서관으로 돌려보내고 싶은가? 당신과 늘 함께하는 것이 더 행복하지 않을까?

마지막으로 자신만의 독서 공간을 만들거나 독서가 잘되는 공간을 스스로 찾아갈 수 있어야 한다. 침실도 좋고 거실도 좋고 어디든 상관없다. 책을 읽는 모든 공간은 독서 공간이 된다. 만약 나만의 독서 공간이 별도로 있다면, 좋아하는 음악과 컬러, 편안한 책상과 의자로 꾸미고 싶다. 그 안에 예쁜 책장과 안마 의자는 필수다. 솔직히 독서를 하면 할수록 개인 서재에 대한 욕심이 커진다. 그래서 오늘도 와이프를 열심히 설득 중이다. 누군가에게는 당연하거나 작아 보일 수도 있지만, 나에게는 무엇보다 큰 바람이다. 게다가 요즘은 어떤 커피숍을 가도 독서를 하는 사람들을 쉽게 볼 수 있다. 독서는 때와 장소가 없다. 그냥 시간이 나면 언제 어디서나 하는 것이다. 누구나 가방 안에 책 한 권쯤은 가지고 있지 않은가? 이제는 독서를 위한 공간을 스스로 만들거나 찾아갈 수 있어야 한다. 좋은 습관을 만들기 위한 환경 설정은 의지나 열정만큼 중요하다.

개인적으로 책만이 가지고 있는 특유의 냄새를 좋아한다. 특히 오래된 책에서만 맡을 수 있는 쾌쾌하고 쿰쿰한 냄새를 좋아한다. 지식과 지혜의 향기가 있다면, 이와 비슷하지 않을까?

우리는 좋아하는 책만 읽기에도 시간이 부족하다

개인적으로 재미없거나 이해하기 어려운 책은 조금만 읽어 보고 조용히 덮는다. 물론 최소 100페이지 정도는 읽어 보고 포기한다. 솔직히 이런 책들은 나에게 고통만 주고 다 읽더라도 나중에 무엇을 읽었는지 기억도 나지 않는다. 하지만 돈을 주고 사서 그런지, 찢어 버리지는 못하고 조심스럽게 멀리 둔다. 책을 덮을 때는 나중에 다시 보자는 생각이 들더라도 절대로 다시 보지 않게 된다. 경험적으로 그렇다. 눈에서 멀어지면 마음에서도 멀어지듯이 말이다. 마음은 이미 덮은 책에 대한 미련을 버렸지만, 실제로 과감하게 버리지 못하는 이유는 무엇일까? 책 자체에 대한 욕심일까? 아니면 돈에 대한 애착일까? 어쩌면 덮은 책에 대한 실망과 짜증일지도 모르겠다.

우리는 재미도 없고 이해도 안 가는 600페이지가 넘는 전공 서적을 독서나 공부라는 말로 부담감을 느끼며 힘들게 배우며 살아왔다. 그래서 독서를 항상 고통스럽고 힘든 것이라고 생각하는지도 모른다. 우리가 책을 멀리하는 이유는 이런 과정에서 생긴 안 좋은 경험 때문일 것이다. 이는 분명한 부작용이다. 하지만 독서는 의외로 행복한 것이다. 직접 해 보니 그렇다. 내가 좋아하는 주제를 선택하고, 세상에 대한 관심과 호기심을 채우며, 책을 한 권씩 읽음으로서 생기는 자신감과 성취감 그리고 스스로 성장하는 모습을 확인할 수 있는 가장 좋은 방법이다. 또한 나에게 맞지 않는 책은 과감하게 포기하고, 읽기 좋고 이해하기 쉬운 책을 선택할 수 있는 능력을 갖추기 위해서는 시간과 경험이 어느 정도 쌓여야 한다. 처음 시작할 때는 고통스럽지만, 습관이 되면 꽤 행복한 것이 독서다. 물론 가끔 고통스럽기는 하다. 하지만 너무 아픈 사랑은 사랑이 아니라고 하듯이, 너무 힘든 독서는 고통에 불과하다.

우리는 좋아하는 책만 읽기에도 시간이 부족하다. 지금 당신은 어떤 책들을 읽고 있는가?

8. 학습과 자기 계발

• 우리는 정말 죽을 때까지 공부해야 하는가?

우리는 어릴 때부터 "공부해라."라는 말을 지겹도록 들으면서 살아왔다. 그리고 직장 생활을 하고 있는 지금도 계속 듣고 있는 중이다. 학생 때는 공부라는 말이었다면, 지금은 학습과 자기 계발이라는 말이다. 솔직히 말만 바뀌었을 뿐 의미는 동일하다. 학생 때는 정해진 과목만을 열심히 공부했다면, 직장인에게는 별도로 정해지거나 주어진 과목은 없다. 스스로 과목을 선택하고 의식적으로 깊이를 더해 가야 하는 상황만 있을 뿐이다. 어쨌든 우리는 평생 공부를 해야 하는 삶을 살아가고 있다. 그렇다면 공부는 언제쯤 끝이 날까? 어쩌면 이미 멈춰 버린 사람도 있을 것이고 죽을 때까지 해야 한다고 생각하는 사람도 있을 것이다. 물론 개인의 선택에 달린 문제지만, 수많은 직장인들은 학습과 자기 계발을 해야 한다는 명제에 많은 스트레스를 받고 있음은 사실이다. 우리는 정말 죽을 때까지 공부해야 하는가?

"지식 사회에서는 학교와 생활이 더 이상 분리될 수 없다."는 피터 드러커의 말처럼, 이제는 당연하게 평생 학습을 해야 하는 시대가 되었다.

모든 배움에는 끝이 없고 배움에는 다 때가 있다고 한다. 배움이란 절대로 늦은 경우가 없다고 말하는 사람도 있기는 하지만, 배움에 적합한 시기는 분명히 있다. 특히 배움의 시기를 놓친다는 것은 불행하고 극복하기 어려운 일이다. 적합한 시기에 배우지 못하고 나중에 다시 배우려 하면, 최소 2~3배 이상 힘들게 시간을 만들고 노력해야 한다. 물론 늦게 배우면서 후회할 수도 있지만 그래도 꼭 배워야 한다. 지금의 시대가 요구하는 학습이란 꾸준히, 언제, 어디서나 당연히 해야 하는 것이 되었다. 세상은 평생직장은 없어도 평생 직업, 평생 학습이라는 말을 통해 학습과 자기 계발을 끊임없이 강요한다. 더 이상 학습과 자기 계발이라는 말을 피해 도망칠 곳도 없다. 하다못해 세상을 등지고 산으로 들어간 자연인들조차도 학습과 자기 계발을 꾸준히 해야 한다고 말한다.

이렇게 평생 학습을 해야 하는 시대임에도 불구하고, 대부분의 직장인은 무엇을 학습해야 할지 결정을 못 했거나 아예 모르는 경우도 많다. 무엇인가를 학습해야 한다는 생각은 매일 하고 있지만, 막상 하려고 하면 막연하기만 하다. 그래서 누구나 하고 있는 영어 공부를 시작하거나, 명확한 목표나 주제가 없이 막연한 독서를 하는 등 제대로 된 학습과 자기 계발이 이루어지는 경우는 찾아보기 힘들다. 게다가 회사의 업무는 대부분 강제로 주어지며 스스로 선택한 것이 아니기에 학습과 자기 계발로 연결되기도 힘들다. 학습과 자기 계발은 자발적 필요에 의해 시작되어야 한다. 여기에 강제성이 더해 지면, 학습은 의무가 되고 자기 계발은 업무가 된다. 그리고 현실은 집중해야 할 분야를 선택하지 못해서 학습과 자기 계발을 계속 미루고 있는 직장인이 많다는 것이다. 혹시 당신은 지금이 아니라도 나중에 스스로 정할 수 있다고 생각하는가? 절대 그렇지가 않다. 솔직히 지금 정하지 못하면 나중에도 정하지 못하는 경우가 대부분이다. 안타깝지만 당신의 직장 생활은 시간만 무의미하게 흘러가고 있을지도 모른다.

직장 생활을 하다 보면, 실제로는 잘 모르면서 아는 척하는 사람들이 의외로 많다는 것을 알게 된다. 방금 상대방에게 처음 듣고 알게 된 사실도 마치 예전부터 알고 있었다는 듯이 말하는 사람들도 많다. 하지만 배우면 배울수록 알게 되고, 가르치면 가르칠수록 막힘을 깨닫게 된다. 소크라테스의 "너 자신을 알라!"라는 말도 당신이 아는 것보다 모르는 것이 훨씬 많다는 사실 자체를 깨달아야 하며, 스스로 항상 부족하다는 사실을 알고 열심히 공부해야 한다는 것을 강조한다. 원래 어디서나 빈 수레는 요란하고 시끄럽다. 그리고 자신이 잘 모른다는 사실 자체를 인지하지 못하면, 학습의 필요성을 느끼지 못하고 배울 기회 자체를 잃어버린다. 직장인의 실력도 마찬가지다. 자신의 실력과 회사의 실력을 정확히 구분해야 한다. 절대 착각하면 안 된다. 그래서 메타인지가 중요하다. 지금 당신에게 필요한 것은 모르는 것은 모르는 것으로 정확히 이해하고, 학습과 자기 계발을 통해 꾸준히 성장하는 모습이다.

세상은 "평생직장이라는 개념은 이미 사라졌고 이제는 평생 직업을 가져야 한다."고 말한다. 그리고 지금의 시대는 학력(學力)이 학력(學歷)보다 더 중요하다. 지금까지 배운 것(學歷)보다는 새로운 것을 배우는 힘. 즉, 학력(學力)이 훨씬 중요한 세상이 되었다. 당신은 대학 시절에 배운 지식을 가지고 평생직장 생활이 가능하다고 생각하는가? 과거에는 모르겠지만 지금은 불가능하다. 어쩌면 당신이 알고 있는 모든 지식은 이미 불필요한 지식이 되었을지도 모른다. 게다가 10년이 넘은 지식은 대부분 죽은 지식이라고 한다. 매년 10% 이상 머릿속에서 지식이 사라지고 있기 때문에, 최소한 매년 10% 이상 새로운 지식을 학습해야 그나마 현상 유지가 가능하다. 그리고 당신이 입사했을 때 가지고 있던 스펙이나 역량도 더 이상 유효하지 않다. 물론 입사할 때는 중요했다. 하지만 시간이 흐르면서 기존의 스펙이나 역량은 의미가 점점 퇴색되고 새로운 지식과 역량이 끊임없이 요구된다. 입사 동기들과 비교하면, 동기들 모두 당신만큼 뛰어난 스펙과 역량을 가지고 있었다. 하지만 시간이 흐르면서 학습과 자기 계발의 노력만큼 역량과 실력의 차이가 생기고 그로 인해 누군가는 지금 퇴출 1순위가 되었을지도 모른다. 이는 누구 한 명의 특별한 이야기가 아닌, 직장인 모두에게 해당되는 이야기다. 그래서 많은 직장인들이 스스로 노력하기보다는 빠르게 치고 올라오는 후배들이 더 무섭다고 하지 않는가? 이제는 학습과 자기 계발을 등한시하면 멈추는 것이 아니라 오히려 뒤처지는 것이 당연한 시대가 되었다.

그렇다면 지금 당신의 경쟁력은 과거의 학습에서만 찾아야 하는가? 아니면 새롭게 학습한 영역에서도 찾을 수 있는가? 예전에 배웠던 학력(學歷)은 이미 지나간 과거이며, 새로운 것을 배우고 경험하는 학력(學力)은 미래 지향적이다. 우리는 과거를 통해 현재의 모습이 있고 미래를 예측할 수 있다고 생각하지만, 직장인의 미래는 지금까지 쌓아 온 학습과 자기 계발을 통해 결정된다. 그리고 학습이란 배울 학(學), 익힐 습(習)이 합쳐진 의미다. 지금 무엇인가를 배우고 있는 자체도 중요하지만, 그것을 실행하고 몸에 익히는 것이 더 중요하다. 또한 자기만의 이해와 해석이 없는 정보나 지식은 무의미하다. 우리가 오랫동안 경험하고 학습을 해도 발전이 없는 이유는 자기만의 성찰과 피드백이 부족했기 때문이다. 직장 생활을 20년 넘게 해도 발전이 없다면, 단순한 경험을 20년 동안 반복한 것에 불과하다. 이제는 오랫동안 근무했다는 사실이 실력을 의미하지도 않는다. 오히려 단순히 암기하는 정보나 누구나 할 수 있는 경험은 죽은 지식에 불과하다. 같은 정보나 경험도 자신만의 성찰과 피드백을 통해 재해석되었을 때, 비로소 의미 있는 지식과 역량이 될 수 있다. 당연히 이 시대의 모든 직장인은 무한 학습자가 되어야 하며, 이 사실에서 어느 누구도 자유로울 수 없다.

"거인의 어깨 위에 올라서라."는 말처럼, 우리는 똑똑하고 뛰어난 사람에 대한 책을 읽거나 현명한 사람과의 대화를 통해 간접 경험을 최대한 많이 늘려야 한다. 따라 하고 배우고 싶은 거인과의 소통을 통해 또 다른 성장이 가능하다. 다양한 주제와 호기심이 가득한 사람들, 뛰어난 성과와 리더십의 소유자들, 함께하면 즐거운 사람들과 만나서 많은 소통을 해야 한다. 특히 혼자서도 거인들과 만날 수 있는 독서를 습관화한다면, 지속적으로 성장해 가는 자신의 모습을 확인할 수 있게 된다. 하지만 '의지도 있고 무언가를 배우고 싶어도 항상 시간이 부족하다.'고 생각한다면, 이는 확실한 오판이고 핑계에 불과하다. 솔직히 시간이 있어도 배우려고 하지 않을 것이며, 시간이 없어서가 아니라 배움에 대한 간절함이 없기 때문이다. 설령 마음이 있어도 마음만 있을 뿐 간절한 실행력이 없기 때문에, 항상 시간과 상황 탓을 하며 지금의 모습을 유지하려고 할 것이다. 사실 우리가 고민만 하고 실행하지 않는 이유는 지금이 편하고 노력의 고통과 실패가 두렵기 때문이다. 그래서 학습과 자기 계발이 멈춰 있는 직장인들이 많다. 물론 나 또한 마찬가지였다.

그렇다면 바쁜 직장인이 할 수 있는 학습과 자기 계발 방법은 무엇이 있을까?

첫째, 일이 곧 학습이자 자기 계발이며 가능하면 업무와 연결시킬 수 있어야 한다. 업무와 자기 계발을 따로 구분하기보다는 업무 자체가 자기 계발로 이어져야 한다. 게다가 누구나 할 수 있는 업무가 아닌 자기만의 전문 영역으로 깊이를 더하고 그 분야에 대한 지식과 경험을 꾸준히 넓혀 나가야 한다. 만약 지금 하고 있는 업무가 당신의 커리어나 자기 계발에 도움이 된다고 생각되면, 당신은 지금보다 훨씬 업무에 집중하게 될 것이며 성과도 향상될 것이다.

사실 직장인의 커리어는 구체적인 실행 계획을 가지고 경험과 역량을 키워 가는 것이 아니다. 직장인 중에 자신이 원하거나 선택한 커리어에 맞춰 업무를 하고 있는 사람도 거의 없다. 게다가 자신의 업무를 좋아하기보다 싫어하는 직장인이 대부분이다. 그래도 고민할 필요는 없다. 커리어는 다양한 업무를 경험하면서 자신의 방향과 맞추어 가는 과정이다. 우선 지금은 자신이 무엇을 잘하는지 모르기 때문에 다양한 경험을 해 봐야 한다. 이 과정에서 시간과 경험이 쌓이고 성과와 인정을 받으며 실력이 쌓이면 자연스럽게 커리어가 된다. 그래서 업무의 방향과 자기 계발의 방향을 연결시키는 것이 중요하다. 만약 업무가 자기 계발의 방향과 연결되는 부분이 없다면, 당신의 업무는 누구나 쉽게 대체할 수 있게 된다. 직장인이라면 모두가 느끼는 부분이지만, 회사 업무는 누구나 할 수 있고 당신은 언제라도 쉽게 대체될 수 있다. 당연히 자신의 존재 가치도 작아짐을 느끼게 된다. 그렇기에 의식적으로 업무 전문성을 향상시키고 자기 계발이 동시에 이루어질 수 있는 부분을 찾아서 역량을 키워야 한다. 하지만 이 또한 말하기는 쉽지만, 현실을 생각하면 쉽지 않다. 과연 업무와 자기 계발이 연결되는 직장인이 있을까? 피할 수 없으면 즐겨야 하지만, 피할 수도 없고 즐기지도 못하기에 개인 사업을 하는 것은 아닐까?

둘째, 목표나 성과에만 집중하지 말고 학습과 자기 계발 과정 자체에 의미를 두고 노력하는 습관이 중요하다. 구체적으로 무엇이 되겠다는 목표만 중요하게 생각하고 학습과 성장하는 과정을 중심에 두지 않으면, 작은 실패에도 자신감과 자존감만 떨어지고 쉽게 의욕을 잃게 된다. 그래서 학습과 자기 계발을 너무 조급하게 생각해서는 안 된다. 직장 생활은 당신의 생각보다 훨씬 길다. 자기 계발을 하는 과정과 성장 자체에 의미를 둔다면, 언젠가 목표하는 바에 다가서 있는 자신을 발견할 수 있을 것이다. "재능이나 명성을 드러내지 않고 참고 기다린다."라는 말처럼, 능력을 펼칠 수 있고 성과를 통해 전문성과 역량을 인정받을 수 있는 기회는 반드시 오게 된다. 너무 급하게 생각하지 말고 차분히 성장해 가는 과정 자체를 목표로 삼고 학습과 자기 계발을 꾸준히 해야 한다. 절대로 배워서 남 주는 경우는 없다.

셋째, 학습과 자기 계발은 어떤 영역을 선택해도 무방하지만, 선택 자체는 반드시 해야 한다. 다만 당신에게 맞는 영역을 선택하는 것이 힘들 뿐이다. 자기 계발 영역을 선택하기 위해서는 자신에 대한 이해. 즉, 메타인지가 무엇보다 중요하다. 우선 당신이 무엇을 알고 좋아하고 잘하는지를 정확히 이해해야 한다. 막연하게 앞으로 유망하다고 해서 성향과 안 맞는 영역을 선택하면 효과도 없고 고통만 늘어나게 된다. 예를 들어 내성적인 사람이 인맥을 확대하고자 많은 모임에 참여하거나, 어학을 싫어하는 사람이 여러 언어를 동시에 배우는 것과 같다. 학습과 자기 계발은 좋아하고 잘하는 영역을 선택해야 한다. 그리고 영역을 선택했다면 실력을 키워야 한다. 어학, 운동, 자격증, 투자 등 모든 영역이 학습과 자기 계발의 대상이다. 예를 들어 당신이 무림의 고수가 되고 싶다면, 칼, 창, 권법 등 많은 것을 실제로 경험해 보고 그중에서 자신에게 가장 잘 맞는 것을 선택해서 실력을 꾸준히 쌓아야 한다. 지금 당신만의 전문 영역이나 무기는 무엇인가? 혹시 대답하기 어렵다면, 실제로 당신만의 무기는 존재하기는 하는 것인가? 솔직히 영역이나 무기 자체를 생각해 본 적이 없거나 모르는 것은 아닌가? 그렇다면 지금은 우선 다양한 경험을 통해 자기 계발 영역을 선택하고 실력을 키워야 한다. 그래야 전문성이나 역량도 향상되고 회사에서 인정받는 핵심 인재도 될 수 있다.

넷째, 무엇이라도 배우려는 자세와 벤치마킹을 적극적으로 할 수 있어야 한다. 우선 배우려면 간절해야 한다 "세 사람이 함께 길을 가면 반드시 스승이 있다."라는 말처럼, 어디서나 배우고 본받을 만한 사람은 존재한다. 누군가의 좋은 모습은 따라 하면서 성장할 수도 있으며, 나쁜 모습은 반성하면서 성장할 수도 있다. 또한 직장 상사나 후배, 동료나 고객을 통해서도 배울 수 있다. 하지만 우리는 누구에게나 배울 수 있다고 쉽게 생각할 수 있지만, 진심으로 배우려는 자세가 없으면 이 또한 불가능하다. 마음을 열어 상대방의 강점과 장점을 이해하고 벤치마킹하는 과정에서 학습과 자기 계발은 자연스럽게 이루어진다. 솔직히 학습과 자기 계발은 왕도도 없고 어떤 방법도 상관없다. 외부 교육이나 업무 경험, 독서나 동료와의 소통을 통해서도 충분히 배울 수 있다. 특히 요즘은 실패를 통해서도 배울 수 있어야 한다고 말한다. 보통 동물들이 태어나 처음 보고 움직이는 것을 부모라고 생각하고 무조건 따라 하는 것처럼, 신입 사원은 첫 상사나 선배를 따라 하면서 직장 생활을 배운다. 그리고 상사나 선배를 좋아하고 따르다 보면 자연스럽게 흉내도 내게 된다. 즉, 닮아 가는 것이다. 연예기획사 YG의 수장인 양현석 대표를 지드래곤이나 많은 아이돌이 흉내 내고 따라 하는 것은 처음에 따라 하고 배우는 과정에서 서로 간에 인정과 신뢰 그리고 배우고자 하는 간절함과 의지가 있었기 때문에 가능했다. 특히 배우고자 하는 사람을 좋아해야 그 사람의 생각이나 업무 방식을 따라 하고 흉내 내며 성장할 수 있다. 인정과 신뢰를 받는 직장인은 대부분 이러한 과정을 통해 성장한다.

다섯째, 주변 환경과 함께하는 사람들이 중요하다. 모든 사람은 환경에 영향을 받으며 성장한다. "물은 그릇의 모양을 따르고 사람은 주변인의 환경에 따른다."는 한비자의 말처럼, 우리는 함께하는 사람이나 주변 환경에 많은 영향을 받으며 성장했다. 학교나 학원도 마찬가지다. '맹모삼천지교'라는 말처럼, 부모님이 자녀를 외고나 과학고 같은 특목고에 진학시키려고 하는 모습이나, 대치동의 좋은 학원에 보내려고 노력하고, 강남 8학군에서 공부를 시키려는 모습 모두가 자녀를 조금이라도 더 좋은 환경에서 공부할 수 있도록 하려는 배려가 아니겠는가? 직장 생활도 마찬가지다. 당신이 어떤 상사나 동료와 함께하고 있는지, 어떤 조직 문화를 가진 회사에서 일하는지에 따라 당신의 성장 가능성이 결정된다. 뛰어난 리더와 배울 점이 많은 동료, 커리어와 자기 계발에 도움이 되는 회사와 함께하는 그 자체가 당신이 성장하는 데 결정적 역할을 한다.

그렇다면 당신은 지금 어떤 사람들과 함께하고 있는가? 혹시 패배 의식으로 가득한 비관주의자들과 함께하고 있는가? 아니면 긍정적이고 인정과 신뢰를 받는 리더 그룹과 함께하고 있는가? 당신이 지금 누구와 함께하고 있는지에 따라 앞으로의 직장 생활이 결정된다. 그리고 사람들은 "용의 꼬리가 되지 말고 닭의 머리가 되어야 한다."고 말한다. 사람마다 생각이 다르겠지만, 개인적으로 닭의 머리보다 용의 꼬리가 바람직하다고 생각한다. 용의 꼬리가 되어도 리더십, 자신감, 실행력 등 직장 생활에 필요한 자질들을 충분히 키울 수 있다. 하지만 무엇보다 용의 그룹에 있어야 용에게 주어지는 기회를 보거나 가질 수 있으며, 용이 어떻게 생각하고 행동하는지를 배울 수 있다. 그들과 눈높이를 맞추고 함께해야 그들만큼 역량이 향상될 수 있다. 보통 자녀들이 사고를 치면 부모님은 "우리 아이는 나쁜 친구들에게 물들어서 그렇지 절대로 나쁜 아이는 아니다."고 말씀하셨다. 이는 자식에 대한 기대감이 크셨기 때문이다. 하지만 실제로는 당신의 자녀가 가장 나쁜 친구인지도 모른다.

마지막으로 직장인이라면 전공과 상관없이 경영학이나 회계학에 대한 이해는 필수적이다. 일단 모르면 무조건 배워야 한다. 직장 생활은 다양한 전공과 경험을 가진 사람들과 함께한다. 그리고 경영학, 회계학, 마케팅, 심리학 등에 대한 기본적인 이해는 무엇보다 중요하다. 최소한 네이버 경제면이나 경제 뉴스를 읽을 수 있는 수준은 되어야 한다. 개인적으로 가장 중요한 과목을 선택한다면, 단연코 회계학이다. 직장인은 숫자에 강해야 하며 그 숫자의 절반이 회계학이다. 솔직히 전문직이 아닌 이상, 대차와 손익 마인드가 없으면 임원이나 경영진이 되는 것은 쉽지 않다. 그래서 회계학을 모르면 아는 척하지 말고 주말을 활용해 공부해야 한다. 솔직히 아는 척도 잘 안 된다. 최소한 자신의 시간이나 월급의 5%만이라도 투자하자. 당신의 꿈이 CEO는 아니더라도, 최소한 임원이나 리더는 한 번 해 봐야 하지 않을까?

신기하게도 학습과 자기 계발도 그렇고 운동도 하는 사람만 계속한다. 개인적으로 올림픽 공원을 10년 넘게 산책하면서 느낀 점은 런닝이나 산책하는 사람들은 누가 봐도 몸매도 좋고 건강해 보인다는 것이다. 그들은 더 이상 운동이 필요 없어 보인다. 하지만 정작 운동이나 다이어트가 필요한 사람들은 어디에도 보이지 않는다. 운동이 진짜 필요한 사람이 아닌 꾸준히 하는 사람이 더 열심히 하는 아이러니함. 학습과 자기 계발도 마찬가지다. 그리고 결국 나중에 이 차이는 누구나 확인할 수 있는 큰 차이가 된다. 사실 시간과 노력이 쌓인 차이는 쉽게 극복되지 않는다. 그래서 지금이라도 당장 시작해야 한다. 오늘부터라도 보고 싶다. 나처럼 뚱뚱하고 다이어트가 필요한 사람들이 열심히 운동이나 산책하는 모습을 말이다.

 INJI's story

작은 유혹에도 심하게 흔들리고 갈등했다

공부를 진짜 좋아하고 원해서 하는 사람이 과연 있을까?

보통 학습이나 자기 계발의 중요성에 대해 이야기하면, 스트레스를 받는 직장인들이 많을 것이다. 나름 열심히 공부해서 대학을 가고 어렵게 취업했는데 '학습과 자기 계발 등 이 놈의 공부는 끝이 없구나.'라는 짜증스러운 생각이 드는 것도 사실이다. 도대체 우리는 언제까지 공부를 해야 하는가? 과연 평생 학습이란 말에서 도망칠 수는 있을까? 솔직히 세상이 너무 빨리 변해서 속도를 따라가기도 벅차고, 과거에 배운 지식은 이미 머릿속에서 사라지거나 쓸모없는 지식이 된 지도 오래다. 게다가 회사가 경쟁 사회라면, 학습을 멈춘다는 것은 이미 경쟁에서 뒤처지고 있다는 것을 의미한다.

논어에서는 30대는 이립(而立)으로 뜻을 명확하게 세워야 하며, 40대는 불혹(不惑)으로 마음이 흔들리지 않아야 하며, 50대는 지천명(知天命)으로 하늘의 뜻을 이해해야 한다고 했다. 하지만 개인적으로 경험한 직장 생활의 30대는 회사의 방향과 주어진 업무에 생각없이 끌려 다니기 바빴고, 40대는 작은 유혹에도 심하게 흔들리고 갈등했다. 물론 학습과 자기 계발을 해야 한다는 명제는 항상 있었지만, 바쁘고 힘든 직장 생활 속에서 크게 와닿지는 않았다. 솔직히 주변을 둘러봐도 나와 크게 다르지 않았기에 위로가 되었음도 사실이다. 미래를 생각하고 명확한 뜻을 세워 그 방향에 맞춰 학습과 자기 계발을 했어야 했는데, 뜻과 방향 자체가 없었고 회사라는 익숙한 울타리 안에서 안주했다. 아마 40대 중반을 넘은 직장인들은 나와 크게 다르지 않을 것이다.

사실 『논어』는 2,500년 전 과거의 이야기지만, 대부분의 직장인은 40대 중후반 퇴직을 고민하는 시점이 되어서야 자신의 뜻을 고민하고, 60대는 되어야 마음이 흔들리지 않을 듯하다. 물론 논어를 말하던 공자의 시대와 지금의 시대는 평균 수명이나 사회 구조가 많이 다르다. 그래서 10~20년 정도는 시점을 조정해도 될 듯하다. 뜻은 40대에 세우고, 불혹은 60대, 지천명은 70대나 80대가 되어도 괜찮지 않을까? 물론 이미 많이 늦었지만, 그때라도 그렇게 되었으면 좋겠다. 최소한 지금보다 조금 더 어질고 지혜로운 사람이 되고 싶다.

INJI's story

도대체 무엇을 위한 시험이었나?

내가 다니던 회사는 전 직원을 대상으로 일 년에 2번씩 공정거래 관련 시험을 실시했다. 평소 갑의 위치에서 업무를 많이 하기 때문에 공정거래 관련 지식과 실행이 무엇보다 중요했다.

회사의 공정거래 시험은 문제은행이 별도로 있었고 그 안에서 모든 시험 문제가 출제되었다. 시험의 통과 기준은 60점이었고 떨어진 직원들은 재시험을 쳐야 했다. 그리고 상사에게는 떨어진 직원들과 모든 직원들의 점수가 보고되었고, 부서나 점포 간 성적을 비교하는 방식으로 운영되었다. 누구나 쉽게 예상할 수 있듯이, 성적도 서열화로 평가되었으며 평가 결과에만 모든 관심이 집중되었다. 만약 조직의 평균 점수가 꼴찌거나 시험에서 떨어지게 되면 잔인한 마녀사냥이 시작됐다. 솔직히 시험의 의도는 좋았으나 직원들의 인식은 매우 부정적이었다. 통과하면 다행, 떨어지면 직장 생활이 지옥으로 변하는 무서운 시험이었다.

갓 입사한 열정적인 신입 사원들은 열심히 시험 공부를 하면서 선배들에게 물어보고 이해하려고 노력했다. 하지만 기존의 선배들은 이미 여러 차례 시험을 경험했고 문제은행에 익숙해서인지, 신입 사원들의 질문에 "이유까지 알 필요는 없어. 그냥 무조건 외워!"라는 식으로 무성의하게 대응했다. 하지만 불행하게도 선배들은 정확한 답과 이유를 알지 못했고 친절하게 설명해 주는 선배도 거의 없었다. 그냥 답만 외우고 60점만 넘으면 문제가 안 되는 시험에 불과했다. 신기하게도 선배들은 그동안의 시험 경험과 문제 은행을 이미 외웠기 때문에 매번 동일한 점수인 60점을 간신히 넘겼다. 당연히 100점 가까이 받을 것으로 생각되지만, 어떤 문제를 틀렸는지 확인하지도 않았으며 틀린 문제를 이해하고 넘어가지도 않았다. 그냥 기준 점수만 넘으면 문제가 없는 시험에 불과했다. 게다가 오답과 정답을 확인하지도 않았기 때문에 그다음 시험에도 동일한 문제에 대해 틀리기를 반복했다. 그래서 점수가 그대로였다. 그럼에도 아무 문제가 되지 않았다. 하지만 신입 사원들은 무엇을 틀렸는지 확인하고 싶어 했고, 다음에 더 좋은 성적을 위해 선배들에게 질문했다. 그럼에도 선배들은 "시험을 패스했으면 됐고 다른 일이나 열심히 해! 안 바빠?"라고 다그쳤다. 신입 사원들은 실망했고 서로 간의 간극은 점점 벌어졌다.

안타까운 현실이었다. 개인적으로 시험의 목표는 무엇이고 왜 개인별로 점수만 통보하고 틀린 문제나 정답은 개인별로 피드백해 주지 않는지 이해가 되지 않았다. 회사에 제안을 해도 바뀌는 것은 없었다. 그렇다면 도대체 무엇을 위한 시험이었나? 시험을 진행하고 평가하는 것은 본사

주관 부서의 업무이자 책임이지만, 시험의 목적인 공정거래 관련 역량을 향상시키고 업무에 적용하는 것은 그들의 머릿속에 없었다고 생각한다.

아기 공룡 둘리는 사실 양아치였다

우리는 항상 새로운 것을 배워야 한다고 생각한다. 하지만 이미 너무 많은 것을 배우며 살아왔고 지금도 무언가를 열심히 배우는 중이다. 어쩌면 한순간도 쉬지 않고 끊임없이 무엇인가를 해야 한다거나, 학습과 자기 계발에 대한 막연한 강박을 가지고 있는지도 모르겠다. 그러나 우리가 세상을 살아가는 방법은 초등학교에서 이미 다 배웠다. 다만 실행이 어려울 뿐이다.

개인적으로 마흔이 넘어 과거에 배웠던 것을 다시 보게 되는 기회가 있었다. 『어린 왕자』, 『이솝 우화』, 『탈무드』 등 어린 시절 읽었던 책들을 다시 봤다. 그리고 과거에 보고 느꼈던 것과는 다르게 많은 것을 새롭게 느끼고 배우는 기회가 되었다. 예를 들면 〈아기 공룡 둘리〉라는 만화에서 둘리나 둘리의 친구들인 도우너, 또치를 괴롭히는 고길동이 어릴 때에는 많이 미웠다. 그런데 시간이 흘러 다시 보니, 고길동의 삶이 너무 힘들고 지쳐 보였다. 누군가는 고길동이 힘들어 보이면 아저씨가 된 것이라고 말한다. 물론 부인하고 싶지만 어쩔 수 없이 동의하게 된다. 다시 본 고길동은 30대 후반의 나이, 회사에서 직급은 과장이고 1남 1녀의 아빠이자 성실하고 착한 남편이다. 특히 와이프에게 참 잘한다. 이 시대 직장인의 전형적인 모습이다. 그리고 그 당시 서울 방학동에 2층짜리 마당이 있는 집을 가지고 있는 나름 부자였다. 만약 지금까지 그대로 가지고 있었으면 직장 생활을 하지 않고도 편하게 살 수 있을 정도는 되는 듯하다.

반대로 엎혀사는 둘리가 얼마나 싸가지 없고 이기적이며 착하지 않은 친구인지도 보였다. 게다가 가지고 있는 요술의 힘을 주로 고길동을 괴롭히는 데 사용했다. 아기 공룡 둘리는 사실 양아치였다. 친구인 도우너나 또치도 마찬가지였다. 역시 사람뿐만 아니라 동물도 유유상종한다. 과거와는 확실히 다른 부분이 보이고 많은 것을 다시 느끼게 되었다. 〈아기 공룡 둘리〉 애니메이션이 2011년에 리마스터링 되어서 다시 나왔다. 총 26편으로 한 편당 20분 내외다. 생각보다 진짜 재미있고 느껴지는 것들이 많다. 꼭 보기를 바란다.

그래서 요즘은 〈스머프〉와 〈시티헌터〉, 〈드래곤 볼〉과 〈슬램덩크〉 등 과거에 좋아하고 사랑했던 것들을 다시 보고 있다. 얼마 전 〈슬램덩크 The First〉가 애니메이션 영화로 나오기도 했다. 당신에게도 예전에 좋아했던 것들을 다시 해 보기를 제안한다. 솔직히 어떤 내용도 상관없고 다시 보면 분명 많은 것들을 느낄 수 있을 것이다. 오히려 그 느낌이 신선하기까지 하다. 우리는 새로운 것을 배우는 것도 중요하지만, 과거에 좋아했고 배웠던 것들을 다시 경험해 보는 것도 제법 행복하고 괜찮은 일이다.

9. 직장 생활

• 과연 직장 생활에 정답은 있을까?

신입 사원이나 후배가 "선배님, 직장 생활을 잘하려면 어떻게 해야 합니까? 그리고 직장 생활은 원래 이렇게 힘든 겁니까?"라고 묻는다면, 당신은 어떤 이야기를 해 주고 싶은가? 보통 직장 생활은 직접 경험하면서 자신의 생각을 정립해 나간다. 직장 생활에 대한 정답은 사람마다 다를 수 있지만, 그렇더라도 북극성 같은 방향을 제시할 수 있는 이야기는 해 줄 수 있지 않을까? 과연 직장 생활에 정답은 있을까?

당신은 신입 사원으로 출근했던 첫날이 기억나는가? 직장 생활을 처음 시작할 때는 누구나 잘해 보겠다는 다짐을 한다. 상사와 동료와의 관계에서도 역량 있고 좋은 사람으로 인식되고자 노력한다. 물론 정도가 심해지면 착한 사람 콤플렉스가 생기거나 호구가 되기도 한다. 그리고 아무리 상대방을 배려해도 이해관계나 상황에 따라 적과 동지가 생긴다. 직장 생활에서는 적을 가급적 만들지 말라고 하지만, 적은 당연히 생길 수밖에 없다. 가만히 숨만 쉬고 있으면 무능하다는 오해를 받기 쉽고, 적극적으로 의견을 제시하거나 의사 결정을 하게 되면 항상 반대 입장의 사람들이 존재하고 관계는 틀어진다. 솔직히 너무 어렵다. 그래서 굳이 누군가에게 잘 보이기 위한 인위적인 노력이 아닌, 생각을 솔직하게 표현하고 자신 있게 직장 생활을 하는 것이 가장 바람직하다. 직장 생활은 다른 사람의 생각이나 관계에 크게 신경 쓰지 말고 자신에게 맞는 방식으로 해 나가면 충분하다. 직장 생활은 정답이 없지만, 누구나 충분히 잘 할 수 있다.

우선 직장 생활의 성실성을 확인할 수 있는 가장 기본적인 모습은 출퇴근 시간의 준수 여부다. 물론 사람마다 출퇴근 시간에 대한 생각이 다르다. 보통 9시에 출근하는 회사의 경우, 임원이나 간부 사원은 최소 30분 전에 출근한다. 그들은 그날의 업무 우선 순위와 해야 할 일을 미리 정리하면서 하루를 준비한다. 가끔 어떤 사람들은 7시 이전에 출근하기도 한다. 집이 멀기도 하고 회사에 일찍 도착하는 것이 오히려 마음 편하다고 말하는 사람들이다. 그들에게 9시의 의미는 출근 시간이 아닌 업무 시작 시간이다. 그래서 헐레벌떡 간신히 출근해서 정신없이 9시를 맞이하는 직원들에 대해 감정이 좋지 않다. 심한 경우, 직장 생활이나 업무에 대한 기본이 안 되어 있다고 생각한다. 하지만 MZ세대 직장인 대부분은 9시를 기준으로 5분 전에라도 출근하면 아무 문제도 없고, 굳이 일찍 출근할 필요도 없다고 생각한다. 이는 세대가 다르고 생각과 가치관의 차이다. 그리고 무엇이 옳은 행동인지는 스스로 판단하면 된다. 하지만 개인적인 경험으로, 학창 시절에 지각과 조퇴를 자주 하는 친구 중에 공부 잘하는 친구를 본 적이 없다. 직장 생활도 마찬가지라고 생각한다.

또한 약속 시간을 지키는 것은 상대방에 대한 배려와 신뢰의 시작이다. 특히 출퇴근 시간은 회사와의 약속이자 계약이다. 근무 계약서에도 명시되어 있다. 물론 코로나 시기에 따른 유연 근무제나 재택근무가 빠르게 확산되기에 출퇴근 시간이 희미해지는 추세이긴 하다. 개인적으로 꼰대스럽기는 하지만, 5분 전이라도 출근하면 아무 문제가 없다고 생각하는 직원에게 말해 주고 싶다. "당연히 5분 전에 출근해도 되지만, 만약 5분이라도 늦으면 지각으로 처리되는 것을 수용해야 한다."고 말이다. 지각이 평가와 승진에 영향을 주는 회사도 많다. 다만 상사가 당신을 배려하고 이해하기에 지각으로 처리하지 않을 뿐이다. 게다가 신기하게도 대부분 직장인은 지각을 하지 않는다. 그래서 지각하는 모습은 상대적으로 성실성이나 평가에서 확실한 마이너스가 된다. 직장인이라면 일찍 출근은 못 해도 지각은 절대 하지 말아야 한다. 출퇴근 시간은 당신의 성실성을 확인할 수 있는 가장 강력한 모습이다.

직장 생활은 업무 집중력과 근무 태도가 좋아야 한다. 직장 생활의 가장 기본이며, 누군가는 에티튜드라고 말하기도 한다. 보통 성적이 나쁘고 공부하기 싫어하는 학생은 가르치기 전에 책상에 앉아 있는 습관부터 길러야 하듯이, 직장 생활은 우선 업무 습관과 근무 태도가 좋아야 한다. 좋은 업무 습관과 근무 태도를 지니고 있으면, 최소한 기본 이상의 성과를 내고 모든 부서에서 환영받을 수 있다. 특히 신입 사원은 성과보다 근무 태도가 훨씬 중요하다. 상사나 선배들의 "딱 보면 알 수 있다." 혹은 "하나를 보면 열을 알 수 있다."는 말은, 100% 정확하지는 않지만 그동안의 직장 경험과 신입 사원의 근무 태도를 보고 판단하는 것이다. 신기하게도 나름 정확하고 조직원들의 전체적인 평가와 평판도 비슷하다. 솔직히 당신도 고등학생들의 공부하는 모습을 일정 기간 지켜보면, 이 학생이 공부나 학교생활을 잘하거나 못할지를 어느 정도 예측할 수 있지 않은가?

직장 생활은 항상 솔직하고 정직해야 하며 변명과 핑계를 최소화해야 한다. "하고 싶은 일에는 방법이 보이고, 하기 싫은 일에는 변명만 보인다."라는 말처럼, 당신에게 진심과 열정이 있다면 어떠한 기회라도 찾으려고 노력할 것이고 그렇지 않다면 피하고 싶은 마음만 가득할 것이다. 물론 핑계 없는 무덤은 없다. 아무것도 하기 싫은 사람은 무슨 핑계라도 만들어 낼 것이고, 진심과 열정이 있는 사람은 어떠한 시간과 이유를 만들어서라도 실행하려고 할 것이다. 핑계는 구차한 변명에 불과하며 열정과 실행을 이길 수 없다. 그리고 이 차이가 직장 생활의 성과와 승진을 만들어 낸다. 그렇다면 당신은 어떤 사람과 함께 일하고 싶은가? 무조건 안 되고 어렵고 하기 싫어하는 사람보다는, 어려운 상황에서도 과감히 도전하고 기회와 방법을 모색하는 사람과 함께 일하고 싶지 않은가? 사람은 누구나 똑같다. 게다가 솔직하지 않거나 핑계 대는 모습을 당신만 모를 뿐, 주변 동료나 상사 모두가 알고 있다. 한 번이 아닌 반복되는 모습을 통해 당신에 대한 평판과 신뢰가 만들어지고 있음을 반드시 기억해야 한다. 그리고 지금부터라도 변하려고 노력해야 한다. 거짓말과 핑계는 직장 생활에 치명적이다.

회사와의 관계는 갑을 관계나 노예 관계가 아니다. 물론 근로계약서는 갑과 을로 표시되어 있기는 하다. 그리고 회사가 당신을 선택했지만 당신도 회사를 선택한 동등한 계약 관계다. 엄밀히 말하면, 이 관계는 당신이 먼저 시작했다. 당신이 먼저 회사를 선택하고 지원했다. 또한 직장 생활은 군대와 같은 의무도 아니다. 그래서 어느 한쪽이 일방적으로 희생해서도 안 된다. 무식하게 휴무를 반납하거나 잦은 야근을 통해 번아웃이 되거나 건강을 해치는 경우는 절대 없어야 한다. 직장 생활은 당신 자신이 가장 소중하다. 마찬가지로 회사도 당신의 저 성과를 두고만 보지 않는다. 직장 생활은 서로에게 이익이 되고 상생 관계가 되어야 한다. 그리고 직장인이라면 회사를 최대한 활용해야 한다. 회사는 당신을 절대 지켜 주지 않으며 시간이 지나면 당신은 자연스럽게 용도 폐기가 된다.

그래서 회사와의 관계는 조금은 이기적으로 행동할 필요가 있다. '겉으로는 회사에 길들여진 동물이지만, 자기의 필요에 따라 회사를 이용하는 사람'이라는 의미의 가면사축이 되어야 한다. 게다가 요즘은 '조용한 퇴직'이라는 말도 유행한다. 이는 단지 말로써 의미를 구체화했을 뿐, 이

위로보다 월급이 소중한 직장 생활 1

미 옛날부터 수많은 직장인들은 그렇게 행동하고 있었다. 솔직히 지금도 크게 달라진 것은 없다. 또한 회사를 통해 자신의 역량과 커리어를 개발하는 데 집중해야 한다. 직장인은 월급도 소중하고 커리어도 중요하다. 어느 하나도 놓쳐서는 안 된다. 그리고 이미 회사는 당신을 통해 성과와 이익을 창출하고 있다. 원래 회사는 손해를 보지 않는다. 심하게 말하면, 회사는 망해도 되지만 당신은 절대 망해서는 안 된다. 나중에 시간이 흘러 회사에서 퇴직하게 되면, 당신의 소중한 시간과 얼마 모으지 못한 재산과의 괴리감, 막연한 피해 의식 때문에 회사를 가해자로, 자신을 피해자로 생각하게 될지도 모른다. 하지만 이 또한 당신 스스로 그렇게 만든 것이다. 회사에 대한 헌신과 희생은 당신 스스로 선택한 것이다. 어떤 핑계나 변명도 피해자 코스프레에 불과하다. 나중에 피해자로 남고 싶지 않다면, 자신을 위해서 조금은 이기적으로 직장 생활을 해야 한다. 항상 마지막에 남는 것은 당신뿐이라는 사실을 반드시 기억해야 한다.

직장 생활은 야근도 하지 말아야 한다. 지금은 시대가 확실히 변했다. 출근 시간만큼 퇴근 시간도 중요하며 반드시 지켜져야 한다. 만약 어쩔 수 없이 야근이 필요하다면, 금전적 보상은 반드시 있어야 한다. 혹시 당신은 야근을 선호하는가? 그렇다면 야근하는 이유는 무엇인가? 많은 업무량과 책임감 때문인가? 아니면 상사의 눈치와 강요 때문인가? 솔직히 상사나 동료들에게 열심히 하는 모습을 보여 주고 인정받고 싶은 것은 아닌가? 야근하는 이유는 사람마다 다르다. 그리고 스스로 야근이 필요하다고 판단되면, 집에 가서 혼자 하면 된다. 혹시라도 야근하는 모습을 누군가에게 보여 주기 위해서라면, 당신은 지금 시대와는 어울리지 않는 직장인이다. 게다가 요즘 회사들은 야근을 강요하지도 않는다. 어떤 회사들은 PC OFF제를 시행하거나 퇴근 시간 이후에 전체 직원들을 건물 밖으로 강제로 내보내기도 한다. 만약 상사가 퇴근을 늦게 하는 스타일이라면, 적당히 눈치 봐서 퇴근하면 된다. 물론 직장 생활은 조직 생활이기에 아무런 눈치도 안 보고 당연하게 퇴근하면 힘들어질 수가 있다. 하지만 야근을 자주 하면 개인 삶도 엉망이 되고 번아웃이 되기도 한다. 지금 당신은 누구를 위해 직장 생활을 하는가? 당연히 당신 자신을 위해서다. 그래서 직장인이라면 자기만의 시간을 의식적으로 만들어야 한다. 많은 직장인들이 자기 계발을 할 시간이 부족하다고 말한다. 개인적으로 그동안 야근했던 시간을 자기 계발에 투자했다면, 최소한 어느 한 분야에서는 확실한 전문가가 되었을 것이다. 솔직히 나는 자괴감이 생길 정도로 야근을 많이 했다. 지금 생각해 보면, 야근했던 수많은 시간과 엉망이 된 개인 생활에 대해 많은 후회가 된다. 어쨌든 회사에 시간으로 충성하지 말고 자신에게 충실해야 한다.

또한 야근은 회사에 대한 열정이나 로열티를 의미하지도 않는다. 오히려 야근은 자신의 역량 부족을 의미하며, 업무 우선순위나 시간 관리를 못 하는 무능력을 증명하는 것이다. 물론 아직도 야근을 강요하는 상사나 조직 문화가 존재하기는 하지만, 다행히 세상은 급격하게 바뀌어 가는 중이다. 그래서 야근이 필요하다고 판단되면, 스스로 결정하고 상황에 맞춰서 하면 된다. 그렇다고 야근이 습관이 되면 안 된다. 회사에는 근무 시간에 업무에 집중하지 못하고 퇴근 시간만 되면 야근을 준비하는 이상한 사람들도 있다. 신기하게도 야근을 많이 하는 사람들이 성과와 로열티가 높은 것으로 평가되고 승진을 잘하게 되는 경우도 많다. 비슷한 스펙과 역량을 가진 직장인들은 투자한 시간이 성과에 비례한다고 생각하며, 야근을 하는 것이 회사에 대한 열정과 로열티를 의미한다고 생각하는 사람들도 꽤 많다. 그래서 수많은 직장인이 오늘도 야근을 하고 있다. 야근이 경쟁이라면, 이는 너무 잔인한 경쟁이다. 일을 잘할수록 일이 더 많아지고, 야근을 많이 할수록 야근이 늘어나는 직장 생활의 아이러니함. 슬프지만 엄연한 현실이다.

직장인은 무조건 잘 쉬어야 한다. 야근이나 휴무 반납은 생각도 하지 말아야 한다. 쉼표가 없는 음악이 없듯이, 직장 생활의 휴무. 즉, 직장 생활의 쉼표를 어떻게 찍어 나갈 것인가도 매우 중요하다. 근무도 중요하지만 휴무도 근무 못지 않게 중요하다. 물론 월급과 복지는 더 중요하다. 그리고 휴무는 근무의 반대말이 아니라 근무라는 단어가 있는 곳에 늘 함께하는 쌍둥이 동생과 같은 말이다. 근무는 전략과 실행력이 중요한 것처럼, 휴무도 자신에게 맞는 전략이 중요하다. "쉬는 방법을 보면 그 사람을 알 수 있다."라는 탈무드의 이야기처럼, 휴무를 잘하는 것도 경쟁력이자 분명한 실력이다. 그렇게 보면 나는 실력이 부족했던 것이다. 또한 퇴근 이후 음주 가무나 주말에 몸을 혹사하고 출근해서 업무 집중력이나 성과에 영향을 준다면, 이처럼 잘못된 휴무도 없다. 워라밸을 위해서라도 근무와 휴무의 균형을 잘 맞춰야 한다. 그렇다고 해서 근무보다 휴무가 더 중요하다는 말은 아니다. 근무를 했으면 성과가 있어야 하고, 휴무는 성과를 위해 반드시 필요하다. 그럼에도 아직도 자기 몸에 맞는 휴무 방법을 모르는 직장인이 의외로 많다. 휴무 자체보다는 휴무를 어떻게 사용하는지가 더 중요하다. 분명한 것은 잘 쉬는 사람이 일도 잘한다.

그렇다면 당신은 근무와 휴무 중 무엇이 더 우선이라고 생각하는가? 요즘 MZ세대 직장인은 워라밸이 무엇보다 중요하고 휴무를 위해 근무를 한다고 말하기도 한다. 하지만 사표를 내고 직장인의 굴레를 벗어나면, 근무의 쌍둥이 동생인 휴무라는 말도 동시에 사라진다. 근무와 휴무의 '무(務)'라는 단어는 힘쓰고 행위 한다는 의미다. 퇴직한 직장인은 근무라는 단어에서 벗어난 것이며, 휴무라는 단어도 동시에 사라졌다. 그 다음의 일주일과 한 달은 모두 휴무가 아닌 자유 시간이 된다. 그래서 직장인에게는 근무가 있기에 휴무가 존재한다. 어쩌면 휴무도 근무의 연장인지도 모른다.

직장 생활은 부탁이나 거절도 잘해야 한다. 우리는 상대방이 부탁을 받아 줄 것으로 생각하고 부탁을 하기에 거절에 익숙하지 않다. 어쩌면 상대방이 쉽게 들어줄 수 있는 부탁만 했기에 거절이 익숙하지 않을 수도 있다. 하지만 만약 상대방이 보증이나 과도한 금전적인 부탁을 한다면 어떻게 하겠는가? 당연히 어떠한 표현을 해서라도 정중하게 거절할 것이다. 그러나 거절하는 의사 표현 자체도 쉽지 않다. 그래도 어쨌든 상대방의 기분이 상하지 않도록 진심과 예의를 담아 거절에 대한 의사 표현을 확실히 할 수 있어야 한다. 솔직히 거절을 잘하는 것도 분명한 능력이다. 그냥 해보면 알 수 있다. 그래서 상대방의 이야기를 경청하고 나름의 원칙과 사유를 가지고 정중하게 말해야 한다. 혹시라도 부탁을 듣자마자 거절한다면, 거절의 결과보다 인성이 더 나쁘다고 인식되거나 좋았던 관계가 끊어지게 된다. 이때는 상대방의 상황은 정확히 이해는 하지만 수용하기 어렵다는 말을 명확하게 해야 한다. 그럼에도 상대방이 너무 힘들어서 당신의 뜻을 이해하지 못하거나 부탁을 계속한다면, 다시 확실하게 말해야 한다. 당신의 진심과 예의를 담아 말할 수만 있다면 그다음은 상대방의 몫이다. 그래야 오해가 없이 관계가 계속 유지될 수 있고 자신을 지킬 수 있다.

행복한 이기주의자라는 말처럼, 거절에서도 조금은 이기적일 필요가 있다. 특히 사람을 통해 성과가 나오고 부서 간 협업이 많은 업종에서 근무한다면, 정중하고 확실한 거절의 의사 표시는 매우 중요하다. 하지만 이게 말은 쉽지만, 부탁을 하거나 거절하는 것은 언제나 힘들다. 그래서 부탁을 하거나 거절하는 상황 자체를 최대한 만들지 않는 것이 가장 바람직하다.

직장 생활은 사내 정치와 인맥도 중요하다. 누군가는 인맥이 힘이자 실력이라고 말하기도 한다. 그리고 모든 인맥은 역량이 바탕이 되어야 한다. 직장인들은 누가 누구의 라인이고, 누가 누구를 챙긴다는 식의 이야기를 많이 한다. 들으면 항상 재미있고 호기심이 생기는 이야기들이다. 이런 관계들은 회사에 실제로 존재하며 직장 생활을 하다 보면 자연스럽게 알게 된다. 그러나 하늘에서 내려온 동아줄 같은 관계나 라인은 없다. 사실 누가 누구의 라인이기보다는 역량과 평판을 바탕으로 한 좋은 관계만 있을 뿐이다. 물론 왠지 마음이 가는 후배나 부하 직원이 있을 수는 있다. 그렇지만 회사는 성과를 중심으로 운영되는 이해 집단이다. 상사의 입장에서는 부하 직원들의 역량과 강점을 이해하고 탁월한 직원들을 많이 알고 있어야 한다. 그래야 자신에게 주어진 업무에 가장 적합한 역량을 가진 부하 직원을 선택해서 성과를 낼 수 있다.

반대로 부하 직원은 인위적인 사내 정치나 인맥보다는 역량이 절대 우선이다. 역량과 좋은 평판이 있어야 상사와 일할 수 있는 기회가 생기고 좋은 관계가 형성될 수 있다. 이를 바탕으로 상사와의 관계가 지속된다면 일정 수준 이상의 관계. 즉, 라인이라는 것이 만들어진다. 결국 부하 직원 입장에서의 사내 정치와 인맥은 역량이 있어야 가능하다. 술자리에서 만들어진다고 생각하면 오해다. 그래서 선배들은 "사내 정치나 인맥 등 네트워크에 대한 신경은 그만 쓰고 지금 하고 있는 업무에 집중해. 그렇지 않으면 미래가 어두워."라고 말한다.

그럼에도 불구하고 사내 정치나 인맥만으로 승승장구하는 사람들이 간혹 있기는 하다. 그들은 일도 안하고 성과도 없는데 계속해서 승진한다. 주변 동료들은 인정하지 않지만 상사들이 인정하는 것이다. 게다가 그들은 일보다 사람을 우선한다고 말하지만, 그것도 자신이 잘 알고 좋아하는 사람인 경우에만 우선으로 생각한다는 의미다. 반대로 잘 모르는 사람이나 싫어하는 사람들은 억울한 피해자가 되기도 한다. 예외 없는 원칙은 없다고 하지만, 이 사람들은 조직에서 확실한 예외다. 그래도 어쨌든 회사는 일하는 곳이고 사내 정치나 인맥은 역량에 따라 자연스럽게 만들어지는 것임을 이해해야 한다. 억지스러운 사내 정치와 인맥 만들기는 당신의 성과나 평판에 독이 되기 쉽다. 그래서 항상 조심해야 한다.

직장 생활은 모든 사람과 잘 지낼 필요도 없다. 아니 불가능하다. 그렇다고 싸움닭이 되거나 독불장군이 되어서도 안 된다. 직장 생활을 하다 보면 상사나 동료, 동기나 후배 등 많은 사람들이 자연스럽게 생긴다. 그리고 굳이 싫어하고 마음에 안 드는 사람까지 당신의 사람으로 만들려고 하거나 잘 지내려고 노력하지 않아도 된다. 그 사람이 아니어도 당신과 함께할 수 있는 사람은 충분히 많다. 다만 싫어하고 안 맞는 사람 중에 당신의 상사가 없기를 희망할 뿐이다. 대부분의 직장인은 상사와 좋은 관계를 유지하기를 원하지만 그렇지 않은 경우가 훨씬 많다. 보통 퇴직 사유의 첫 번째가 사람 관계 때문이다. 그리고 사람 관계는 상사와의 관계에서부터 시작된다. 그렇다면 상사를 진심으로 좋아하고 사랑하는 사람이 얼마나 될까? 그다지 많지는 않을 것이다. 이런 경우에는 예의를 바탕으로 업무 중심으로 대화하고 사적 교류는 최소한으로 해야 한다. 솔직히 상사도 당신이 그다지 좋은 감정이 아니라는 것쯤은 직감적으로 알고 있다. 어쩌면 확실히 알고 있을지도 모른다. 숨기려고 해도 숨길 수가 없다. 하지만 그렇게 시간이 지나면 자연스럽게 상사가 부서를 이동하거나 당신이 이동하기도 한다. 직장 생활은 언젠가는 헤어진다.

또한 동료나 후배가 싫으면 무시하거나 싫은 티를 팍팍 내도 된다. 물론 그 전에 잘 지내려는 노력은 어느 정도 필요하다. 그래도 안 맞는 사람은 어떻게 해도 안 맞는다. 그렇다고 억지로 맞추려고 노력할 필요까지는 없다. 당신의 감정만 소모되고 힘들 뿐이다. 그냥 적당한 거리와 관계를 유지하는 것이 최선이다. 고등학교 시절, 같은 반의 모든 친구가 당신의 베스트 친구는 아니었듯이 직장 생활도 마찬가지다. 모든 동료들과 잘 지내려고 노력은 하지만 모두와 잘 지낼 수는 없다. 어쩌면 원수나 적이 아닌 것만으로도 다행일지 모른다. 게다가 직장 생활의 인맥과 네트웍은 당신을 중심으로 만들어지는 것이다. 그렇다면 가급적 좋은 사람들과 함께하는 것이 당연하지 않을까? 지금부터라도 관계에 대한 부담은 내려놓고 진심으로 좋아하는 사람들과 함께하면 더 행복하지 않을까? 성공적인 직장 생활은 성과, 관계, 행복에 달려 있다.

직장 생활은 당신의 기대나 생각처럼 흘러가지는 않는다. 최선을 다했

위로보다 월급이 소중한 직장 생활 1

지만 뜻대로 안 되는 경우가 더 많다. 그래서 기대와 욕심을 조금은 내려놓는 것이 정신 건강에 좋다. 특히 업무나 사람 관계 등 자신이 선택하거나 통제할 수 있는 부분도 그다지 많지 않다. 그래서 직장 생활은 최선은 다하되 결과는 겸허히 받아들이고 자신에게 실망하지 말아야 한다. 또한 무조건 일을 잘해야 하고 성과가 좋아야 한다는 강박을 가질 필요도 없다. 뛰어난 성과가 있어도 승진이 보장되는 것도 아니다. 기대하면 오히려 불행해지기 쉽다. 그리고 직장 생활은 운 7, 기 3이라고 한다. 실제로 실력보다 운이 많은 영향을 미친다. 하지만 임원들은 운은 1이고 노력이 9라고 말하면서, 노력과 성과의 중요성을 끊임없이 강조한다. 솔직히 당신은 노력과 성과만이 직장 생활의 정답이라고 생각하는가? 오히려 그것은 그들만의 정답이다.

그들이 이렇게 말하는 이유는 임원인 자신의 성과를 위해서다. 더 솔직히 말하면, 직장 생활을 오래 하기 위해서다. 그들도 과거에는 당신과 같이 운 7, 기 3이라고 생각하면서 직장 생활을 했다. 다만 남들보다 노력을 조금 더 하고 운과 때가 맞아서 그 자리에 있게 된 것이다. 지금 최선을 다하고 있는 당신보다 더 열심히 하지도 않았다. 다만 직급이 올라가고 위치가 바뀌니까 생각과 상황이 달라졌을 뿐이다. 만약 직장 생활이 잘 풀리지 않는다고 생각되면, 운과 때가 안 좋아서라고 생각하자. 물론 앞으로 충분히 좋아질 것이다. 직장 생활에 대해 너무 걱정하면 당신만 힘들다. 게다가 자기 탓을 하기 시작하면 당신만 불행해진다. 직장 생활은 최선은 다하되 어떠한 결과도 겸허히 받아들이겠다는 마음을 가져야 한다. 가급적 상처받지 않고 직장 생활을 하려면, 최선은 다하되 욕심과 기대를 조금은 내려놓는 것이 바람직하다. 직장 생활은 당신의 의지대로 되는 것이 생각보다 적다.

직장 생활은 오래 버티는 것이 중요하고 쥐구멍에도 볕 들 날이 있다고 한다. 누군가는 강한 사람이 오래가는 것이 아니라, 오래가는 사람이 강한 사람이라고 말하기도 한다. 개인적으로 이런 말들이 맞는지 틀리는지는 20년을 넘게 직장 생활을 해도 잘 모르겠다. 인생은 새옹지마라서 미래는 아무도 모른다고 하지만, 적어도 당신의 직장 생활은 지금의 모습을 냉정하게 보면 어느 정도 예측이 가능하다. 솔직히 힘든 날이 가면 더 힘든 날이 오는 경우도 많다. 또한 많은 직장인들은 출근하는 자체나 근무 시간이 지옥 같다고 말하기도 한다. 슬럼프가 없을 수는 없지만, 이런 경우는 극복하거나 견디는 정도를 넘어선 훨씬 힘든 상황이다. 그나마 옆에서 위로라고 하는 말이 "그래도 여기 있는 것이 다행이야. 회사를 나가면 훨씬 힘든 지옥."이라고 한다. 하지만 이미 하루하루가 지옥인 사람들에게는 이런 말들이 들리지 않는다. 물론 어딘가에 또 다른 파랑새가 있을지도 모르지만, 적어도 지금 당신의 눈에는 보이지 않는다. 솔직히 보이지도 않는 파랑새를 찾기보다는 지금 당장이라도 이 지옥 같은 직장 생활을 그만두고 싶어 한다. 그래서 가슴속에 사직서를 품고 다니는 직장인들이 생각보다 많다. 그나마 다행인 것은 직장 생활은 당신만 힘들고 외로운 것이 아니라는 것이다. 모든 직장인은 자신이 가장 힘들다. 사람마다 상황이 다르고 받아들이거나 표현하는 방법이 다를 뿐이다. 직장 생활은 왕도도 없고 정답도 없다. 자신이 무엇을 위해 직장 생활을 하는지에 대한 스스로의 정의가 앞으로의 직장 생활을 결정할 뿐이다.

오마이 겐이치는 "사람을 바꾸는 방법은 시간을 달리 사용하거나, 사는 곳을 바꾸거나, 새로운 사람을 사귀는 것뿐."이라고 말한다. 직장 생활이 힘들면 부서를 옮긴다거나, 회사를 이직하거나, 새로운 사람들을 많이 만나고 그들의 이야기를 들어야 한다. 직장 생활은 정답이 없지만 당신의 상황에 맞는 해답은 있다. 그 해답은 당신만이 알 수 있고 스스로 결정을 내려야 한다. 그리고 결정했으면 실행하고 후회하지 말아야 한다. 막연히 월급의 노예로서 참고 견디며 생활하는 것만이 능사가 아니다. 과감히 직장을 그만두고 좋아하는 일을 선택하거나 아니면 지금의 직장 생활을 좋아하고 집중할 수 있도록 노력해야 한다. 만약 금전이나 어쩔 수 없는 상황 때문에 직장 생활을 계속해야 한다면, 지금의 부정적이고 힘들다는 생각을 무조건 바꿔야 한다. 스스로를 설득할 수 있어야 한다. 고통만 가득한 직장 생활을 계속해야 한다면, 당신의 인생이 얼마나 불행하겠는가? 게다가 직장 생활을 오래 하다 보면 어떻게 풀릴지 아무도 모른다. 하지만 슬프게도 나이와 직급에 따라 직장 생활을 오래 하는 것의 가치가 행복보다 우선시되는 경우도 많다. 모든 직장인은 자신을 사랑하고 보살필 수 있어야 하며, 스스로를 위로도 할 수 있어야 한다. 어느 누구도 당신보다 당신을 더 걱정하거나 사랑하지 않는다. 당신은 회사의 중심이 아닐 수는 있지만, 세상의 중심은 당신이라는 사실을 기억해야 한다. 지금 당신은 무엇을 위해 직장 생활을 하는가? 당신의 직장 생활은 언제쯤 볕이 들까? 오늘은 아니더라도 내일은 기대해 보자.

마지막으로 직장 생활에 대해 잊지 말아야 하는 것이 있다. 그것은 시작이 있으면 반드시 끝이 있다는 사실이다. 그 끝은 정년퇴직이 될 수도 있고, 스스로 퇴사를 결정하는 시점이 될 수도 있다. 어떤 사람들은 정년퇴직을 하고 싶다는 막연한 희망으로 직장 생활을 하기도 한다. 그들이 가지고 있었던 지식은 이미 쓸모가 없어졌고 스스로 무능하다는 것을 많이 느낀다. 안타깝지만 그래서 회사에 더 집착을 하게 된다. 게다가 직장 생활 외에 다른 것은 할 줄도 모르고 해 본 경험도 없으며 도전 의식도 없고 두렵기 때문에 오히려 지금의 직장 생활을 모든 것이라고 생각하기도 한다. 그래서 명예퇴직이나 희망퇴직 등 강제적인 퇴직을 당하면 자살을 하는 극단적인 사람들도 생긴다. 젊은 후배들이 보기에는 한심하고 안타까운 모습이다. 하지만 이 또한 엄연한 현실이다. 태어남이 있으면 반드시 죽음이 있다. 직장 생활도 마찬가지다. 입사가 있으면 반드시 퇴사가 있다. 직장 생활을 어떻게 바라보고 생활하느냐는 자신의 인생을 어떻게 살아갈 것인지 고민하는 것과 같다. 직장인에게 직장 생활이 행복하지 않다면, 삶은 절대 행복할 수 없다는 사실을 빨리 깨달아야 한다.

그나마 다행인 것은 직장 생활은 슬프고 힘든 일보다는 기쁘고 즐거운 일이 더 많다는 것이다. 월급을 받거나 휴가를 가거나 함께 웃으며 소주 한잔을 할 수 있는 동료가 있다는 사실이 얼마나 다행이고 기쁜 일인가? 하지만 아무리 좋게 생각해도 힘들고 외로운 것이 직장 생활이다.

아! 위로보다 월급이 소중한 직장 생활, 이 땅의 힘들고 외로운 모든 직장인을 진심으로 응원한다.

직장인의 5가지 유형, 어쩌면 이기주의자가 정답일지도 모른다

회사에는 좋은 사람도 많지만 의외로 나쁜 사람도 많다. 성악설을 주장한 순자의 말처럼, 사람은 모두 이기적이다. 그렇다면 이기적인 사람과 개인적인 사람의 차이는 무엇일까? 이기적인 사람은 자신을 위한 행동이 타인에게 불리해지는 것을 알면서도 이익이 되는 것을 선택하고 행동하는 사람이다. 그들에게 이익의 크기는 중요하지 않다. 자신에게 이익이 된다면 그냥 선택할 뿐이다. 그러나 개인적인 사람은 자신의 역할에 최선을 다하면서도 남들에게 피해를 주기 싫어하는 사람이다. 남들에게 피해를 받거나 주는 것 모두를 경계한다. 만약 자신의 의사 결정이나 행동으로 인해 누군가가 손해를 보거나 불편해진다면 미리 가서 이야기한다.

회사에는 5가지 유형의 직장인이 있다고 생각한다. 첫째, 남들에게 관심도 많고 배려하는 모습을 가진 이타적 배려주의자로 약 5~10% 정도된다. 이들은 주변에 많은 사람들과 함께하고 있으며 항상 긍정적인 평가를 받는다. 특히 함께 일하고 싶은 사람을 뽑는다면, 이들이 선택될 확률이 가장 높다. 그들은 인격적으로 성숙하며 업무 역량도 뛰어나다. 솔직히 가장 부러운 사람들이다. 둘째, 상사의 부당한 강요나 동료들의 부탁을 들어주기는 싫고 불평도 하지만, 어쩔 수 없이 수용하고 고생만 하는 사람들이다. 개인적으로 이 사람들을 호구라고 부른다. 정작 자신이 부탁할 때는 어느 누구도 도와주지 않으며, 자신의 성과를 명확하게 어필하지 못하거나 남들에게 성과를 빼앗기고 후회하는 호구들이다. 직장에 약 40~50% 정도 된다. 이들은 그냥 좋은 사람으로 보이며 바보같이 착하기만 하다. 게다가 상사와 동료들에게 인정과 신뢰도 받지 못한다. 슬프고 힘든 직장인의 전형적인 모습이다. 셋째, 남들에게 관심도 없고 피해도 주기 싫으며 오직 자신에게만 초점을 맞추고 있는 개인주의자다. 직장에 약 20~30% 정도 된다. 넷째, 남들의 손실이나 피해는 관심이 없고 오직 자신의 성과와 이익을 위해서 거침없이 행동하는 이기주의자들이다. 직장에 약 20% 정도 된다. 마지막으로 이기적인 모습이 극단적으로 치우치게 되면 나타나는 소시오패스들이다. 이들은 자신이 소시오패스라는 사실을 잘 모른다. 주변 동료들이나 부하 직원들이 뒤에서 그렇게 부를 뿐이다. 그들은 남들도 자신과 똑같이 이기적으로 행동하며 크게 다르지 않다고 생각한다. 오히려 자신에게 주어진 기회를 놓치지 않았을 뿐이라고 생각한다. 그래서 항상 당당하고 자신감이 넘친다.

이 5가지 유형은 입사할 때 이미 어느 정도 정해져 있다. 입사 후에 배우는 것도 아니고 크게 변하지도 않는다. 보통 입사할 때 호구인 사람은 시간이 흐르면서 호구의 모습과 동시에 개인주의자나 이타적 배려주의자의 모습을 지니게 된다. 호구가 갑자기 이기주의자가 되지는 않는다. 무지개로 생각하면 빨강색 인간이 주황색은 될 수 있어도 보라색이 되지 않는 것과 같다. 개인적으로는 이기주의자의 모습으로 입사했고 개인주의자의 모습이 합쳐져 직장 생활을 했다고 생각한다. 물론 누군가는 소시오패스라고 생각할 수도 있을 것이다.

그리고 개인주의자나 이기주의자가 성과도 높고 상사의 인정과 신뢰를 받으며 고속 승진을 하는 경우가 많다. 특히 이기주의자는 항상 자신의 성과와 이익이 되는 방향으로 행동하며, 타인과 함께 진행한 성과도 자신의 성과로 포장하거나 독점하며 도전적이고 열정적으로 보이기도 한다. 게다가 자신의 이익을 위해서 행동을 하지만, 이를 애사심이나 로열티로 포장하기도 한다. 이들은 상사와의 관계도 좋으며 목소리도 크고 높은 성과와 평가를 통해 조직에서 승승장구한다. 그래서 직급이 올라갈수록 이기적인 사람들이 많아지는 것처럼 보인다. 아니, 실제로 그렇다. 처음 입사했을 때는 이기적인 사람의 비중이 20% 정도였다면, 임원 중에는 50% 이상이 이기주의자나 소시오패스의 모습을 가지게 된다. 그리고 이들이 회사의 주요 의사 결정, 일하는 방식, 조직 문화를 이끌어 가며, 착한 호구들은 그 아래서 많은 상처를 받으면서 직장 생활을 한다.

한나 아렌트의 '악의 평범성'이라는 말처럼, 이기주의자들은 회사의 모든 사람들을 자신과 같이 이기적인 사람으로 생각하고 자신도 경쟁에서 이기기 위해 어쩔 수 없이 이기적으로 행동하는 것으로 생각한다. 그 안에 미안함이나 죄의식은 찾아보기 힘들다. 안타깝게도 회사의 경쟁과 비교는 승자와 패자를 구분하며 사람들을 점점 이기적으로 만들어 간다. 사람은 누구나 경쟁에서 이기고 싶어 한다. 그래서 직장 생활은 점점 각박해지고 서로 상처를 주고받으면서 힘들어하게 된다. 결과적으로 직장인은 수많은 상처를 받으며 위로와 행복을 갈구하게 된다. 어쩌면 이기적인 사람이 나쁜 사람이 아니라, 그들에게 상처받는 사람들이 직장 생활의 패자일지도 모르겠다.

그렇다면 당신은 어떤 유형의 사람인가? 사람마다 생각은 다르겠지만, 직장 생활은 어쩌면 이기주의자가 정답일지도 모른다.

직장 생활은 롤플레잉에 불과하다

직장 생활은 롤플레잉에 불과하다. 회사에 입사하는 순간 모든 직장인은 자신만의 역할과 책임을 부여받는다. 팀장은 팀장 역할, 부하 직원은 부하 직원의 역할을 부여받는다. 그리고 주어진 역할을 잘하기만 하면 되는 것이 직장 생활이다. 개인적으로 팀장 시절, 후배나 부하 직원들에게 자주 했던 이야기다.

만약 초등학교 선생님이 6학년 학생에게는 아들 역할을 부여하고, 4학년 학생에게는 나이와는 반대로 아버지 역할을 부여하고, 아버지가 아들의 부진한 성적표에 대해 이야기를 하는 경우를 가정해 보자.

4학년 아버지가 6학년 아들의 부진한 성적표에 대해 쌍욕을 하고 폭력을 행사한다면, 이 롤플레잉은 어떻게 될까? 당연히 쉽게 깨질 것이다. 어쩌면 아들 역할을 한 6학년 학생이 아버지 역할을 한 4학년 학생을 때릴지도 모른다. 왜냐고? 열받았으니까. 하지만 4학년 학생은 억울하다. 집에서 아버지가 하는 모습을 그대로 재현했던 것에 불과하기 때문이다. 반대로 6학년 학생은 아버지가 그렇게 행동하지 않기 때문에 이해가 안 되고 수용도 불가능하다. 이들의 문제는 아버지 역할에 대한 서로 다른 인식 때문이다. 만약 4학년과 6학년 학생이 가지고 있는 아버지의 모습이 동일했다면, 좋고 나쁨을 떠나 롤플레잉은 잘 돌아갔을 것이다. 사실 직장 생활의 모습도 크게 다르지 않다. 대부분의 상사는 과거 자신의 상사에게서 배운 대로 부하 직원에게 똑같이 한다. 하지만 만약 상사가 부당한 강요나 폭언을 한다면, 지금의 MZ세대 부하 직원들은 롤플레잉의 규칙이 깨졌다고 생각할 것이다. 도대체 무엇이 잘못된 것일까? 이미 언급했듯이, 상사가 생각하는 상사의 모습과 부하 직원이 생각하는 상사의 모습이 다르기 때문이다. 슬프게도 대부분의 불행한 조직이 여기에 해당된다.

이제는 상사가 부당한 강요나 폭언 등 비윤리적인 행동을 한다면 반드시 문제화시켜야 한다. 이런 상사들은 직책이나 직급이 위가 아니라, 사람 자체가 위라고 생각하고 행동하는 것이다. 그 안에 역지사지나 당신을 위한 배려는 없다. 그리고 이는 분명한 갑질이자 폭력이다. 이런 모습들은 절대 그냥 넘어가서는 안 된다. 하지만 슬프게도 이게 잘 안 된다. 그렇다고 당신에게 잔 다르크나 유관순 열사처럼 행동하라고 하는 말은 아니다. 다들 어느 정도는 이런 모습들을 당연하다고 감내하면서 넘어간다. 결과적으로 이런 폭력적인 조직 문화는 부하 직원들이 상사의 잘못된 모습을 쉽게 수용하기 때문에 유지되고 강화되는 것이다. 그렇다면 이러한 폭력적인 상황을 어떻게 해야 하는가? 그래서 직장 생활이 힘든 것이다. 게다가 사람이 나쁠 수도 있지만 조직 문화가 나쁜 경우가 훨씬

많다. 나쁜 모습들이 이해되고 수용되기 때문이다. 어쨌든 직장 생활은
노예 생활이 아니라 롤플레잉에 불과하다는 것을 반드시 기억해야 한다.
당신도 나중에 부하 직원에게 똑같이 할 수는 없지 않은가? 혹시 당한 만
큼 복수라도 할 생각인가?

도대체 나는 무슨 생각으로 그렇게 오랫동안 지각을 했을까?

지각하는 습관은 직장 생활에 치명적이다. 그렇다면 도대체 나는 무슨 생각으로 그렇게 오랫동안 지각을 했을까?

개인적으로 평균 일주일에 하루는 지각을 했다. 혹시 야근을 많이 했던 것에 대한 나름의 보상 심리였을까? 상사와 동료들은 얼마나 나를 싫어했을까? 그럼에도 불구하고 계속 승진을 했다. 지금 생각해 봐도 너무 민망하다. 솔직히 나는 그 누구보다 지각을 많이 했던 개념 없는 직장인이었다.

나는 저녁형 인간이다. 퇴직한 지금도 그렇다. 저녁형 인간은 직장인으로서 바람직하지는 않다. 누구보다 야근은 잘했지만, 아침에 출근하는 자체가 너무 힘들었다. 몸의 리듬이 저녁과 새벽에 맞춰져 있었다. 돌아가신 어머니께서는 "네가 오전 7시에서 8시 사이에 태어난 호랑이띠인데, 그래서 태생적으로 아침잠이 많을 거야. 그 시간은 호랑이가 잠을 자는 시간이거든."라고 하셨다. 물론 지각과 게으름에 대한 핑계에 불과하다. 솔직히 생각해 보면, 지각을 자주 했던 근본적인 이유는 회사에 출근하는 자체를 너무 싫어했고, 출근에 대한 의지도 부족했으며, 컨디션을 제대로 관리하지 못해서다. 즉, 직장 생활을 우습게 생각했거나 마음가짐이 나빠서다. 하지만 팀장이 되었을 때는 부하 직원들이 지각하는 것을 매우 싫어했다. 사실 누구보다 지각을 많이 했고 그들을 잘 이해해야 하는 사람인데도 불구하고 말이다. 역시 사람은 이기적이다. 아니, 나는 이기적인 사람이다.

그러나 오랫동안 지각했던 습관이 한 방에 고쳐지게 된 계기가 있었다. 상사인 A 상무와 함께 근무할 때였다. A 상무는 지각을 자주 하던 나에게 "확실히 경고하는데, 당신은 근태가 나쁘고 간부 사원의 자질이 부족해."라고 말했다. 솔직히 알고는 있었지만 자존심이 무너지고 마음에 큰 상처가 되었다. 직장 생활을 하면서 이런 말을 들어 본 적도 없었다. 어쩌면 나만 몰랐을 뿐, 그전부터 듣고 있었는지도 모른다. 그 이후로 회사를 그만두는 순간까지 지각을 하지 않았다. 지각은 오래된 습관이었지만, 너무 쉽게 변할 만큼 충격적인 한 방이었다.

사실 나는 누구보다 야근과 휴무 반납을 많이 했다. 회사에서 나보다 야근과 휴무 반납을 많이 한 사람은 없다고 생각한다. 어느 해 2년 동안은 쉬었던 날이 총 100일도 안 되는 시기도 있었다. 일주일이 월, 화, 수, 목, 금, 금, 금. 하루하루가 야근과 휴무 반납의 연속이었다. 물론 업무량도 많았지만 한편으로는 야근과 휴무 반납을 당연하게 생각했다. 가끔은 내가 없으면 회사가 안 돌아간다는 어처구니 없는 생각을 하기도 했다. 게다가 회사에 최선을 다하는 모습이라고 스스로를 위안했고 오히려 이런 모습을 자랑스러워하기도 했다. 그때는 미쳐도 한참 미쳤었던 것 같다.

그러던 어느 날, 이런 생활이 회사 자체적으로 해결될 문제가 아니라고 생각이 들었다. 그래서 국가인권위원회에 찾아가려고 했었다. 하지만 그 건물 앞에서 용기 없이 서성거릴 뿐이었다. 속으로 '도대체 내가 무엇을 잘못했기에 왜 이런 생활을 계속하고 있으며 과감하게 회사를 그만두지 못하는 거지?'라는 자괴감이 들기도 했다. 직장인이 절대로 피해야 할 번아웃과 워커홀릭의 대표적인 모습이 바로 나 자신이었다. 지금 생각해도 짜증이 치밀어 오른다. 어쩌면 나는 수많은 야근과 반납된 휴무에 대한 보상으로 지각하는 것을 당연히 생각했는지도 모른다. 솔직히 야근과 휴무 반납 등 추가 근무한 시간을 양으로만 따지면 억울하기도 하다. 직장인은 지각도 하지 말아야 하지만, 야근이나 휴무 반납은 절대 하지 말아야 한다. 결국 자신만 손해고 후회하게 되는 순간이 반드시 찾아온다.

직장 생활의 운은 실제로 존재했다

직장인은 업무를 없애는 사람과 몰고 다니는 사람으로 구분할 수 있다. 개인적으로는 업무를 몰고 다니는 경우에 해당된다고 생각한다. 나는 가만히 있어도 업무가 저절로 커지고 늘어나는 슬픈 사람이다. 직장 생활을 어느 정도 하게 되면, 자신이 업무를 몰고 다니는 사람인지 아니면 업무를 축소하거나 없애는 사람인지 대충은 알 수 있다.

기획과장 시절, 매주 대표이사 임원 회의를 총괄했다. 고참 대리 중 A 대리와 B 대리에게 번갈아 가면서 임원 회의 자료를 준비시켰다. 본사의 모든 임원이 참석하는 중요한 회의였고, 모든 부서는 회의 준비에 많은 시간과 노력을 쏟아 부었다. 신기하게도 임원 회의를 A 대리가 준비하면 회의 주제와 이슈가 많아지고 시간도 길어지며 분위기도 좋지 않았다. 반대로 B 대리가 준비하면 대표이사에게 별도 스케줄이 생겨 회의가 없어지거나 회의 내용과 시간이 짧아졌다. 그리고 이런 우연이 나뿐만 아니라 유관 부서 과장들도 충분히 느낄 정도로 계속 반복되었다. 그래서 매주 유관 부서 과장들은 내게 전화해서 "이번엔 누가 임원 회의를 준비해?"라고 물었다. 어쩔 수 없이 A 대리가 준비한다고 말하면, '절대 안 된다.'고 필사적으로 말렸다. "그냥 B 대리가 계속하라고 해! 제발 우리 좀 살려 줘!"라고 말했다. 실제로 A 대리와 B 대리도 이 사실을 어느 정도 느끼고 있었다. 만약 이런 경우가 운이라면, 직장 생활의 운은 실제로 존재하는 것이다.

가끔 "난 항상 업무를 몰고 다녀!"라고 말하는 슬픈 직장인들이 있다. 자신의 직장 생활이 힘들다는 말이다. 가능하면 그런 직원과는 업무적으로 엮이지 않는 것이 좋다. 어느 순간 그 직원이 당신까지 함께 몰고 다닐 수도 있다. 혹시 누군가 떠오르는 사람이 있는가?

조용히 흘러가는 것이 가장 편하다

신입 사원 면접을 보면, 지원자들은 항상 팀 프로젝트에서 기획자이자 리더였고 발표자였으며 주도했다고 말한다. 당연히 최종 결과물과 성적도 우수했고 리더십이 있으며 배려나 소통 능력도 뛰어나다고 말한다. 물론 면접관은 그대로 믿지 않는다. 그리고 입사해서 같이 일하게 되면, 그들이 말했던 모습은 어디에서도 찾아볼 수가 없다.

실제 회사에서 프로젝트를 하게 되면 프리라이더, PT 자료를 찾거나 만드는 사람, 기획 및 발표자 등의 역할이 자연스럽게 주어진다. 그리고 대부분의 직장인은 많은 프로젝트를 경험하면서 자신에게 어떤 포지션이 편하고 잘할 수 있는지 알고 있다. 그렇다면 당신은 어떤 포지션이 가장 편하고 결과도 좋았는가? 왜 그 포지션이 편했는가? 보통 프리라이더를 제외하면, 프로젝트에 대한 기획이나 발표자 역할을 가장 하기 싫어한다. 이 역할만은 무조건 피하려고 한다. 자신의 역량이나 기획력을 인정받을 수 있는 좋은 기회지만 그래도 무조건 피하고 싶다. 그렇다고 무능력한 프리라이더로 인식되어서도 안 된다. 혹시라도 역량을 보여 주면 업무만 늘어나고 이곳저곳 끌려 다니기 바쁘다. 원래 일은 잘하면 잘할

수록, 야근은 하면 할수록 계속 늘어난다.

만약 당신이 과거 프로젝트에서 역할을 다시 선택할 수 있다면, 어떤 포지션을 선택하겠는가? 무슨 일이 있어도 귀찮고 일이 많은 것은 피하려고 할 것이다. 최소한의 시간과 노력만 투자하려고 할 것이다. 어쩌면 프로젝트 자체를 벗어나고 싶어 할지도 모른다. 그냥 주어진 업무에 집중하면서 조용히 흘러가는 게 가장 편하고 좋은 것이라는 사실을 오랜 직장 경험이 말해 준다. 그리고 굳이 당신이 안 해도 반드시 누군가는 하게 되는 것도 알고 있다. 직장인은 부가적인 프로젝트 외에도 많은 업무로 충분히 바쁘고 힘들다.

솔직히 직장 생활은 피할 수 없다고 해서 즐기기보다는 조용히 모른 척하는 것이 정답일지도 모른다. 사서 고생하고 인정받지 못하면 당신만 손해다.

회사는 당신의 미래를 보장해 주지 않는다

회사에서 최선을 다하고 노력하는 모습도 중요하지만, 스스로 '헌신'이라고 말할 정도의 노력은 오직 자신에게만 해야 한다. 헌신이란 '목표에 집중하고 절대 포기하지 않으며 한 번 더 일어서고 노력하는 것'을 의미한다. 글자 그대로 몸을 바친다는 것이다. 특히 회사에 대한 헌신은 누군가의 강압이 아니라 승진하거나 성공하기 위해 스스로가 선택한 것이다. 그래서 헌신의 결과도 겸허하게 받아들여야 한다. 하지만 이게 말처럼 쉽지가 않다.

많은 퇴직자들은 "회사에 헌신하다 헌신짝이 되었다."고 말한다. 하지만 회사를 위해서 헌신해야 한다던가 애사심과 주인 의식을 가져야 한다는 말은 일부 성공한 직장인들의 이야기에 불과하다. 대부분의 직장인은 회사에 헌신하다가 헌신짝이 된다. 그리고 회사에 헌신하고 주인 의식을 갖는다는 것이 얼마나 주제넘은 행동인지를 시간이 지나면 그때서야 깨닫고 후회하게 된다.

또한 회사는 당신의 미래를 보장해 주지 않는다. 직장인이라면 회사에

특별한 기대는 하지 말고, 오직 자신을 위해 회사를 최대한 이용해야 한다. 물론 회사와 당신이 함께 성장하는 것이 가장 바람직하다. 하지만 회사에 대한 헌신이라는 단어로 자기 계발과 역량 향상을 등한시하면 안 된다. 개인적으로 회사의 이러한 말들이 가장 무서웠다. "회사가 언제 당신에게 헌신하라고 강요했는가? 그것은 당신의 어쩔 수 없는 선택이었을 뿐이다!"

  그렇다면 도대체 나는 무엇 때문에 회사에 헌신하고 노력했을까? 이 또한 나만의 편협한 생각에 불과할까? 어쨌든 생각하면 할수록 너무 후회가 된다.

Part 2

Leader & Leadership

1. 멘토

● 멘토는 소중하면서도 감사하고 희귀한 존재다

"당신은 멘토가 있습니까?"라는 질문에 쉽게 대답할 수 있는 직장인은 그다지 많지 않다. 직장 생활은 누구나 외롭고 힘들다. 예전에 A 팀장은 "직장 생활이 행복하다면 오히려 돈을 내고 회사를 다녀야 한다."고 말하기도 했다. 하지만 요즘은 이렇게 꼰대스럽게 말하는 직장인을 찾기는 쉽지 않다.

직장 생활은 개인의 역량과 노력도 중요하지만, 좋은 선배나 멘토를 많이 만들어야 한다. 직장인은 업무 외에도 많은 고민과 어려움을 가지고 있다. 예를 들면 재산이나 건강, 이직이나 퇴직, 상사나 동료와의 관계 등 다양하다. 그러나 당신의 진정한 멘토가 한 명이라도 있다면, 직장 생활은 충분히 행복해질 수가 있다. 그러나 대부분의 직장인은 상사나 선후배 등 지인은 많지만, 멘토라고 부를 만한 사람은 거의 가지고 있지 않다. 기껏해야 신입 사원 시절, 회사에서 진행한 멘토링 프로그램 정도가 전부다. 혹시 당신은 대학생 때 누군가의 멘토 역할을 했거나 좋은 선배였던 경험이 있는가? 아니면 멘티라고 생각하는 후배는 있는가? 솔직히 대학에서도 만들기 힘든 관계를 직장 생활에서 기대하기는 훨씬 어렵다. 만약 회사에 당신만의 진정한 멘토가 있다면, 그 자체만으로도 엄청난 행운이고 축복받을 만한 일임에 틀림없다.

멘토란 '경험이나 지식이 부족한 사람에게 오랜 기간에 걸쳐 성장에 조언과 도움을 베풀어 주는 선배나 스승'을 의미한다. 멘토는 개인 삶이나 직장 생활에 어려움이 생겼을 때, 지식과 경험의 지혜를 알려 주고 나침반 역할을 해 주는 소중한 존재다. 또한 멘토는 인생의 방향과 목적을 명확히 제시해 주며, 동기 부여와 업무 스킬 등 당신을 위한 조언과 코칭을 아끼지 않는다. 항상 당신의 뜻을 지지하고 위로하며 잠재력을 일깨워 주는 사람이다. 그리고 모든 직장인에게는 멘토의 존재가 필요하다. 신입 사원에게는 업무 스킬이나 고민을 들어주는 멘토, CEO나 임원에게는 외롭고 힘든 의사 결정에 용기와 확신을 줄 수 있는 멘토가 필요하다. 과연 직장에서 이런 모습을 기대할 수 있는 멘토가 있을까? 솔직히 친한 관계는 있어도 멘토와 멘티라고 부를 수 있는 관계를 찾아보기란 쉽지 않다. 과연 직장인 중에 멘토를 가지고 있는 사람은 얼마나 있을까? 아마도 거의 없을 것이다. 그만큼 멘토는 소중하면서도 감사하고 희귀한 존재다.

그렇다면 외롭고 힘든 직장 생활에서 자신만의 멘토를 찾기 위해서는 어떻게 해야 할까?

우선 멘토를 찾는 것은 가장 가까이에 있는 상사나 선배부터 시작해야 한다. 사람은 유유상종하며 끼리끼리 함께한다. 부서나 입사 동기, 생각이나 행동, 성장 환경이 비슷한 사람끼리 함께한다. 만약 역량과 인성이 뛰어난 상사나 선배들과 함께하고 있다면, 당신도 그들과 비슷한 사람일 확률이 높다. 그리고 당신을 진심으로 이해하고 함께하는 멘토는 어느 날 갑자기 나타나는 사람이 아니다. 멘토는 지금 당신과 함께하고 있는 사람 중에 있을 가능성이 높다. 하지만 지금 당신에게 멘토가 없는 이유는 멘토에 대한 필요성이나 의식이 없기도 하지만, 상사나 동료들에게 실망하고 그들과 함께하고자 하는 마음이 없기 때문이다. 게다가 어쩌면 멘토라는 존재를 너무 멀리서 막연하게 찾고 있는지도 모른다. 혹시 멘토를 가지고 싶다면, 지금 당신과 함께하고 있는 사람들에게 먼저 다가갈 수 있어야 하고 그들과 좋은 관계를 꾸준히 쌓아야 한다. 멘토는 반드시 그 안에 숨어 있다.

누군가가 직장에서 인정과 신뢰를 받고 인성이 훌륭하다고 해서 혹은 당신이 그 누군가를 멘토로 삼고 싶다고 해도, 상대방이 당신을 멘티로 받아 주거나 인정해 주지 않으면 멘토와 멘티 관계가 형성되지 않는다. 멘토와 멘티 관계가 되기 위해서는 우선 서로를 인정하고 관심과 공감대가 형성되어야 한다. 이를 위해서는 당연히 서로 간에 시간과 마음이 투자되어야 한다. 그리고 계속 함께하면서 대화 코드나 궁합이 잘 맞아야 한다. 즉, 양방향 소통이 잘돼야 한다. 세상은 옷깃만 스쳐도 인연이라고 하지만, 시간과 마음이 지속되지 않는 직장 생활의 인연은 쉽게 끊어진다. 특히 직장 생활에서 이러한 의식적인 노력이 없으면 멘토를 찾는 것은 거의 불가능하다. 혹시 당신은 자주 찾아뵙는 학창 시절 은사님이나 대학교수님이 있는가? 없다면 회사에서도 멘토가 없을 가능성이 매우 높다.

그럼에도 불구하고 멘토를 가지고 싶다면, 일단 의식적으로라도 직장 생활의 롤 모델이나 멘토를 먼저 정해야 한다. 하지만 멘토를 누구로 해야 할지도 모르겠고, 멘토의 필요성이나 의식조차 없는 직장인이 대부분이다. 이들은 멘토도 없지만 마음이 통하는 사람도 그다지 많지 않다. 그래서 직장 생활이 더 외롭고 힘들다. 게다가 누군가 먼저 다가와서 멘토를 해 주겠다는 경우도 거의 없다. 지금 당신에게 생각나는 멘토는 누구인가? 만약 생각나는 사람이 없다면, 우선 조금이라도 마음이 가는 사람을 멘토라고 일단 정해야 한다. 당신하고 궁합이 맞고, 따라 배우고 싶고, 그냥 마음이 가는 사람, 인성이 훌륭한 사람 등 어떤 사람도 상관없다. 일단 누구라도 정해야 그 사람과 함께하고자 하는 마음과 기회가 생긴다. 그래야 멘토와 멘티가 될 가능성이 조금이라도 생긴다. 20년을 넘게 직장 생활을 하면서 개인적으로 생각하는 유일한 멘토는 상사였던 A 전무님이다. A 전무님의 과장 시절부터 10년 넘게 같이 근무했고, A 전무님도 나를 멘티라고 생각한다. 그리고 회사를 퇴직한 지금은 그 누구보다 좋은 형과 동생 관계가 되었다. 솔직히 친한 관계는 많았지만, 스승이나 멘토라고 부를 수 있는 관계는 거의 없었다.

그렇다면 멘토는 항상 멘티에게 도움을 주기만 하는 관계인가? 멘티는 항상 질문하고 멘토는 대답만 하는 관계인가? 당연히 그렇지 않다. 멘토와 멘티의 관계는 마음을 서로 주고받는 양방향 소통 관계다. 보통 멘토와 멘티의 관계는 나이나 직급 차이가 크지 않는 상황, 쉽게 다가갈 수있고 함께할 수 있는 기회가 많은 상태에서 시작된다. 그리고 서로에 대한 인정과 신뢰가 어느 정도 형성되면, 마음을 진솔하게 나누는 관계로발전한다. 솔직히 멘토나 멘티 둘 다 힘들고 외로운 직장 생활을 하는 사람들이다. 그리고 자연스럽게 함께하는 시간과 마음이 쌓이면 누구보다서로를 이해하고 공감하는 관계가 된다. 어쩌면 멘토라는 단어가 막연히나이가 많거나 함께하기 어렵고 일방적이거나 불편한 관계를 의미하는것처럼 보일 수도 있지만, 사실은 전혀 그렇지 않다. 오히려 마음도 통하고 회사라는 공통점이 있는 옆집의 좋은 형과 착한 동생 관계라고 생각하는 것이 이해하기 쉽다. 멘토와 멘티 관계는 당신의 생각처럼 그렇게어렵고 힘든 사이가 아니다.

게다가 청출어람 청어람(靑出於藍 靑於藍)이라는 말처럼, 진정한 멘토는 당신의 역량을 키워 줄 뿐 아니라 멘토 자신보다 더 뛰어난 직장인이 되기를 기대한다. 세상에는 의외로 누군가의 성장에 도움을 주고 함께 기뻐하는 사람들이 많다. 반대로 멘티는 멘토와 함께하고 배우면서멘토를 뛰어넘는 것이 기본적인 예의다. 뛰어난 멘토에게 배웠으면 자신의 강점과 장점을 합쳐서 멘토를 뛰어넘어야 하는 것이 당연하다. 또한

위로보다 월급이 소중한 직장 생활 1

멘티라고 해서 항상 질문하고 배우기만 해서는 안 된다. 물론 멘토도 후배에게 치이지 않도록 자기 계발과 성장에 집중해야 한다. 진정한 멘토는 멘티가 자신을 넘어서면 진심으로 축하해 주는 사람이다. 즉, 멘토와 멘티는 경쟁 관계가 아니라 서로 윈윈하고 공감하며 함께 성장하는 관계다. 처음에는 상사나 선배 관계에서 시작되지만, 시간이 지나면 자연스럽게 세상을 함께 살아가는 동반자적 관계가 된다.

만약 직장에서 진정한 친구를 사귀기 힘들다고 생각한다면, 당신에게 멘토의 존재란 유니콘에 불과할지도 모른다. 진정한 친구보다 희귀하며 소중한 존재인 멘토, 이제는 막연히 생각만 하거나 머뭇거리기보다는 멘토를 직접 찾아 나서야 한다. 동시에 누군가에게는 괜찮은 멘토가 될 수 있도록 노력해야 한다. 우리는 모두 외롭고 힘든 직장인이니까.

멘토의 능력을 뛰어넘을 수 있을까?

개인적으로 2000년 11월, 그룹 공채로 입사했다. 그리고 입사 동기인 A 팀장과 같은 부서에 신입 사원 배치를 받았다. 나의 사수는 B 대리였고, 동기의 사수는 C 대리였다. B 대리와 C 대리는 같은 업무를 5년 넘게 했고 상사에게 인정받는 나름 베테랑이었다.

어느 날 동기인 A 팀장은 "우리가 5년 뒤에 B 대리나 C 대리처럼 업무를 잘할 수 있을까?"라고 말했다. 나는 "B 대리나 C 대리의 능력은 우리가 열심히 하면 1년이면 충분히 따라잡을 수 있고, 당연히 그들보다 더 잘해야 한다."고 말했다. A 팀장과 나는 생각이나 스타일이 많이 달랐다. 그는 항상 겸손했고 나는 자신감과 열정은 넘치지만 겸손하지 못한 신입 사원이었다. 솔직히 뛰어난 선배에게 제대로 배우고 선배를 뛰어넘는 것이 후배의 예의라고 생각했다.

시간이 흘러 우리는 팀장이 되었고 누군가의 선배가 되었을 때도 생각은 크게 바뀌지 않았다. 그리고 개인적으로 나보다 뛰어난 후배와 함께 일하는 것이 즐거웠다. 후배를 통해 배울 점도 있고 어디서나 인정받는 후배의 상사였다는 사실 자체가 자랑스러웠다. 2021년 11월, 신기하게도 나와 A 팀장은 20년 넘게 다닌 회사를 동시에 그만두었다. 우리는 꽤 괜찮은 인연이었던 것 같다. 나와 A 팀장의 다음을 진심으로 응원한다.

그는 나의 선배이자 멘토였고, 나는 그의 후배이자 동생이었다

"그는 나의 선배이자 멘토였고, 나는 그의 후배이자 동생이었다." 이 말은 멘토인 A 전무님과의 관계에 대한 내 나름의 정의다.

2020년 12월 26일 늦은 오후, 멘토인 A 전무님에게 뜬금없이 전화가 왔다. "지금 뭐 하고 있어?" 부산에서 근무하고 있었던 나는 "지금 퇴근하는 중이에요. 전무님은 별일 없으시죠?"라고 말했다. A 전무님은 "어제 저녁에 문득 생각해 보니까, 우리 둘이 크리스마스를 같이 보낸 햇수가 7년이나 되더라고."라고 말하면서 크게 웃었다. 갑자기 그립기도 한 그때의 시간들이 생각났다. 아마도 어제 크리스마스 저녁에 멘토인 A 전무님은 많이 외로웠던 모양이다.

10년을 넘게 함께 일했던 시간 동안, 우리는 매일 저녁을 같이 먹고 야근을 함께했다. 업무 이야기도 많이 했고, 회사 이슈에 대한 방향성과 목표도 함께 공유했고 당연히 성과도 좋았다. 우리는 저녁 늦게까지 소주한잔을 하는 시간도 많았고, 야근으로 인해 호텔 방에서 함께 지냈던 날도 많았다. 아마도 이런 시간들로 인해 서로에 대한 공감대와 이해도가 많이 쌓았던 것 같다. 나의 소중한 멘토는 이렇게 만들어졌다.

　나는 2012년 2월에 결혼을 했다. 결혼식을 하기 전날 새벽 3시, 멘토인 A 전무님에게 전화가 왔다. "왜 안 자고 전화를 받아? 지금 뭐 하고 있어? 난 지금 B 팀장이랑 소주 한잔을 하고 있는데, 갑자기 네 생각이 나서 전화했어. 내일 결혼식 잘하고 행복하게 잘 살아."라고 말했다. 게다가 결혼식 당일 저녁, A 전무님을 포함한 기획실의 모든 직원들과 밤새도록 술을 마셨고, 다음 날 신혼여행을 가는 공항까지 배웅도 해 주셨다. 나는 그의 친동생과 같았고 그는 나의 친형처럼 느껴졌다. 솔직히 직장생활을 하면서 이렇게 좋은 멘토와 함께했다는 것이 얼마나 다행이고 행복한 일인지 모르겠다. 당신에게도 서로를 그리워하는 멘토가 있기를 희망한다.

최고의 멘토와 함께해서 행복했다

개인적으로 경험한 회사는 매년 연말에 경영전략 회의를 했다. 1년 중에 가장 큰 회의였고 아침 8시부터 저녁 5시까지 하루 종일 진행되었다. 참석한 모든 임원들은 내년도 전략을 발표하고 목표를 공유하며 금년 실적을 피드백하는 회의였다.

2006년 경영전략 회의 때 일이다.

그 당시 나는 전략회의를 총괄하는 기획팀 선임 대리였다. 회의 당일 새벽 4시, 회사에서 모든 발표 부서의 자료를 최종 정리하고 영등포로 넘어가서 회의장 세팅을 마무리했다. 그리고 함께했던 동료 직원 몇 명과 근처 모텔에서 잠시 눈을 붙이고 오전 7시에 일어나 회의장으로 가기로 했다. 하지만 막상 눈을 떠 보니 7시 50분. 알람은 분명히 울렸는데 피곤했는지 아무도 듣지 못했다. 회의 시작은 8시였고 눈앞이 막막했다. 학력고사나 수능시험 당일 늦게 일어난 기분이 바로 이런 기분일 것이라고 생각했다. 속으로 '아! 나는 오늘 회사를 그만둘 수도 있겠구나.'라는 생각도 들었다. 그리고 급하게 모텔을 나와 회의장에 도착했을 때는 이미 많은 사람들이 참석해 있었고, 멘토인 팀장님은 다른 직원들과 함께 회의 준비를 완료했었다. 다행히 전략회의는 잘 마무리되었다.

전략회의가 끝나고 회식을 하면서 팀장님에게 늦어서 죄송하다고 사과했다. 멘토인 팀장님은 웃으면서 "회의가 잘 끝나서 괜찮아. 아침에 도착했을 때 네 표정을 보고 다 이해했다. 오늘 고생한 걸로 충분해."라고 말씀하셨다. 나는 오히려 크게 혼나고 지적당한 것보다 훨씬 충격적이었다. 개인적으로 이런 멘토와 함께 근무하고 있다는 사실에 감사했다. 지금도 그때를 생각하면 가슴이 떨린다. 그리고 직장 생활을 최고의 멘토와 함께해서 행복했다.

나 또한 누군가에게 괜찮은 선배나 멘토였기를

기획과장 시절 일이다.

그 당시 대표이사 업무 스케줄을 총괄했다. 업무 스케줄은 회의나 출장, 보고나 미팅 등이 대부분이었다. 2011년 어느 날, 회장님이 일본에서 한국으로 들어오는 날이었다. 대표이사는 회장님께 도착 인사를 드리기 위해 호텔 로비에 있었다. 그때 시간은 오전 11시 30분.

대표이사 일정은 A 대리가 담당했다. 그런데 갑자기 A 대리가 사색이 되어 대표이사 일정에 실수가 있었다고 보고했다. 다음 날로 예정되어 있던 상공회의소 미팅이 회장님 인사 시간과 겹친 것이다. A 대리가 날짜를 잘못 알고 있었던 것이다. 나는 즉시 일정을 재확인하고 멘토인 팀장님과 기획 임원에게 보고했다. 기획 임원과 나는 호텔 로비로 뛰어갔고 팀장님은 상공회의소로 갔다. 그리고 회장님을 기다리고 있던 대표이사에게 이 사실을 보고했다. 대표이사는 기획 임원이 상공회의소에 직접 가서 참석자들에게 양해를 구하고 미팅을 대신 진행하라고 지시했다. 그리고 옆에 있던 나에게도 "기획과장도 실수를 하는구나. 앞으로 이런 실수는 하지 말게!"라고 말했다. 다행히 그날의 모든 일은 아무 문제없이 마무리가 되었다.

퇴근 무렵, 멘토인 팀장님에게 "업무를 제대로 챙기지 못해서 죄송합니다."라고 사과했다. 오히려 팀장님은 "아니야, 내가 한 번 더 챙겼어야 했는데 그렇지 못해서 그런 거야. 앞으로 한 번 더 확인하고 실수하지 말자."라고 말씀하셨다. 너무 미안했고 감동했다. 게다가 나 또한 업무를 담당했던 A 대리에게 한마디도 할 수가 없었다. A 대리의 표정을 보면 들어야 할 말을 이미 느끼고 있다고 생각했다. 멘토가 나에게 했듯이, 나 또한 A 대리에게 똑같이 했다.

나의 멘토는 이런 분이었다. 직장 생활 동안 최고의 멘토와 함께 근무한 것에 감사한다. 그리고 나 또한 누군가에게는 괜찮은 선배나 멘토였기를 희망한다.

좋은 후배이자 착한 동생이 한 명 생겼다

부산에서 근무할 때 일이다.

친한 후배인 A 팀장이 있었다. A 팀장은 함께 근무했던 임원이 성과 부진에 대한 책임으로 회사를 그만두게 되었다. 그것도 2년 연속으로 상사였던 두 명의 임원이 그만두었다. 그리고 나 또한 함께 근무했던 임원이 그만둔 경험이 있었다. 그때는 부점장이자 팀장으로서 자책감과 스트레스에 많이 힘들었고, 임원과 함께 성과에 책임을 지고 직장 생활을 그만둬야겠다는 생각을 하기도 했다. 마음의 상처에서 벗어나는 데 꽤 오랜 시간이 필요했다.

어느 날 문득, 'A 팀장은 얼마나 힘들까?'라는 생각이 들었다. 그래서 A 팀장에게 전화했다. "A 팀장, 잘 지내? 괜찮아? 많이 힘들 텐데 마음을 잘 다스리면서 지내. 어느 누구도 네 마음을 이해하기 힘들 거야. 그건 나도 마찬가지고. 하지만 이게 직장 생활이고 우리도 이 모습에서 절대 자유롭지는 않으니까 당연하게 받아들이고 잘 넘어가야 된다."라고 말했다. 그리고 "너 혹시 멘토라고 생각되는 선배나 임원이 있니? 너의 힘든 상황을 이해하는 사람이 있다면, 무조건 그 사람을 찾아가서 솔직히 말하고 죄책감을 털어 내기를 바라."라고 덧붙였다.

A 팀장은 "형님, 고맙습니다. 사실 저 요즘 너무 힘들어요. 그리고 생각해 보니 형님이 제 멘토예요. 오늘 만나서 소주 한잔하시죠."라고 말했다. 나는 "너를 만나서 소주 한잔은 당연하지만, 나는 너의 멘토가 아니야. 그냥 동네 좋은 형이지. 너도 직장 생활을 10년 넘게 했으니, 그동안 함께 일하면서 너를 가장 잘 이해하고 서로 믿고 좋아했던 선배나 누군가가 있을 거야. 잘 생각해 봐. 그 사람이 너의 멘토야. 생각나는 사람이 있으면 지금 바로 전화해서 이야기하고 위로받을 수 있어야 한다."라고 말했다.

하지만 결국 A 팀장은 죄책감과 스트레스로 인해 1년간 휴직을 선택했다. 직장 생활을 견딜 수 없었던 모양이다. A 팀장은 휴직 기간 동안 제주도 한 달 살기도 하고, 가족과 시간을 보내면서 많이 회복되었다. 그리고 1년 뒤 다시 복직했다. 가끔 A 팀장과 만나 그때의 서로 고마웠던 마음에 대해 이야기한다. 좋았던 관계가 더 깊어졌다. 나에게는 좋은 후배이자 착한 동생이 한 명 생겼다.

2. 리더

• 리더도 당신과 똑같은 직장인에 불과하다

　수많은 자기 계발서나 경영 서적에서 리더의 중요성을 강조한다. 그리고 직장인들이 리더에게 기대하는 모습은 사서삼경에 나오는 군자나 성인의 모습과 유사하다. 혹시 우리는 리더에 대해 오해하고 있거나 너무 많은 것을 기대하고 있는 것은 아닐까? 하지만 리더도 당신과 같은 직장인에 불과하다.

　리더란 '규모에 상관없이 조직이나 단체를 이끌어가는 위치에 있는 사람'이라고 정의한다. 리더의 역할은 코치나 후원자, 지도자이자 상담자, 조정자이자 심판자, 부하 직원의 역량을 향상시키는 전문가다. 솔직히 너무 많은 역할에 생각만 해도 머리가 아프다. 또한 콩 한쪽도 나눠 먹는 리더는 존경을 받지만, 콩 한쪽만 나눠 먹는 리더는 무능하다는 평가를 받는다. 리더는 콩을 잘 나누는 사람이 아니라 콩을 더 많이 만들어 내야 하는 사람이다. 게다가 회사는 리더에게 끊임없이 성과를 강요하며 팀을 잘 이끌어 나가는 모습을 기대한다. 생각하면 할수록 리더란 참 힘든 직장인이다.

무엇보다 리더는 성과를 만들고 책임지는 사람이다. 담당자나 실무자는 자신에게 주어진 업무에만 집중하면 되지만, 리더는 부하 직원들과 함께 성과를 만들어야 한다. 하지만 이 또한 생각처럼 쉽지가 않다. 또한 리더는 권한은 직원들에게 넘기고 성과에 대한 책임은 리더 자신이 져야 하는데, 이 부분 또한 너무 어렵고 부담스럽다. 그래서 초보 리더의 경우는 부하 직원에게 업무를 믿고 맡기기보다는 자신이 직접 하는 실무형 리더가 되기도 하고, 반대로 권한과 책임 모두 부하 직원에게 넘기고 결과에 대해서만 추궁하는 책임 회피형 리더가 되기도 한다. 그리고 이런 모습들은 시간이 지나면 자신만의 리더십 스타일로 굳어지게 된다. 솔직히 모든 리더는 역량과 성과를 인정받는 유능한 리더가 되고 싶지만, 직장인이기에 권한은 가지며 책임은 피하고 싶은 마음이 가득하다. 게다가 어떻게 해야 인정받는 리더가 되는지 모르는 경우도 많고, 자신에게 맞는 방법을 못 찾은 경우도 많다. 그래서 리더십이라는 말만 들어도 머리가 아프다. 사실 이쯤 되면 리더의 자리를 내려놓는 것이 좋을 수도 있다. 그래서 MZ세대 직장인들이 승진하기를 꺼려 하거나 두려워하는 것이 아닐까?

또한 리더로서 부하 직원의 모범이 되기 위해 의도적으로 솔선수범하는 모습도 그다지 바람직하지 않다. 리더의 자발적인 행동을 부하 직원이 솔선수범이라고 느껴야 한다. 솔선수범이란 말은 행동을 하는 사람이 아니라 행동을 보고 느끼는 사람의 단어다. 리더 자신은 최선을 다해 솔선수범을 하고 있다고 생각할 수도 있지만, 동료나 부하 직원이 다르게 받아들인다면 그것은 솔선수범이 아니다. 특히 인위적인 의도를 가진 솔선수범은 부정적인 결과를 낳기 쉽다. 진짜 문제는 리더 자신의 솔선수범하는 모습에서 부하 직원들도 함께 따라 주기를 강요할 수도 있다는 것이다.

그렇다면 직장인들이 기대하는 바람직한 리더의 모습은 어떤 모습일까? 조직원의 장단점을 이해하는 관찰력, 책임과 권한의 밸런스가 잘 유지되는 임파워먼트, 애정 어린 관심과 칭찬, 따뜻한 인간미와 포용력, 성과 창출과 조직 관리 능력, 업무 전문성과 추진력, 명확한 비전과 목표 제시 능력, 공감대를 형성하는 소통 능력 등 수많은 모습들을 리더에게 기대한다. 이 외에도 리더에게 기대하는 모습은 다양하고 많다. 특히 리더에게 기대하는 모습은 성과에 대한 책임감이다. 그렇다면 반대로 당신이 리더라면, 리더가 기대하는 부하 직원의 모습은 어떤 모습일까? 앞서 언급한 리더 모습에 대해 입장을 바꿔 생각하면 이해하기 쉽다. 열정과 도전 의식이 가득하고, 솔직하고 정직하며, 업무 집중력과 디테일이 뛰어나고, 책임감과 탁월한 실행력 등이다. 그리고 이렇게 서로 기대하는 모습과 이해 충돌에서 실망하고 힘들어하는 것이 직장 생활이다.

보통 상사라는 말은 당신보다 높은 위치에 있는 사람을 의미하며, 매니저, 리더, 보스 등 3가지로 구분할 수 있다. 그렇다면 상사의 모습 중 매니저와 리더의 차이는 무엇인가?

위로보다 월급이 소중한 직장 생활 1

가장 큰 차이는 매니저는 주어진 일을 올바르게 하는 사람이고, 리더는 올바른 일을 스스로 찾아서 하는 사람이다. 매니저는 성과를 위해 모방하고 관리하지만, 리더는 성과를 위해 창조하고 혁신한다. 매니저는 주어진 일을 시스템과 매뉴얼에 맞춰 진행하는 것에 초점이 있다면, 리더는 성과를 위해 개선하고 혁신하는 것에 초점을 맞춘다. 이처럼 매니저와 리더는 많은 차이가 있다. 그렇다고 해서 리더에 비해 매니저가 나쁘다는 의미는 아니다. 누군가는 지금 당장의 효율 개선이나 시스템의 구체적인 문제점, 해결 방법에 대해 고민해야 하고, 누군가는 혁신과 창조에 초점을 맞춰야 한다. 물론 둘 다 할 수 있으면 금상첨화다. 그리고 회사의 직책도 매니저 다음 리더나 팀장이 된다. 보통 매니저는 과장급이며 리더나 팀장은 차·부장이나 임원이 대부분이다.

하지만 이상하게도 리더인 차·부장이나 임원이 매니저나 담당자 역할에 집중하는 경우도 많다. 솔직히 그들은 그냥 익숙하고 잘하며 할 줄 아는 것에 집중하는 것이다. 물론 익숙해서 마음이 가장 편하기도 하고 시간도 잘 간다. 개인적으로 경험한 회사에도 A 상무님이 있었다. A 상무님의 별명은 A 대리였다. A 상무와 함께 있기만 해도 숨이 막히고 모든 직원들이 힘들어했다. A 상무님은 항상 디테일과 마이크로 매니지먼트가 중요하다고 강조했지만, 조직원들은 A 상무가 할 줄 아는 것은 마이크로 매니지먼트밖에 없다고 비꼬았다. A 상무는 항상 숲은 안 보고 나무만 바라보며, 높이 날지도 못하는 동시에 멀리 보지도 못한다는 의미였다. 결론은 임원답지 못하다는 의미였다. 하지만 직장인이라면 매니저와 리더의 업무와 사고 방식에 균형을 갖추어야 한다. 매니저 역할에 집중하면 큰 그림이나 미래를 보지 못한다는 평가를 받기 쉽고, 리더 역할에 매몰되면 지금 당장의 낮은 효율과 성과를 참아 가며 미래의 뜬구름만 집중할 수도 있다. 오히려 실력이나 성과는 없고 잡생각만 많다는 평가를 받기도 한다. 그래서 리더는 숲과 나무 모두를 균형감 있게 바라볼 수 있어야 한다.

그렇다면 상사의 모습 중 리더와 보스의 차이는 무엇인가?

리더와 보스는 모두 성과에 책임지는 사람들이다. 자리 자체가 책임을 의미하기 때문에 아무리 피하려고 해도 피할 수가 없다. 그리고 왕관을 쓰려는 자는 왕관의 무게를 견뎌야 하듯이, 월급을 많이 받는 사람은 성과와 책임의 스트레스를 견뎌야 한다.

보통 보스는 지시하고 평가하며 강압한다. 이들은 깡패나 건달 조직의 상사와 비슷하다. 조직원을 움직이는 힘으로 두려움이나 채찍을 더 많이 사용하며, 그들에게 칭찬이나 신뢰는 찾아보기 힘들다. 또한 스스로는 큰 그림을 그릴 수 있다고 생각하지만, 말로만 할 뿐 직접 보여 주거나 행동하지 않는다. 그냥 과거에 잘했다는 의심스러운 전설만 있을 뿐이다. 게다가 직책에 맞는 대우를 받는 것이 당연하다고 생각하며, 조직원들의 단점을 지적하기 바쁘다. 대화는 항상 '내가', '나는'이라는 자기중심적 단어로 시작되며, 최종 결정권이 자신에게 있다는 것을 조직원들에게 인식시키려고 끊임없이 노력한다. 굳이 말하지 않아도 모두 다 알고 있는데 말이다. 그래서 옆에서 보기 흉할 때가 꽤 많다. 예를 들면 86년 아시안 게임 육상에서 임춘애 선수가 금메달 3개를 땄지만, 보스가 현정화라고 하면 정답은 현정화가 된다. 그리고 배는 점점 산으로 간다. 하지만 산으로 가도 상관없다. 다시 돌아와서 바다로 가면 되고 그 과정에서의 고생은 보스인 자신의 몫이 아니며, 부하 직원들의 야근과 휴무 반납을 통해 충분히 가능하다. 게다가 항상 더 높은 성과를 요구하고, '무조건 해라. 반드시 해야 한다.' 등의 지시와 강요형 단어를 많이 사용한다. 대기업이나 관료주의 조직일수록 보스 스타일의 상사가 많으며, 부하 직원의 평판이 안 좋은 임원들은 대부분 보스 스타일이다.

그럼에도 불구하고 그들이 계속 승진하고 임원 자리를 유지할 수 있는 비결은 무엇일까? 신기하게도 부하 직원들에게 지시와 성과를 강요하면, 실제로 성과가 향상되거나 조직에서 성과에 대한 의지가 있는 열정적인 임원으로 평가받는다는 사실이다. 또한 그들은 부하 직원은 계속 쪼아야 하고 그냥 놔두면 논다고 생각한다. 그래서 윤리적인 문제가 없는 수준에서 보스 스타일의 업무 방식을 계속 고수한다. 야근이나 주말 근무로 부하 직원이 쓰러져 가도 자신은 항상 당당하다. 업무 성과는 강요했지만, 야근이나 주말 근무는 절대 하지 말라고 말한다. 하지만 야근이나 주말 근무를 하지 않으면 그들이 요구하는 성과를 낼 수가 없는 것이 현실이다. 그들은 금요일 퇴근 무렵에 지시하고 월요일 오전에 보고하라고 강요한다. 가끔은 오늘까지 결과물을 개인 메일로 보내라고 말한다. 물론 어떻게 해야 할지는 부하 직원 개인의 몫이다. 그리고 이 방법이 자신의 직장 생활을 성공적으로 이끌어 왔다고 확신한다. 그들은 조직원들의 희생을 통해서라도 최대한 오랫동안 직장 생활을 하고 싶은 이기적인 사람들이다. 혹시 지금 떠오르는 사람이 있는가?

반대로 리더는 조직원과 함께 일을 추진하고 성과에 대한 책임을 진다. 조직원 모두가 업무에 최선을 다할 수 있도록 팀에 열정을 불어넣는다. 자신의 처우보다는 조직원의 처우가 더 중요하며, 지적하기보다는 이해하고 공감하며 함께한다. '같이하자, 함께하자!'는 식의 제안형 단어를 많이 사용하며, '나'보다는 '우리'라는 단어로 팀워크와 칭찬에 집중한다. 또한 항상 재미있고 행복한 직장 생활을 지향하며, 성과는 조직원 모두가 함께 만들어 간다고 생각한다. 하지만 회사에는 보스나 매니저 타입의 리더들이 더 많고, 우리가 원하는 바람직한 리더의 모습을 지닌 사람은 별로 없다. 어쩌면 우리가 생각하는 리더란, 고등학교 시절 공부도 잘하고 친구들에게 인기도 많고 솔직하고 정의감 넘치는 완벽한 친구를 기대하는 것인지도 모른다. 그래도 실망할 필요는 없다. 완벽한 리더는 없지만 바람직한 리더의 모습을 갖추기 위해 노력하는 사람은 분명히 어딘가에는 있을 것이다.

그렇다면 직장인이 가장 싫어하고 두려워하는 최악의 리더는 어떤 모습일까? 바람직한 리더 모습의 반대라고 생각하면 이해하기 쉽다. 책임을 부하 직원이나 타 부서에 전가하고, 항상 자신의 성과나 이익을 우선하고, 언행이 불일치하며, 감정 기복이 심하고, 공감 능력은 부족하며, 평가나 업무에서 개인적 친분을 우선시하는 리더들이다. 하지만 그들은 이런 모습을 자신의 모습이라고 생각하지도 않으며, 남들도 자신과 비슷하다고 생각한다. 게다가 어차피 직장 생활은 자기가 하고 싶은 대로 하다가 그만두면 끝이라고 생각한다. 그리고 회사를 그만둘 때 "그동안 감사했습니다. 혹시라도 저로 인해 피해를 보거나 불편한 감정을 가지고 있다면 용서 바랍니다."라고 마음에도 없는 메신저를 보내면 된다. 솔직히 이런 사람들이야말로 진짜 최악의 리더다.

지금 당신과 함께하고 있는 상사는 매니저인가? 보스인가? 아니면 우리 모두가 그토록 원하는 바람직한 리더인가?

리더는 성인군자가 아니다

영업팀장 시절, 후배들에게 자주 했던 이야기다.

"리더는 예수님이나 부처님 같은 성인군자가 아니다. 예를 들어 양치기가 양 100마리를 기르는데 그중에 한 마리가 자꾸 무리에서 이탈하면, 양치기는 예수님의 마음으로 그 한 마리를 위해 집중한다. 하지만 나머지 99마리의 양은 자신들을 돌봐야 할 양치기가 이탈하는 한 마리의 양에게 집중함으로 인해 위험에 노출되는 등 손해 보는 사실을 정확히 알고 있다. 다만 이야기하지 않을 뿐이다. 그리고 양치기에게는 한 마리의 양도 소중하지만, 전체를 잘 이끌어야 할 책임도 있다. 그래서 그 한 마리의 양이 계속 무리에서 이탈하면, 양치기는 어느 순간 과감한 결단을 내려야 한다."

개인적으로 99마리 양과 성과를 위해, 계속 무리에서 이탈하는 양은 99마리 양 앞에서 확실하게 희생시켜야 한다고 생각한다. 과감한 결단력과 잘못에 대한 본보기는 반드시 필요하다. 리더는 착한 호구가 아니라 성과에 집중하는 능력자며, 성과를 위해서는 일정 수준의 희생은 감수해야 한다. 게다가 리더는 누가 이탈하는 양인지를 정확히 알고 있다. 물론 99마리 양들도 누구인지 안다. 그로 인한 결과는 평가나 승진에서 나타난다. 솔직히 깨물어서 안 아픈 손가락은 없으나 더 아픈 손가락은 반드시 있다. 다만 리더로서 표현을 하지 않을 뿐이다. 그 한 마리의 양만 모를 뿐이다. 그리고 나중에 승진이나 평가 결과를 보면 그 한 마리의 양이 의외로 분개한다. 하지만 주변의 어느 누구도 공감하거나 동조하지 않으며 직장 생활이 점점 외롭고 힘들어진다.

만약 당신이 양치기라면, 계속해서 이탈하는 양을 끝까지 지킬 것인가? 아니면 어떻게 할 것인가?

3. 자신감과 자존감

• 자신감은 최고의 공격력, 자존감은 최선의 방어력

지금 당신을 가장 신뢰하는 사람은 누구일까? 우리 대부분은 부모님이나 가족이라고 말할 것이다. 개인적으로 자신을 가장 신뢰한다고 말하는 사람을 거의 본 적이 없다. 하지만 내가 나를 믿지 못하는데, 과연 누가 나를 믿고 신뢰할 수 있을까? 그렇다면 회사에서는 누가 당신을 가장 신뢰할까? 어쩌면 지금 이 순간에도 상사나 동료의 관계나 신뢰에 대해 고민하는 직장인들이 많을 것이다.

자신감이란 자신을 믿는 힘이자 확신이다. 세상의 중심은 나 자신이며, 무엇이든 해낼 수 있다는 마음가짐이기도 하다. "성공의 80%는 자기 확신과 자신감에 달려 있다."는 영화감독 우디 엘런의 말이나 "똥개도 자기 집에서는 50%는 먹고 들어간다."는 말처럼, 세상을 살아가는 데 있어 자신감은 무엇보다 중요하다. 그리고 자신감이 있어야 무엇이든 과감하게 도전할 수 있으며 책임 있는 의사 결정과 실행이 가능하다. 물론 자신감이 과하면 겸손하지 못하다는 평가를 받기도 하지만, 그래도 자신감이 없는 것보다 100배는 낫다. 우리의 삶은 물음표보다는 느낌표를 찍으며 살아야 하고 그 중심에 자신감이 있다는 사실은 두말할 필요도 없다. 보통 개인 사업의 실패 원인을 말하면, 트렌드와 운도 부족했지만 자신감 부족과 자기 불신이 가장 많다. 그로 인해 중요한 의사 결정의 타이밍을 놓쳤고 기회의 손실이 실패를 가져왔다고 말한다. 이렇게 직장 생활이나 개인 사업 모두 자신감이 성과와 성공을 만들어 내는 가장 기본적인 마음가짐임에 틀림없다.

그렇다면 부족한 자신감을 키우는 방법은 무엇이 있을까?

첫째, 작은 성공의 경험을 꾸준히 쌓아야 한다. 혹시 성공 경험이 없거나 잘 모르겠다면, 의식적으로라도 만들어야 한다. 아침에 일어나면 이불과 책상을 정리하면서 스스로 무엇인가 해냈다는 마음을 불러일으켜도 좋다. 아침 일찍 일어나서 맨손 체조나 스트레칭을 하고, 가족과 함께 아침 식사를 하고, 즐거운 음악으로 하루를 시작하는 것. 그리고 이런 행동들을 작은 성공이라고 생각하면서 하루를 시작하는 사람들도 꽤 많다. 이렇게 쌓인 작은 성공의 경험은 자신감과 도전에 밑거름이 된다. 목표를 달성하거나 큰 성공만이 의미가 있다는 생각에서 벗어나야 한다.

둘째, 확실한 실력을 쌓아야 한다. 스스로 실력과 전문성이 있다고 생각해야 자신감도 생긴다. 물론 실력이 없는 자신감은 근거 없는 자만심에 불과하다. 그래서 자신감 있는 사람들은 자신을 지키기 위해서라도

2~3배 더 노력한다. 실력을 통해 자신감을 만들어야 하기 때문이다. 그래서 자신감이 있어야 실력이 올라가고 실력도 있어야 자신감도 올라가는 이 둘은 상호 보완적이며 선순환의 관계다. 모든 일에는 기초가 단단해야 하듯이, 실력이 단단해야 자신감이 올라갈 수 있다. 그래야 실력과 성과를 인정받고 자신감 있는 리더가 된다.

셋째, 플라시보와 피그말리온 효과를 잘 활용해야 한다. 플라시보 효과는 '가짜 약 효과'라고도 한다. 자신에 대한 긍정적 믿음은 자신감을 올려주며 원하는 결과를 이끌어 낸다. 또한 피그말리온 효과는 앞으로 좋아질 것으로 간절히 기대하면 모든 일이 잘 풀리고, 나빠질 것으로 생각하면 진짜로 나빠지는 자기 충족적 예언이다. 누군가는 이 생각을 긍정적 기대나 성공의 시크릿이라고 말한다. 이 두 가지의 의미와 방향은 비슷하다. 즉, 나는 무엇이든 잘할 수 있고 무조건 잘될 것이라는 확실한 믿음이다. 또한 다른 사람들의 긍정적인 관심과 기대를 좋은 기회로 생각해야 한다. 모든 상황을 자신에게 긍정적으로 받아들이고 실행한다면 자신감은 저절로 향상된다. 자신에게 부정적인 것만큼 악영향을 주는 것도 없으며, 남들이 당신을 믿지 않아도 당신은 항상 자신을 믿어야 한다.

넷째, 자신을 꾸미고 매력적으로 관리할 수 있어야 한다. 옷차림과 스타일은 전략이며 외모는 분명한 경쟁력이다. 그렇다고 무조건 예쁘고 잘생겨야 한다는 의미는 아니다. 사실 당신은 이미 충분히 매력적이다. 다만 자기만의 매력과 개성을 자신감 있게 연출할 수 있어야 한다. 예를 들어 다이어트에 성공한 사람들에게 자신에게 일어난 가장 극적인 변화가 무엇인지 물어보면, 체중이 줄면서 자신감이 올라간 것이 가장 큰 변화라고 말한다. 그리고 무엇이라도 해낼 수 있다는 확신, 사람들과의 관계 변화, 이성에 대한 매력 어필 등 많은 부분에서 긍정적인 효과를 가져온다. 자신감은 마음가짐 자체도 중요하지만 겉으로 보이는 부분도 중요하다.

마지막으로 말끝을 흐리지 말고 명확하게 표현해야 한다. 상사에게 보고할 때 말끝을 흐리거나 자신감이 부족하면, 보고 내용이 아무리 확실해도 전달이 안 되고 신뢰도 줄어들며 필요한 의사 결정도 지연된다. 당연히 성과는 바닥을 친다. 하지만 이를 단순히 말하는 스타일 문제로 넘어가서는 안 된다. 자신의 생각이나 의견을 명확하고 자신감 있게 표현하는 연습을 통해 신뢰와 성과를 쌓아야 한다. 직장 생활의 자신감은 말투와 행동에서 나온다. 그리고 이를 위해서는 항상 솔직하고 정직해야 한다. 특히 위기일수록 정직함과 솔직함이 정답이다. 핑계나 거짓말로 지금 당장의 문제를 피하고 싶지만, 피할 수 없는 것이 직장 생활이다. 어쩌다 한 번은 피할 수 있어도, 같은 상황에서 똑같은 행동이 습관처럼 반복되기에 반드시 문제가 된다. 게다가 솔직하려면 우선 자신에게 솔직해야 한다. 자기 자신을 속여서는 절대 안 된다. 만약 거짓말을 자신 있게 하거나 양심의 가책을 못 느낀다면, 싸이코패스일 확률이 높다. 하지만 우리는 성악설보다는 성선설을 믿기에 충분히 정직하고 솔직할 수 있다. 자신감은 당신이 가질 수 있는 최고의 공격력이자 성과와 성공의 핵심이라는 사실을 잊지 말아야 한다.

그렇다면 자존감이란 무엇인가? 자존감은 '자신의 능력과 가치에 대한 스스로의 평가와 태도'라고 정의한다. 다른 말로 자아 존중감이라고 한다. 당연히 뼛속까지 자신을 소중히 생각해야 한다. 자신의 가치는 누군가의 인정이나 칭찬도 중요하지만, 온전히 개인만의 생각이어야 한다. 즉, 자신을 가치 있고 소중히 여기는 마음이자 존중하고 사랑하는 마음이다. 그리고 자존감은 힘들고 외로운 직장 생활에 당신을 지켜 줄 갑옷 같은 역할을 한다.

그렇다면 자존감을 키우는 방법은 무엇이 있을까?

첫째, 세상에서 가장 소중한 사람은 오직 나 자신이라는 믿음을 가져야 한다. 사람은 누구나 자기 자신을 가장 소중히 생각하며, 세상의 어느 누구도 자신에 대해 자신보다 더 걱정하거나 고민하지 않는다. 부모님이나 그 누구도 나보다 나를 더 걱정하거나 소중하게 생각할 수 없으며, 어느 누구도 내 삶을 대신할 수도 없다. 자신을 사랑하지 않는 사람은 다른 사람에게 사랑받을 자격도 없다. 하지만 자신감이 지나치면 자만심이 되고, 자존감이 지나치면 나르시스트가 된다. 그래도 자기 비하적인 것보다는 100배 낫다. 원래 지구는 둥글고 직장 생활은 힘들며 당신은 무조건 자신을 사랑해야 한다.

둘째, 자신에게 항상 긍정적인 언어를 사용해야 한다. 동일한 상황에서도 '미안합니다 혹은 죄송합니다'라는 표현보다는 '감사합니다 혹은 고맙습니다'라는 표현이 부정적인 감정 소모가 적다. 우리는 항상 자신에게 친절하고 좋은 사람이 되어야 한다. 특히 평소에 욕을 많이 하는 사람은 자기 자신에게도 욕을 많이 하는 사람이다. 이런 사람들은 자존감이 높지 않다. 무의식적인 자기 비하와 열등감으로 자신을 존중하지 않기 때문에 남들에게도 함부로 할 수 있는 것이다. 이를 극복하기 위해서는 우선 욕하는 것을 가장 경계해야 하지만 무엇보다 상대방을 이해하고 공감하려는 노력이 선행되어야 한다. 게다가 당신이 누군가로부터 상처받지 않고 자신을 지키고자 한다면, 상대방도 같은 마음으로 지켜 줘야 한다. 욕하는 것은 상대방과 자신 모두를 죽이는 것이다. 그리고 만약 욕을 하고 싶으면, 그냥 나가서 혼자 욕하고 혼자만 죽는 것이 옳다. 솔직히 직장인이 욕하는 것만큼 천박해 보이는 것도 없다.

셋째, 다른 사람들의 시선을 크게 신경 쓰지 말고 타인에 대한 부정적 관심도 멀리해야 한다. "사람들은 남에게 그다지 관심이 없다."라는 말처럼, 세상 사람들은 당신에게 관심도 별로 없고 신경도 쓰지 않는다. 설령 관심을 갖더라도 일시적이다. 그렇다고 타인의 관심이나 생각을 완전히 무시하라는 의미는 아니다. 다만 너무 스트레스를 받을 정도로 신경을 쓰지 말라는 의미다. 또한 당신에 대한 험담이나 뒷담화를 듣기 싫다면, 당연히 당신도 하지 말아야 한다. 발 없는 말이 천 리를 가지만, 험담이나 뒷담화는 천 리 이상을 간다. 남들에 대한 관심 부족으로 칭찬은 못할지언정, 험담을 하면 절대 안 된다.

넷째, 메타인지를 올리고 자신의 장단점을 정확히 이해해야 한다. 우선 내가 무엇을 잘할 수 있는지, 장점과 단점, 강점과 정확히 알아야 한다. 당연히 장점은 강화하고 단점은 개선해 나가야 한다. 하지만 단점에 너무 집중하면 자신에 대한 부정적 감정이 쌓여 자존감이 낮아질 수도 있다. 계속해서 '×새끼'라는 욕을 들으면, 어느 순간 스스로 '×새끼'라고 생각하기도 한다. 이것은 확실한 가스라이팅이다. 우리는 모든 면에서 강할 수 없으며 약점이 없는 사람은 없다. 게다가 약점은 아무리 감추려 해도 드러나기 마련이다. 그래서 솔직하게 약점을 드러내고 개선하던가 함께 일하는 동료들을 통해 약점을 커버하거나 극복해야 한다. 반드시 기억해야 할 것은 당신은 당신의 생각보다 훨씬 괜찮은 사람이다.

다섯째, 자신을 사랑하고 칭찬해야 한다. 한국 사람들은 칭찬하는 데인색하다. 가끔 칭찬을 꼭 말로 해야 아냐고 말하기도 한다. 맞는 말이다. 사랑과 칭찬은 꼭 말로 해야만 알 수 있다. 말을 하지 않으면 독심술사가 아닌 이상 어떻게 당신의 마음을 알겠는가? 그리고 누군가를 칭찬도 해야 하지만 자신에 대해서도 칭찬을 해야 한다. "나는 충분히 가치있고 매력적이며 소중한 사람."이라고 말해 줘야 한다. 자기 입으로 말하고 자기 귀로 듣는 칭찬은 남들의 칭찬보다 몇 배는 효과적이다.

마지막으로 상처받은 자신에 대한 위로와 치료도 잘해야 한다. 세상을 살다 보면 기쁜 일보다는 슬프거나 상처받는 일이 더 많다. 그리고 자신감은 상처를 받더라도 금방 회복이 가능하지만, 자존감의 상처는 잘 보이지도 않고 회복 시간도 오래 걸린다. 그래서 자존감은 상처를 받으면 안 된다. 자존감의 치료는 사람들의 위로와 공감도 필요하지만, 자기 자신에 대한 위로와 사랑이 더 중요하다. 게다가 직장 생활은 생각보다 길고 험한 게임이다. 그 안에는 예리하고 힘센 강자들이 많아서 작은 충돌에도 쉽게 상처를 입는다. 그래서 계속 자기 치료술사가 되지 않으면 안 된다.

자신감이 외부로 표현되는 공격력이라면, 자존감은 안으로 느껴지는 방어력이자 수비력이다. 직장 생활에서 성과와 경쟁, 보고나 승진 등이 자신감의 영역이라면, 인정과 신뢰, 위로나 공감 등은 자존감의 영역이다. 축구에서 공격은 게임을 이기게 해 주지만, 수비는 게임을 비기거나 지지 않게 만든다. 승리를 위해서는 공격과 수비 모두 중요하듯이, 직장 생활은 자신감과 자존감이 무엇보다 중요하다. 우리는 이 두 가지의 균형을 잘 유지하면서 힘들지만 성공적인 직장 생활을 해 나가야 한다.

하지만 이렇게 말하면서도 숨이 차고 가슴이 턱턱 막히는 까닭은 무엇 때문일까?

스스로 병을 고치려는 의지가 없으면, 화타도 치료를 포기한다

보통 자신감이 줄어들면 잡스러운 생각이 많아진다. 과연 '내가 실력이 있는 걸까? 확인하지 않고 이대로 계속 진행해도 괜찮을까? 혹시 무엇인가 틀리거나 잘못된 것은 아닐까? 도대체 언제까지 이 지옥 같은 회사를 다녀야 하나?' 등 다양하다. 이러한 생각들은 대부분 자신감 부족에서 나타나는 증상이다. 그리고 한 번 빠져들기 시작하면 빠져나오기 힘들다.

이런 생각들이 많아지기 시작하면, 생각의 방향을 즉시 바꿔야 한다. '나는 조직에서 유일한 실력자이며, 당연히 이렇게 진행하는 것이 옳고, 만약 틀리면 수정하면 되고, 회사를 그만두는 순간은 반드시 내가 결정한다.'고 생각하면 된다. 단지 생각의 방향만 자기 중심적으로 바꾸는 것인데, 실제 행동에 영향을 주며 결과도 좋아질 확률이 높아진다.

특히 자신감이 줄어들고 자신을 과소평가하기 시작하면, 상사나 동료들도 당신을 과소평가하기 시작한다. 결과적으로 당신의 평판은 계속 악화되고 성과나 승진 등에 많은 악영향을 받게 된다. 그리고 이런 악순환의 연속은 직장 생활을 또 다른 지옥으로 만들어 간다. 그렇다면 이런 상황을 피하고 개선해야 하지 않을까? 떨어진 자신감을 위해 당신은 무엇을 해야 하는가? 이 세상 어느 누구도 당신보다 당신을 더 사랑하는 사람은 없다. 지금 당신이 진심으로 믿고 의지해야 하는 사람은 오직 당신뿐이며, 자신감은 누군가가 불어넣어 주는 것도 아니다. 자신감 회복은 오직 자신에 대한 믿음에서 시작된다는 사실을 잊지 말아야 한다. 당신은 그 자체로 소중한 존재이며 우리는 항상 당신을 믿는다.

스스로 병을 고치려는 의지가 없으면, 화타도 치료를 포기한다.

INJI's story

그때는 미쳐도 한참 미쳤었나 보다

기획과장 시절, 부하 직원들과 함께 회사의 5대 천재가 누구인지에 대해 이야기를 한 적이 있다. 물론 우리끼리 한 이야기에 불과하다.

회사의 5대 천재는 과장급 이하 직원을 대상으로 선정했다. 여기서 언급된 5대 천재들은 이름만 들어도 모두가 "아~ 맞아." 하고 동의했다. 그리고 신기하게도 5대 천재들은 모두 임원이 되었다. 윗사람이나 아랫사람 모두 사람을 평가하는 눈은 비슷한 모양이다.

언급된 5대 천재들의 공통점은 상사의 신뢰와 성과도 탁월했고 소통 능력도 뛰어났다. 무엇보다 항상 자신감이 넘치는 사람들이었다. 또한 각 본부나 부문 조직의 의사 결정자 역할을 할 수 있었다. 그들은 자기 조직의 임원과 충분한 대화가 가능했고 의사 결정 방식이나 생각도 거의 비슷했다. 게다가 만약 잘 모르겠거나 애매하면, 임원의 생각을 바로 확인하고 피드백을 주었다. 그들은 보고에 대한 두려움도 없었고, 이슈에 대한 상황 판단이나 정무 감각이 탁월한 사람들이었다.

부하 직원들은 "과장님은 5대 천재 안에 안 들어가나요?"라고 물었다. 나는 "응, 안 들어가. 나는 그들과 레벨이 다르니 함부로 비교하지 마. 자존심 상하니까."라고 말했다. 그때는 미쳐도 한참 미쳤었나 보다. 건방지고 겸손하지 못한 생각과 행동들. 과한 것은 부족한 것만 못하다고 하는데, 나는 너무 과했고 많은 것들이 부족했다. 한때는 자만심을 자신감으로 착각했고 안하무인이었다고 생각한다. 직장 생활은 적을 만들면 안된다고 하는데 나는 오히려 적을 대량 생산했다. 그리고 슬프게도 그 사실을 너무 늦게 알았다.

4. 핵심인재와 의사 결정

• 핵심인재는 기획력과 의사 결정을 통해 만들어진다

어느 날 TV에서 사회적 이슈에 대한 고위 공직자의 기자 회견 발표를 들었다. "정부는 현 이슈에 대해 전문가 그룹의 의견을 적극적으로 수렴하고 시민 사회와 협의해서 최적의 방법을 조속히 결정하여 그 결과를 빠른 시일 내에 국민 여러분께 보고 드리겠습니다."라고 발표했다. 개인적으로 이 발표를 듣고 웃으면서 생각했다. '아직까지는 아무것도 결정된 것은 없고 누구도 책임지는 사람이 없으며 결론은 아직 내용조차 검토되지 않아서 잘 모르겠다.'라는 의미로 들렸다. 솔직히 중요한 사회적 이슈를 대응하는 태도가 너무 무책임하게 들렸다.

보통 회사는 몇 명의 천재가 아닌 평범한 직장인들이 이끌어 간다고 생각되지만, 실제 직장 생활을 해 보면, 대부분의 회사원은 정책이나 방향에 추진체 역할을 하거나 방해물이 되고, 회사의 방향을 설정하는 중요 의사 결정에는 거의 관여하지 못한다. 물론 직급이나 직책 때문에 의사 결정에 참여하지 못할 수도 있다. 하지만 회사의 중요 의사 결정은 직급이나 직책별 상위 5% 이내 핵심인재가 결정한다. 경험상 5%도 많은 것 같기도 하다.

핵심인재란 '기업의 생존과 지속적인 성장을 위해 꼭 필요한 인재, 기업의 핵심역량을 형성하고 발전을 주도하는 중요한 인적자원'을 의미한다. 그리고 개인적으로 입사 동기 중의 약 5% 정도가 핵심인재로 인정받는 것을 목격했다. 한때는 나도 5% 안에 포함되었을지도 모르겠다. 하지만 나 스스로 회사의 핵심인재였는지 여부를 잘 모르는 것을 보면, 핵심인재가 아니었을 확률이 더 높다고 생각한다.

그렇다면 회사가 핵심인재를 선발하고 성장시키고자 할 때, 그 기준이 되는 역량은 무엇일까? 기본적인 직장 예절이나 성실성도 중요하겠지만 무엇보다 기획 역량이 절대적이다. 물론 사내 정치나 인맥 등의 관계도 많은 영향을 미친다. 하지만 회사의 핵심인재이자 중요 의사 결정 그룹에 속하려면, 기획 역량이 무엇보다 중요하다. 기획 역량은 새롭게 만들고 창조하며 통찰력이 바탕이 된 의사 결정력이자 실행력이며 결과에 책임을 지는 힘이다. 대부분의 업무는 책임과 권한이 같이 주어진다. 만약 업무에 대한 책임은 지기 싫지만, 자리에 대한 욕심이나 권한을 누리고 싶다면, 오너 일가나 특수 관계자가 아닌 경우에는 거의 불가능하다. 물론 이와 같은 생각이나 자세로는 중요한 의사 결정이나 핵심 업무 자체가 주어지지도 않으며 핵심인재로 인정받기도 어렵다.

회사의 중요 의사 결정을 해 보지 않은 사람들은 의사 결정 업무가 마냥 쉽고 부럽다고 생각할 수 있지만, 실제로는 전혀 그렇지가 않다. 특히 자신이 업무 전체에 책임을 져야 하는 의사 결정의 경우, 많은 부담과 함께 책임을 지는 상황이나 의사 결정 자체를 피하고 싶은 마음이 더 크다. 솔직히 직장인에게는 책임을 져야 한다는 것 자체가 힘들고 부담스러운 일이다. 책임이란 말은 오너이자 주인 영역의 단어이며 직장인에게는 부합되지 않는 단어다. 그리고 회사의 주요 이슈에 대해 의사 결정을 하면, 의사 결정을 주도한 사람은 주변으로부터 공격을 당하거나 마음의 상처를 받기 쉽다. 예를 들어 당신이 회사의 주요 정책을 결정하는 경우, 정책에 대한 직원들의 생각이나 전문가로부터 의견을 수렴하게 된다. 그때 대부분의 직원들은 의견을 말할 기회가 주어져도 말하지 않고 있다가, 이후 정책이 결정되면 자신의 포지션과 유불리에 따라 불평불만을 남발한다.

그러나 의사 결정을 한다는 것은 전략과 실행을 결정하는 것이며, 모든 의사 결정에는 장단점이 존재한다. 하지만 정책에 대해 아무 의견이 없던 직원들이 의사 결정 이후 반대의 입장에서 의사 결정을 한 사람들을 공격하는 모습이 회사에는 의외로 많다. 그리고 막상 불평불만을 하는 직원들에게 의사 결정을 진행하라고 하면, 역량도 부족할 뿐 아니라 책임을 지기 싫어하기 때문에 제대로 진행되는 경우도 거의 없다. 그래서 사람들은 '세상에서 가장 쓸모없는 사람이 불평불만으로 가득한 비평가'라고 말하기도 하고, 삼성의 이건희 회장도 "놀아도 좋으니 제발 하고자 하고 가고자 하는 의지가 있는 사람이나 제도에 대해 뒷다리만 잡지 말아 달라."고 말했다. 혹시 지금 이 글을 읽는 당신은 회사의 핵심인재나 의사 결정 그룹에 포함되어 있다고 생각하는가? 아니면 책임지기 싫어하고 불평불만이 가득한 뒷다리 그룹에 속해 있지는 않은가? 당신이 의사 결정 그룹에 포함되어 있다고 생각하면 직장 생활이 즐겁고 보람되겠지만, 그렇지 않다면 이직을 고민하고 있을지도 모른다.

모든 의사 결정은 타이밍이 중요하다. 당신은 대학교와 전공을 선택할 때, 어떻게 선택해야 할지 고민하지 않았는가? 중요 의사 결정은 회사의 미래 가치를 결정하기에 반드시 적시에 진행되어야 하며 타이밍 또한 매우 중요하다. 그래서 '의사 결정은 타이밍의 예술'이라고 말하기도 하고, 상사에 대한 보고도 '타이밍의 예술'이라고 한다. 특히 보고의 목적은 적시에 의사 결정을 하는 것이다. 로저앤리코 펩시 CEO는 "어떤 결정을 내려야 할 때 가장 좋은 것은 올바른 결정이며, 그다음 좋은 것은 잘못된 결정이며, 가장 나쁜 것은 아무것도 결정하지 않는 것이다."라고 말했다. 특히 '결정'이라는 말을 '실행'이라는 말로 바꿔서 생각하면 더욱 공감이 된다. 수능 시험을 치는 학생에게 가장 좋은 것은 시험을 잘 치는 것이며, 그다음은 시험을 망치는 것이고, 가장 나쁜 것은 시험 자체를 치지 못한 것이다. 실제 회사에서도 의사 결정을 실기하는 문제가 많기 때문에 "정보가 70% 이상 되면 결정해라. 90% 수준까지 정보를 찾고 기다리

위로보다 월급이 소중한 직장 생활 1

면 기회를 놓치게 된다."라고 말한다.

그렇다면 책임을 지는 의사 결정은 누구나 잘할 수 있는 것일까? 직장인은 누구나 책임을 지기 싫어한다. 특히 권한도 없는 책임은 더욱 그렇다. 하지만 당신의 자리 자체가 책임을 져야 하기에 어쩔 수 없이 의사결정을 하게 된다. 게다가 성급하거나 신중한 의사 결정 모두 어쨌든 의사 결정을 하는 것이고, 의사 결정 과정은 개인의 포지션과 성향에 따라 연동하게 된다. 당신은 회사에서 RULE-MAKER인가? RULE-BREAKER인가? RULE-TAKER인가? 당신은 회사의 핵심인재인가? 상사와 동료들의 신뢰를 받고 있는가? 대부분의 직장인은 책임이나 위험을 피하고 싶고 RULE-TAKER의 포지션에서 생활하고자 한다. 솔직히 이 방법이 가장 쉽고 직장 생활을 마음 편하게 오랫동안 할 수 있다. 역시 직장인에게는 안전빵이 최고의 빵이다. 그리고 이렇게 소극적으로 직장 생활을 해도 승진은 충분히 가능하다. 하지만 당신이 회사에서 통찰력과 기획 역량을 인정받고 있다면, 의사 결정에 확신을 가지고 주도적으로 업무를 할 수 있게 된다. 의사 결정은 많이 하면 할수록 더 잘할 수 있게 되며, 의사 결정을 지속적으로 하는 사람만 핵심인재로 성장하게 된다. 결국 회사의 핵심인재는 기획력과 의사 결정을 통해 만들어진다.

당신의 의사 결정 스타일은 우유부단인가? 심사숙고인가?

당신과 함께하는 상사의 의사 결정 스타일은 심사숙고인가? 우유부단인가? 그리고 그렇게 당신이 판단하게 된 기준은 무엇인가?

판단의 기준은 책임감이다. 부하 직원들은 상사 자신이 직접 책임을 지겠다고 생각하는 의사 결정 스타일은 심사숙고라고 말하며, 어떤 경우에도 책임을 지지 않거나 피하겠다는 의사 결정 스타일을 우유부단이라고 말한다. 그리고 이러한 의사 결정 스타일은 내용의 경중에 따라 다르기보다는 평상시 모든 의사 결정에서 같은 스타일이 반복된다. 책임의 크고 작음의 문제가 아니다. 결과적으로 심사숙고와 우유부단은 종이 한 장 차이라고 느낄 수도 있지만, 나중에 성과와 평판은 벽돌 100장 차이가 된다.

어떤 부하 직원들은 우유부단 스타일의 상사를 결정장애라고 부른다. 원래 무능하면 할수록 오래 생각하며 결단력이 부족하다. 하지만 상사 자신은 우유부단하거나 결정장애라고 생각하지 않는다. 상사는 항상 자신의 의사 결정 스타일을 심사숙고라고 생각하며, 부하 직원들은 우유부단하다고 말한다. 물론 직장 생활에서 책임을 져야 하는 일을 자주 하게 되면 회사를 오래 다니기 힘들다. 그래서 대부분의 직장인은 책임을 져야 하는 중요 의사 결정을 가급적 피하고자 수많은 경우의 수와 대안을 검토한다. 게다가 우유부단함으로 인해 의사 결정의 타이밍을 놓치고, 어쩔 수 없이 의사 결정을 해야 하는 타이밍에는 자신의 책임을 부하 직원에게 떠넘기는 상사들도 꽤 많다. 상사나 부하 직원 모두 책임을 져야 하는 상황을 이해하기에 서로 감정만 나빠지고 성과는 사라진다. 즉, 너나 나나 둘 다 책임지기 싫은 것이다. 나중엔 결국 사람이 아닌 자리가 책임을 지게 된다. 직장인이 아무리 피하려고 해도 피할 수 없는 것은 자리 자체가 가지고 있는 책임이다. 이것이 직장 생활의 핵심이다. 그리고 심사숙고로 포장하여 의사 결정을 포기하거나 책임을 피하려고 한다면, 당신은 리더가 될 자질이 부족한 것이다. 그러니 어차피 책임져야 한다면, 자신 있고 당당하게 의사 결정을 하는 것이 좋지 않을까?

당신은 후배나 동료들에게 어떤 의사 결정 스타일로 보여지고 있다고 생각하는가? 또 그렇게 판단한 근거는 무엇인가?

당신이 생각하는 S급 인재는 누구입니까?

직장인이라면 누구나 회사에서 인정받는 S급 인재이자 핵심 인재가 되고자 한다. 하지만 자신에 대한 강약점이나 장단점, 핵심역량 등을 정확히 이해하고 있는 사람은 그다지 많지 않다. 특히 S급 인재는 상사나 부서를 가리지 않는다고 하는데, 당신의 모습은 상사와 충돌하거나 감정선이 좋지 않으며 이미 익숙해진 부서의 변화는 거부하는 것이 현실이다. 게다가 "높이 나는 새가 멀리 본다."고 하는데, 당신은 지금 어떤 새인지도 모르겠고 그냥 멀리 보고만 싶은 욕심 많고 평범한 직장인 중 한 명에 불과할지도 모른다.

가끔 동료나 후배들에게 했던 이야기다.

"이런 상황을 가정해 보자. 만약 대표이사가 지금 당신에게 전화를 해서 내일 오전에 미팅을 하자고 한다. 미팅 주제는 내일 참석해서 알려줄 예정이다. 참석 조건은 당신이 회사에서 가장 뛰어나다고 생각하는 선배나 상사 중의 한 명, 동일 직책이나 직급의 동료 한 명 그리고 후배 중의 한 명과 함께 참석하는 것이다. 그리고 대표이사는 5명에게 전화를 했고 전체 참석자는 당신을 포함해 총 20명이다. 내일 미팅에 참석한 20명은 오전에 주제를 받고 오후 4시에 경쟁 PT를 하게 된다. 1등은 승진 연차와 상관없이 즉시 승진과 1억 원의 포상, 꼴찌는 회사를 퇴직하는 극단적인 상황이라고 가정하자. 물론 대표이사가 선택한 5명을 제외한 다른 참석자들은 포상은 있어도 피해는 전혀 없다."

과연 당신은 누구와 함께 참석하겠는가? 지금 당장 떠오르는 사람은 누구인가? 당신이 선택한 3명의 기준은 무엇인가? 그렇다면 선택한 3명은 당신을 위해 참석해 줄 것인가? 물론 어떤 직장인도 이 같은 시험에 들고 싶어 하지 않을 것이다. 그래도 어쨌든 고민이 된다. 대표이사와의 중요한 미팅을 친분 관계만으로 할 수도 없고, 지금까지 이런 선택을 고민한 적도 없었으니 말이다. 일단 생각해 보고 당신은 누구를 선택할지 명단을 적어 보길 바란다.

당신은 분명 당신이 가장 인정하는 회사의 능력자이자 S급 인재를 선택할 것이다. 게다가 다른 4명의 경쟁자와 선택하는 사람이 겹칠 수도 있기에 한시라도 빨리 정하고 부탁해야 하는 상황이다. 마음이 점점 조급해진다. 그래서 빨리 3명을 선택하고 함께 참석해 달라고 연락하게 된다. 그렇다면 당신이 선택한 3명은 누구인가? 그들을 선택한 기준과 공통점은 무엇인가?

보통 회사에서 인정받는 S급 인재이자 핵심 인재는 열정과 자신감, 전문성과 차별적인 역량, 소통과 협력 이 3가지 중 2가지 이상이 탁월하다. 그리고 이 3가지 역량 중에도 그들에게 우선되는 역량이 있다. 개인적으로 이 3가지 역량 모두 탁월한 사람은 보지 못했다. 당신이 선택한 3명을 이 3가지 기준에 맞춰 생각하면, 그들은 어떤 역량을 소유한 사람들인가? 그리고 혹시 3명 모두 역량이 다른가? 동일하다면 가장 탁월한 역량은 무엇인가?

개인적으로 직장 생활 중 함께 참석할 3명이 명확하게 정해져 있었다. 내가 선택했던 3명은 다른 직원들도 모두 "아! 맞아요!"라고 동의할 정도로 인정받는 사람들이었다. 솔직히 같이 참석할 사람이 생각 안 나기보다는 오히려 많은 사람들이 떠올랐다. 함께하지 않으면 왠지 서운해할 것 같은 사람들이 더 많았다. 그리고 선택한 3명의 기준은 열정과 자신감이었다. 물론 다른 역량들도 중요하지만 나에게는 열정과 자신감이 최우선이었다. 무슨 일이든 시작이 반이라면, 최소한 50점은 먹고 들어간다고 생각했다. 게다가 어떤 주제라도 자신이 있었다. 인성에 약간 문제가 있더라도 내가 선택한 사람들은 회사의 S급 인재이자 핵심인재라고 확신한다. 친분도 꽤 쌓여서 분명 함께해 줄 것이다.

또한 당신이 선택한 3명의 모습에서 당신만의 장점과 성향을 확인할 수 있다. 당신이 직장 생활에서 어떤 역량을 최우선으로 생각하고 어떤

위로보다 월급이 소중한 직장 생활 1

부분에 강점을 가지고 있거나 가지고자 하는지를 알 수 있다. 만약 선택된 3명의 역량이 모두 다르다면, 당신은 총괄 업무나 소통과 관계에 집중하는 사람일 가능성이 높다. 주도적으로 의사 결정을 하고 책임지려는 모습보다는 업무 진행 과정에서 자신의 존재 가치를 찾으려고 하는 사람일지도 모른다.

오늘 저녁은 당신이 선택한 3명 중에 한 명과 꼭 함께하기를 희망한다. 그러면 상사나 선배는 멘토가 될 것이며, 같은 직급의 동료는 윈윈하는 라이벌이자 친구가 될 것이고, 후배는 당신의 멘티가 될 것이다. 만약 당신이 S급 인재로 성장하고 싶다면, 당장 3명에게 전화해서 보고 싶다고 말하거나 직접 찾아가서 커피라도 한잔해야 한다. 부자가 되고 싶으면 부자들과, S급 인재가 되고 싶다면 S급 인재와 함께해야 한다. 이제부터는 당신이 S급 인재라고 생각하는 사람들과의 친분을 계속해서 늘려 가야 한다. 그러다 보면 어느 순간 당신도 S급 인재가 되어 있을 것이다.

회사에서 당신이 생각하는 S급 인재는 누구입니까?

5. 권한과 책임

• 권한과 책임의 공유이자 인재를 키우는 힘, '임파워먼트'

보통 새로운 업무가 생기면 권한과 책임도 같이 태어난다. 원래 권한과 책임은 태생부터 한 몸이었다. 하지만 사람들의 이기심은 권한은 가져야 하는 것으로, 책임은 피해야 하는 것으로 만들었다. 그래서 사람들은 업무가 태어날 때부터 권한과 책임을 확실하게 구분하기 시작했다. 권한보다는 책임을 피하는 것이 훨씬 중요했기 때문이다. 직장 생활도 마찬가지로 권한은 가지고 싶고 책임은 지기 싫고, 내 몫은 무엇보다 소중하며 남들에게 피해가 가더라도 상관없는 이기적인 모습들로 가득하다. '어른'이라는 의미가 자신의 행동에 책임을 지는 사람을 의미한다면, 어른이 없는 회사, 부하 직원에게 책임지는 모습을 보여 주지 못하는 상황 속에서 리더십은 늘 구석에 숨고 아무리 찾아도 잘 보이지 않는다. 그래서 우리는 진짜 리더십을 가진 어른이자 모범이 되는 상사를 만나기가 힘들다.

책임경영이란 권한과 책임을 명확히 하고 모든 업무에 권한을 부여하고 책임지는 것을 원칙으로 경영하겠다는 의미다. 물론 이윤 추구와 동시에 사회적 책임도 고려하면서 기업을 운영하겠다는 대의적 의미도 포함되어 있다. 하지만 현실은 권한은 없고 책임만 져야 하는 상황도 많이 발생한다. 특히 일선의 영업 책임자의 경우가 그렇다. 그래서 대부분의 직장인은 실적에 대해 직접 책임을 져야 하는 영업 부서보다는 직접적인 책임이 상대적으로 적은 본사나 스텝 조직을 더 선호한다.

나심 탈레브 교수의 『스킨 인 더 게임』이라는 책에서도 권한과 책임의 불균형에 대해 이야기한다. 책임이 없는 조언은 받아들일 필요도 없고 무의미하다. 특히 오늘날 정치는 잘못된 판단이나 실패로 인한 책임을 의사 결정자에게 묻지 않기 때문에 관료주의가 더욱 심해진다. 그래서 책임을 지지 않는 권한은 존재해서는 안 된다. 코로나19 지원금이나 국민연금 이슈도 지금 권한을 가진 사람들이 결정하지만 결국 다음 세대가 책임을 져야 하는 빚이다. 그리고 이러한 권한과 책임의 불균형에 대해 지금의 젊은 세대들은 그 어느 세대보다 확실히 알고 있다. 당연히 그들에게 정확히 설명하고 이해시켜야 하지만, 설명하면 오해가 생기거나 책임질 수도 있기에 엄두조차 못 낸다. 그럼에도 많은 정책 집행자들이 두려워하지 않는 이유는 어느 누구도 책임을 지지 않는다는 확신 때문이다. 이는 부모가 자식에게 빚만 물려주는 경우와 동일하다. 그래서 힘이 없는 자식은 빚을 거부하지도 못하고 나중에 상속 포기 각서를 쓰고 싶은 심정이다.

직장인은 업무에 대한 책임감이 무엇보다 중요하다. 책임감을 가지려면 그에 따른 권한도 함께 부여되기를 원한다. 그래서 많은 직장인들은 임파워먼트의 중요성을 강조한다. 임파워먼트란 '조직 구성원에게 업무 재량을 위임하고 자주적인 시스템 속에서 사람이나 조직의 의욕과 성과를 이끌어 내기 위한 권한 부여'라고 정의한다. 조직의 리더는 업무 수행에 필요한 책임과 권한, 자원에 대한 통제력을 구성원에게 배분하고 공유하며, 업무능력 향상과 책임의 범위를 확대함으로써 조직원의 잠재력과 창의력을 발휘할 수 있도록 노력해야 한다. 하지만 누군가는 임파워먼트를 리더가 조직원에게 권한과 책임을 동시에 부여하는 것이라고 오해하기도 한다. 임파워먼트는 권한은 조직원에게 부여하고 책임은 리더와 조직원이 함께 나누는 것이다. 그리고 임파워먼트가 가능하려면 리더는 업무의 핵심을 정확히 이해하고 통제할 수 있어야 한다. 즉, 리더의 전문성과 실력이 있어야 실질적인 임파워먼트가 가능하다. 그래서 임파워먼트는 부하 직원의 태도와 역량도 중요하지만, 리더의 업무에 대한 경험과 자신감, 책임감과 용기 등의 자질이 훨씬 중요하다. 결국 임파워먼트도 리더의 실력과 책임의 영역이다.

그렇다면 임파워먼트를 제대로 실행하기 어려운 이유는 무엇일까? 리더가 임파워먼트의 중요성과 필요성을 이해하지 못했거나, 조직원을 신뢰하지 못하거나, 조직원이나 리더 모두 임파워먼트에 자신이 없기 때문이다. "누군가에게 책임을 맡기고 신뢰한다는 사실을 알게 하는 것만큼

한 사람을 성장시키는 일도 없다."라는 말처럼, 조직원을 성장시키고 성과로 연결하기 위해서는 리더의 임파워먼트 능력이 무엇보다 중요하다. 하지만 직장인의 현실은 그렇지 못하다. 성과를 책임져야 하기 때문이다. 그래서 임파워먼트는 마치 교과서나 사서삼경의 이야기처럼 너무 멀게만 느껴진다.

임파워먼트를 잘하기 위해서는 리더 스스로 임파워먼트의 중요성과 필요성을 느끼고 사람을 믿고 키우는 조직문화가 필요하다. 특히 사람은 비용이 아닌 자산이라는 생각이 무엇보다 중요하다. 리더라면 책임을 조직원과 공유하고 실패를 격려하면서 함께 발전할 수 있어야 한다. 또한 성과에 대한 정확하고 공정한 평가와 보상 체계도 필요하다. 마지막으로 임파워먼트에 대한 구체적인 방법과 효과를 보여 주며, 회사 내 좋은 사례를 많이 만들고 공유해야 한다.

우리가 실패를 통해 배우고 공유하듯이, 시행착오를 견디는 힘도 필요하며 많은 시간과 노력을 통해 조직문화로 만들어 가야 한다. 이를 위해서는 무엇보다 역량 있는 리더를 잘 선별하고 키워야 한다. 임파워먼트는 코칭과 유사하다. 회사는 부하 직원에 대한 관심과 애정이 많고 자신감과 전문성 있는 리더 그룹을 많이 양성해야 한다. 즉, 임파워먼트를 실천할 수 있는 리더 그룹에 대한 집중적인 투자가 선행되어야 한다. 원래 콩 심은 데 콩 나고, 뛰어난 리더 밑에서 핵심인재이자 역량 있는 리더가 양성된다.

임파워먼트는 권한과 책임의 공유이자 인재를 키우는 힘이다.

나눌수록 권한은 배가 되고 책임은 반이 된다

권한과 책임은 행복과 슬픔하고 유사하다. 모든 사람은 권한과 행복은 가지고 싶고 책임과 슬픔은 피하고 싶어 한다.

행복을 나누면 배가 되고 슬픔을 나누면 반이 된다는 말처럼, 권한과 행복은 나눌수록 커지고 책임과 슬픔은 나눌수록 작아진다. 그러나 대부분의 리더는 부하 직원에게 권한보다는 책임을 더 많이 부여한다. 하지만 리더에게 강조되는 임파워먼트는 권한과 성과는 부하 직원에게 넘기고 책임은 리더가 지거나 부하 직원과 함께 져야 한다. 불행하게도 회사에서 이런 모습의 리더를 찾기란 쉽지 않다. 오히려 성과는 리더가 가져가고 책임은 부하 직원에게 전가하는 리더가 더 많은 것이 현실이다.

리더의 "책임은 내가 다 질 테니까 최선을 다해 봐! 나는 항상 당신을 믿어!"라는 말은 부하 직원들이 리더에게 간절히 기대하며 가장 듣고 싶어 하는 이야기 중에 하나다. 물론 리더가 이렇게 말한다고 해서 부하 직원의 책임 의식이 사라지는 것도 아니다. 오히려 이전에 없었던 책임 의식이 생길 수도 있다. 책임이 사라진다고 생각하는 사람은 부하 직원을 믿지 못하는 리더 자신이다. 솔직히 회사에서 이렇게 말해 주기를 기대하는 부하 직원은 많아도, 이렇게 말하는 리더는 거의 없다. 책임에 대한 부담감 때문이다. 하지만 생각할수록 참 이상한 일이다. 어차피 리더인 자신이 책임을 질 수밖에 없고 책임을 피한다고 해서 피할 수도 없는데, 도대체 왜 자꾸 권한만 갖고 책임을 피하려고만 하는 걸까?

위로보다 월급이 소중한 직장 생활 1

합의가 많아질수록 책임은 사라진다

개인적으로 경험한 회사는 중요한 결재나 품의를 진행할 때, 합의권에 대해 많은 규정을 하고 있었다.

합의권은 회사의 중요 이슈에 대해 유관 부서의 의견을 듣고 최종 의사 결정에 도움이 되기 위해 운영하는 제도다. 그러나 현실은 합의권이 점점 강해지면서 의견 수준이 아닌 최종 의사 결정에 실질적인 영향력을 가지게 되었다. 하지만 합의권은 권한만 있고 실제로 책임을 지지 않는 문제가 있었다. 그래서 직원들은 "책임을 지지 않는 합의권은 그 자체가 옥상옥이기에 의사 결정 스피드만 느려지고 불필요하다."고 불평했다.

또한 의사 결정에 대한 책임은 영업 부서나 주관 부서에서 지고 합의 부서는 책임을 지지 않았다. 합의 부서의 입장에서는 자신의 부서 입장에서만 판단하고 합의권을 행사하며 업무 과정에서 갑질도 많이 발생했다. 사실 책임은 없고 권한만 있기에 무소불위의 권력이었다. 예를 들어 합의권자가 이슈에 대해 다른 의견을 제시하면, 진행되는 결재를 다시 회수하는 경우가 빈번하게 발생했다. 그래서 사전에 합의권자와 의견 조율이 선행되어야 했다. 게다가 전결권자는 합의권자와 다른 의견의 결재를 수용하지 않았다. 어쩌면 전결권자도 책임지는 것을 싫어했던 것 같다. 전결권자도 그냥 월급을 많이 받는 전문경영인이자 직장인에 불과했다. 그래서 항상 이슈에 대해 만장일치의 의사 결정을 원했던 모양이다. 보통 권한은 나눌수록 배가 되고 책임은 함께할수록 줄어든다. 하지만 회사의 합의권자는 계속 늘어났고 책임은 점점 사라져 갔다.

개인적으로 '신속한 의사 결정을 위해서라도 이미 옥상옥이 되어 있는 합의권을 축소해야 한다.'고 생각했다. 회사의 책임경영 원칙에 따라 주관 부서가 모든 책임을 지면 되는 것이다. 만약 주관 부서가 필요하거나 모르는 부분이 있다면 합의 부서에 요청하면 된다. 그러나 현실은 합의권이 전결권 역할을 하는 이상 전결권자가 많은 것과 동일했으며 의사 결정 스피드는 점점 느려졌다. 누군가는 이를 심사숙고의 과정이라고 하겠지만, 개인적으로는 우유부단함으로 느껴졌다. 당연히 의사 결정의 타이밍을 놓치게 되고, 나중에 급해서 허둥지둥 의사 결정을 하는 모습들을 많이 보았다. 그냥 여러모로 안타까웠다.

특히 회사의 스텝 부서인 기획, 인사, 재무 부서의 힘이 강한 이유는 대표이사가 신뢰하기도 하지만 중요 이슈에 대한 합의권 때문이기도 하다. 사공이 많으면 배가 산으로 간다고 하는데, 사공이 많아 출발도 못 하는 경우는 더 많다. 그렇다면 늦게 출발해서 문제가 생기면 책임은 누가 지는가? 우리는 그때서야 부서 이기주의를 확실히 목격할 수 있다. 당연히 "너 때문은 모르겠지만 적어도 나 때문은 아니다!"라는 말과 함께 책임은 영업 부서나 주관 부서가 가져가게 된다.

6. 주인 의식

• 직장인은 회사의 주인이 아니다

만약 누군가가 "당신은 회사의 주인입니까?"라고 묻는다면, "회사의 주인도 아니고 손님도 아닌 그냥 월급에 하루하루 목매고 살아가는 노예입니다."라고 말할지도 모르겠다. 처음 입사했을 때는 회사의 주인이자 나만의 회사라고 생각했는데, 시간이 흐르다 보니 자연스럽게 노예가 되어 있었다. 혹시 당신은 회사의 주인이라고 생각했던 적이 있는가? "돈에 맞춰 일하면 직업이고, 돈을 넘어 일하면 소명이다. 직업으로 일하면 월급을 받고 소명으로 일하면 귀한 선물을 받는다."라는 김구 선생님의 말처럼, 회사는 조직원에게 주인 의식과 소명 의식을 가지고 일해 주기를 원한다. 하지만 회사의 진짜 주인도 아니고 회사에 대한 일말의 기대나 희망도 없는데, 주인 의식이나 소명 의식을 갖는다는 것이 가능할까? 어쩌면 회사의 일방적인 희망 사항에 불과할지도 모른다.

회사의 전문경영인을 속된 말로 '바지 사장'이라고 한다. 현대그룹 정주영 회장은 "오너는 전문경영인의 말을 믿지 않는다. 전문경영인은 사장이 아니라 사장급 직원에 불과하다."라고 말했다. 그렇다면 전문경영인인 바지 사장과 우리 같은 일반 직장인의 차이는 무엇일까? 무엇보다 가장 큰 차이는 엄청난 월급 차이다. 평균적으로 5배 이상 차이가 난다. 솔직히 이 같은 차이는 같은 월급을 받는 같은 노예로서 받아들이기 힘들다. 반대로 공통점은 오너가 아닌 월급쟁이에 불과하다는 것이다. 그렇다면 20년 이상 근무한 직장인과 이제 갓 1년이 넘은 외부에서 온 전문경영인 중 누가 회사에 대한 주인 의식이 더 강할까? 물론 아무도 모르고 사람마다 다르다. 20년이 넘은 직장인의 주인 의식이 더 강할 거라고 생각할 수도 있지만, 개인적으로 둘 다 주인 의식이 없기는 마찬가지라고 생각한다. 월급쟁이의 핵심은 월급을 받고 회사 일을 대신하는 사람이다. 그래서 남의 것을 내 것처럼 생각하고 일을 하는 사람은 찾기 힘들다. 실제로 내 것이 아니기에 내 것처럼 생각하거나 실행하는 척만 하는 직장인이 더 많다. 우리는 이 사실을 착각하면 안 된다.

주인 의식이란 '조직이나 업무에 주체로서 책임감을 가지고 이끌고자 하는 의식'이라고 정의한다. 주인 의식은 자신의 일을 스스로 결정할 수 있을 때 생긴다. 누군가에게 지시를 받거나 실행을 강요당한다면, 회사가 원하는 주인 의식을 기대하기 어렵다. 개인적 측면에서의 재미나 성취감, 소속감이나 애사심 등 자율적이고 주관적인 동기 부여도 불가능하다. 그래서 MZ세대 직장인을 포함, 요즘 직장인에게 주인 의식을 찾기란 점점 힘들어지고 있다.

그렇다면 직장인이 주인 의식을 갖기 힘든 이유는 무엇일까?

첫째, 직장인은 회사의 진짜 주인이 아니라는 사실이다. 대학에서 회사의 주인은 주주나 종업원이라고 배웠지만, 개인적으로 경험한 회사는 오직 오너만이 주인이며, 보이지도 않는 주주나 함께했던 직장인은 주인이 아니었다. 전문경영인 또한 마인드는 종업원이지만 오너처럼 행동했다. 대표이사임에도 불구하고 월급이 오너의 절반도 안 돼서 마음이 많이 상했던 모양이다. 본인이 오너인 줄 착각한 것이다. 게다가 직장인이라면 누구나 성과에 대한 책임은 지기 싫고, 권한과 연봉은 지금 당장 많이 받고 싶은 마음뿐이다. 물론 같은 월급쟁이이자 노예로서 충분히 이해할 수 있다. 어쨌든 직장인은 회사의 주인이 절대 아니다. 우리는 이 사실을 착각하면 안 된다.

둘째, 권한보다 책임만 부여되는 경우가 많고, 설령 권한이 있다고 해도 혼자서 의사 결정을 할 수 있는 경우는 거의 없다. 즉, 의사 결정과 실행의 자율성이 없다. 그리고 책임은 당신에게 있지만, 실제 권한은 팀이나 팀장에게 있는 경우가 훨씬 많다. 게다가 의사 결정을 팀장과 함께했는데 책임은 당신만 지게 된다. 의사 결정 시 팀장의 영향력은 80% 수준이었으나, 책임은 당신이 80% 이상을 지게 되는 아이러니함과는 반대로 팀장이 성과의 중심에 있다는 경험을 통해 직장인은 주인 의식을 가지기 힘든 직장 생활을 하게 된다. 솔직히 누구나 업무는 하기 싫고, 성과는 잘 모르겠고, 승진은 하고 싶으나 책임은 피하고 싶은 직장 생활을 하는 중이다. 그래서 직장 생활이 힘들다.

셋째, 성과에 대한 공정한 평가와 보상이 제대로 실현되지 않는다. 우리가 직장 생활을 하는 이유는 승진과 월급 때문이다. 직장인은 승진을 해야 월급이 오른다. 그리고 자아 실현이나 성취감 등의 내적 동기는 회사가 아니라 개인 영역에서 충분히 실현 가능하다. 하지만 주인 의식을 가지고 성과를 창출한 사람과 그렇지 못한 사람이 비슷한 월급과 평가를 받기도 하며, 오히려 연공서열에 따라 성과가 높아도 평가는 낮을 수 있다. 즉, 성과에 대한 공정한 평가와 보상이 제대로 실현되지 않는다. 게다가 당신의 성과를 팀이나 팀장이 가로채기도 한다. "재주는 당신이 부리고 돈은 왕서방이 가져간다."라는 말처럼, 그때서야 당신은 회사의 노예였음을 깨닫게 되며, 동시에 주인 의식도 사라진다. 그럼에도 상사가 부하 직원에게 주인 의식과 성과를 계속 강요하는 이유는 상사 자신을 위해서지, 당신을 위해서가 아니라는 사실이 주인 의식이란 말을 더 혐오하게 만든다.

이 외에도 직장인이 주인 의식을 갖기 힘든 이유는 수없이 많다. 그럼에도 불구하고 왜 회사는 조직원에게 주인 의식을 끊임없이 강요하는 것일까? 당연히 더 높은 성과를 원하기 때문이다. 그리고 책임감이나 주인 의식을 기대하기 힘든 직원들이 계속 늘어나고 있다고 생각하며, 조직원들이 출근해서 성과 없이 무의미한 시간을 보내고 팀 안에서 프리라이딩을 한다고 생각하기 때문이다. 어떤 회사의 CEO는 조직원들과 함께하는 라이브 방송에서 "회사에 프리라이더 직원들이 너무 많다."라는 말을 직접 하기도 했다. 그 말을 들은 직원들은 과연 무슨 생각을 했을까? 솔직히 직장인이 주인 의식을 가지고 최선을 다하는 것은 쉽지 않다. 어쩌면 주인 의식을 갖는다는 자체가 주제 넘는 일인지도 모른다.

직장인이라면 자신의 돈을 직접 투자하는 것처럼, 절박하게 고민하고 실행해야 성공할 수 있다. 직장 생활을 단순히 누군가의 대리인이라는 생각으로 적당히 해서는 치열한 경쟁에서 살아남기 힘들다. 그리고 "오너처럼 행동해야 실력이 쌓이고 CEO가 되거나 오너가 될 수도 있다."라는 워렌 버핏의 말에서 우리는 많은 불편한 감정을 느낀다. 솔직히 당신의 성공에 대해서는 인정하지만, 당신은 시작부터 오너였지 않은가? 당신은 직장인의 입장이나 마음을 이해하는가? 결국 당신의 이야기는 주인 의식을 가지고 열심히 일해서 더 많은 성과를 나에게 가져오라는 의미가 아닌가? 물론 CEO가 되고자 하는 임원이나 개인 사업을 준비하는 직장인은 충분히 공감할 수 있다. 하지만 이미 월급에 노예가 된 비전 없는 직장인의 입장에서는 분명 다르게 느낄 것이다. 만약 반에서 1등 하는 친구가 "우리 모두는 공부를 미친 듯이 해서 서울대에 가야 한다."고 말하면, 10등 언저리에 있는 친구들이나 30등 밖에 있는 친구들이 1등의 말을 과연 어떻게 받아들일까? 오히려 시기심과 질투만 폭발할지도 모른다.

　　　　　　　　　　　위로보다 월급이 소중한 직장 생활 1

회사에서는 어떤 사람들이 주인 의식을 강요할까? 사실 오너는 조직원에게 주인 의식에 대해 언급하지 않는다. 회사의 주인은 오너 자신뿐이라는 사실을 누구보다 잘 알고 있기 때문이다. 오너는 회사에 대한 주인 의식보다는 업무에 대한 책임감을 강조한다. 오히려 주인 의식을 강조하는 사람들은 CEO나 임원들이다. 그들은 부하 직원들에게 "회사와 업무에 주인 의식을 가지고 성과를 창출하라."고 끊임없이 강요한다. 하지만 "그렇게 말하는 당신은 주인 의식이 있는가? 스스로 성과를 창출하기 위해 당신은 어떤 노력을 하고 있는가?"라고 되묻고 싶다. 당신이나 우리나 똑같은 월급쟁이에 불과하고 주인 의식도 없으면서 우리에게 왜 그렇게 말하는가? 월급이 많기에 성과를 책임져야 하고 회사에서 인정받고 오래 다니고 싶기 때문이 아닌가? 솔직히 "나를 포함한 모든 조직원은 업무에 대한 책임 의식을 가지고 성과를 창출하기 위해 노력해야 한다. 그게 직장인으로서 회사에 가져야 할 기본적인 예의다."라고 말하는 것이 맞다고 생각한다. 주인도 아니고 주인 의식도 없으면서 당신만을 위한 이런 이기적인 말들은 이제 그만했으면 좋겠다.

그렇다면 직장인의 부족한 주인 의식을 향상시키기 위해서는 어떻게 해야 하는가?

첫째, 의사 결정 시, 리더와 조직원들이 함께 '만약 내 것이라면?'이라는 생각을 의식적으로 공유하고 실행해야 한다. 물론 실제로 당신이나 내 것이 아니다. 하지만 남의 것이라고 생각하면 어쩔 수 없이 업무를 해야 하는 당신만 힘들 뿐이다. 그리고 만약 내 것이라면 실행하지 않겠지만, 회사의 방향이 정해지면 어쩔 수 없이 실행해야 할 때도 많다. 이럴 때는 스스로 개인 사업이라고 생각하고 판단하는 연습만 하면 된다. 최종 결론은 다를 수 있어도 자신의 생각을 명확하게 하는 연습을 꾸준히 해야 한다. 나중에 진짜 개인 사업을 할지도 모르기 때문이다. 이렇게 자신이 회사의 주인이라고 생각하고 노력한다면, 성과와 함께 신뢰도 쌓이고 그에 따른 승진과 보상이 자연스럽게 따르게 될 것이다. 그러니 아무리 힘들더라도 '주인 의식이 있는 척'이라도 한번 해 보자.

둘째, 회사나 상사에 대해 뒷담화나 험담을 하지도 듣지도 말아야 한다. 뒷담화나 험담을 하거나 듣게 되면, 그나마 조금이라도 있는 주인 의식도 사라지고 회사에 대한 반감만 늘어난다. 어떤 사람들은 "직장인이라면 누구나 다 하는 회사 욕을 어떻게 하지 않을 수 있는가? 험담도 나름 회사에 대한 관심이고 사랑해서 하는 것"이라고 말하기도 한다. 하지만 이는 분명한 괴변이다. 회사를 진짜 사랑하고자 한다면, 회사에 대해 긍정적인 표현을 많이 해야 한다. 표현이라도 해야 표현처럼 생각하게 된다. 그럴 마음도 없다면, 회사에 대한 언급 자체를 줄이는 것이 바람직하다. 솔직히 당신은 회사나 상사를 험담하는 사람이 주인 의식이 있다고 생각하는가?

마지막으로 어떤 인재를 채용하는지가 중요하다. 주인 의식은 월급이나 복지 수준을 올린다고 해서 향상되는 것이 아니다. 주인 의식은 입사할 때부터 가지고 들어오는 것이며 강요하거나 가르칠 수도 없다. 성장하면서 가정이나 학교, 친구 관계 등에서 자연스럽게 형성되는 것이다. 조직원들의 부족한 주인 의식을 향상시키려는 노력도 필요하지만, 주인 의식 자체가 높은 인재를 채용하는 것이 훨씬 효과적이다. 그래서 HR에서 가장 중요한 분야가 교육이 아닌 채용이다.

직장인들은 항상 주인 의식의 중요성을 강조하지만, 정작 스스로 주인이 되는 방법은 아무도 말하지 않는다. 개인 사업이나 새로운 도전을 통해 진짜 주인이 되는 방법 말이다. 단지 회사의 노예들끼리 노예 생활을 인정받고 잘하는 방법으로 주인 의식을 이야기할 뿐이다. 조선시대 신분제처럼, 당신은 노비로 태어났으니 절대로 여기서 벗어날 수 없다. 그래서 주인의 마음을 이해하거나 이해하는 척을 하면서 주인을 잘 모시는 방법에 집중하는 것이다. 어느 누구도 노비에서 벗어나는 방법에 대해 말하지 않는다. 오직 노비 생활에만 매몰되어 있는 것이다. 그리고 시간이 흘러 힘이 떨어진 노비는 어느 순간 노비 생활을 멈추고 스스로 주인이 되는 길을 찾아 나서야 한다. 하지만 너무 늦었거나 경험이 없어서 두려워하는 것이 현실이다. 퇴직을 앞둔 직장인은 대부분 비슷하다. 잔인한 말이지만, 퇴직은 실력이며 노비 생활에 익숙한 당신은 실력이 없는 것이다. 그래서 직장인은 평소에 주인이 되는 실력을 기르는 수밖에 없

다. 이제부터는 주인 의식이 없어도 있는 척이라도 해야 한다. 어쩌면 있는 척하다가 진짜 주인 의식이 생길지도 모르니까 말이다.

당신의 생각은 소명 의식인가? 공명심인가?

소명 의식이란 '자신의 일에 의미와 목적을 스스로 부여하고 헌신하려는 생각'을 의미한다. 그냥 주인 의식이라고 생각하면 이해하기 쉽다.

2021년 어느 날, 친했던 후배 A 팀장에게 전화가 왔다. "형님, 회사의 변화를 이끌고 많은 것들을 바꾸고 싶습니다. 정말 이대로 가다가는 회사 전체가 어려워질 것이 눈에 보입니다. 그래서 이번 본사에 새로 생긴 'CA T/F'에 팀장으로 지원하려고 합니다. 형님은 어떻게 생각하세요?"라고 물었다.

그래서 나는 "네가 그 팀에 지원하는 진짜 솔직한 마음이 회사를 위하는 소명 의식이니? 혹시 너 자신을 회사에 널리 알리고자 하는 공명심이거나, 본사로 다시 돌아가고 싶은 마음 때문은 아닌가?"라고 되물었다. 당연히 A 팀장은 주인 의식이자 소명 의식이라고 말했다. "그렇다면 형은 너의 생각을 절대적으로 지지하고 응원해. 네가 옳다고 생각하면 용기를 내서 지원해 봐. 형이 도울 수 있다면 최선을 다 할게."라고 말해줬다.

그러나 결국 A 팀장은 지원하지 않았다. 전임으로 3개월만 운영되는 T/F팀이기도 했고, 팀 자체의 미래나 정체성이 불투명하기도 했다. 어쩌면 마음은 있으나 자신감과 용기가 부족했을 수도 있다. 하지만 나는 이유를 묻지 않았다. 그래도 이렇게 회사를 생각하는 후배가 있어서 고마웠고, 그 후배가 친한 동생이기에 기분이 더 좋았다.

오너는 알고 있다. 당신은 회사의 주인이 아니라는 사실을

개인적으로 오너가 조직원들에게 주인 의식이나 오너십을 가지라고 말하는 것을 들어 본 적이 없다. 조직원은 성과를 위해 일하는 사람이고, 회사의 주인은 오너 자신뿐이다. 오너는 조직원들이 주인 행세나 주인 의식을 갖는 것을 원하지 않는다. 하지만 전문경영인이나 임원들은 조직원들에게 주인 의식과 애사심을 끊임없이 강요한다. 솔직히 이 말의 의미는 자신들을 위해 더 높은 성과를 내라는 것이다. 왜냐하면 조직원들의 성과가 본인의 성과이며 성과를 책임져야 하는 직장인이니까.

그렇다면 오너는 왜 조직원들의 주인 의식에 대해 언급하지 않을까? 조직원은 절대로 회사의 주인이 될 수 없다는 사실을 누구보다 잘 알기 때문이다. 이는 주인만이 가질 수 있는 특별한 생각이다. 게다가 회사의 주인이 되려면 주주가 되어야 한다. 즉, 자신의 돈을 회사에 직접 투자해야 한다. 그래서 오너는 회사의 유일한 주인이며, 전문경영인을 포함한 모든 조직원들은 오너의 정답을 찾아 헤맨다. 그리고 월급만큼 성과가 없으면 언제든지 걷어 낼 수 있다는 엄청난 주인 의식에 전문경영인의 두려움은 여기서부터 시작된다. 오너는 조직원들이 주인 의식보다는 말은 업무에 책임감과 성과를 기대할 뿐이다. 그리고 조직원은 업무에 책임감을 가지고 성과만 내면 그만이다.

또한 오너는 회사의 금전적인 손실에 대해 직접적인 책임을 진다. 물론 이익도 마찬가지다. 하지만 조직원은 회사의 손실에 대해 자리로서 책임을 질 뿐, 금전적인 손실을 감수하지 않는다. 즉, 잘못되면 회사를 그만두면 끝이고 어떠한 금전적 손실도 없다. 그래서 두려운 것이 없어서인지, 어떤 임원들은 오너도 아니면서 본인이 오너인 것처럼 주인 행세나 자기 정치를 하며 인맥과 줄 세우기를 한다. 게다가 자신의 기준에서 적폐와 없어져야 할 대상을 만들기도 한다. 하지만 불행하게도 어느 순간 자기 자신도 적폐가 된다. 그래도 그들은 전혀 흔들림이 없다. 어차피 회사를 그만두면 되고 이미 나이는 먹었고 직장인은 언젠가 반드시 퇴직한다고 스스로를 위로한다. 그들은 권력을 가지고 있을 때 자신을 위해 휘두르면 그만이라고 생각한다. '아! 얼마나 행복할까?' 책임은 없고 권한만 가진, 누군가에게 피해를 줘도 자신은 피해를 받지 않는 그 기분. 솔직히 부러우면 지는 건데, 도대체 나는 몇 번을 지면서 직장 생활을 했는지 셀 수가 없다.

INJI's story

회사에서 어떤 포지션을 가지고 싶습니까?

직장 생활은 롤플레잉에 불과하다. 그냥 자신에게 주어진 업무와 역할에 최선을 다하면 된다.

2019년 어느 날, 신입 사원으로 입사한 지 2년 정도 된 A 담당에게 "점포에서 주어진 업무나 역할 외에 어떤 포지션을 추가로 가지고 싶어? 쉽게 말하면, 개인 스스로에게 부여하는 바람직한 역할이나 희망하는 모습 같은 것 말이야."라고 물었다.

A 담당은 주저없이 "저는 직원과 고객 모두에게 웃음과 힘이 되는 비타민 역할을 하고 싶습니다."라고 말했다. 오케이! 개인적으로 면접이었다면 100점을 주었을 것이다. 그래서 나는 A 담당에게 "비타민 같은 역할이 어떤 것이 있는지 고민해 보고, 꼭 그렇게 될 수 있도록 함께 노력해 보자. 자기에게 너무 잘 어울린다."라고 말했다.

이번엔 반대로 A 담당이 "부점장님은 어떤 포지션을 가지고 싶으세요?"라고 똑같이 되물었다. "나는 우리 점포의 주인이고 싶어. 물론 집에 주인은 한 명이 아니라 가족 모두가 주인이듯이, 점장은 아니지만 또 다른 한 명의 주인이고 싶어."라고 말했다. 그때는 진짜 마음이었고 한때는 주인 의식이란 것이 조금은 있었던 것 같기도 하다.

INJI's story

주인 의식은 머리가 아닌 가슴에서 나온다

대학생 시절, 학교 앞 호프집에서 아르바이트를 할 때 일이다.

지하 1층에 있는 큰 호프집이었는데, 아르바이트 개인별로 5~6개씩 담당하는 테이블 영역을 설정해서 운영되었다. 그 당시 500cc 생맥주 한잔에 천 원 정도였고 아르바이트는 시간당 1,200원이었다. 어느 날 손님이 몇 명 없어서 잠시 쉬고 있었는데, 갑자기 맥주잔이 바닥에 깨지는 소리가 들렸다. 다행히 내가 담당하는 테이블은 아니었지만, 가 봐야 하나 말아야 하나 순간 갈등하다가 바로 치우러 갔다.

테이블에 도착했을 때, 가장 먼저 도착한 사람은 사장님이었다. 35세 정도 되는 형님이자 사장님이었다. 그리고 함께 바닥을 정리했다. 그때 사장님께서 말씀하시길 "이렇게 맥주병이 깨지면 누가 가장 먼저 뛰어오는지 아니?"라고 물으면서, "보통은 소리를 듣고 내 영역인지 아닌지 확인하는 아르바이트도 있지만, 혹시 손님 중 누가 다치지는 않았는지, 손님에게 특별한 문제는 없는지 등 바로 뛰어와서 확인하는 아르바이트도 있다. 물론 사장인 나는 가장 빠르게 뛰어와야 하지만, 아르바이트 친구들 중에도 이런 마인드를 가진 사람이 꽤 많다. 나는 이런 마인드를 가진 친구들을 아르바이트로 뽑고 싶다. 혹시 네 주변에 아르바이트 하려는 친구들이 있어?"라고 웃으면서 말했다.

개인적으로 이런 상황에서는 머리로 생각하는 것이 아니라 사람 자체가 지니고 있는 자연스러운 행동이라고 생각한다. 다행히 나에게도 이런 모습이 조금은 있었던 모양이다.

위로보다 월급이 소중한 직장 생활 1

7. 애사심과 로열티

● **애사심과 로열티의 가치는 월급에 포함되어 있을까?**

    요즘 대한민국에서 진정한 애국심을 찾아보기란 쉽지 않다. 그나마 월드컵 축구 경기나 올림픽에서 약간의 애국심이 표현되는 것을 볼 수 있다. 누군가는 이런 모습은 애국심이 아니라고 말한다. 일제 시대 안중근 의사님이 보여 주신 애국심이나 교과서에서 배웠던 애국심과는 많이 다르다. 마찬가지로 애사심을 가진 직장인을 찾기란 더 힘들다. 애사심과 애국심의 공통점은 '애(愛, 사랑)'라는 단어에 있으며, 애사심과 애국심 모두 국가나 회사에 대해 자발적인 소속감과 애정을 느낄 수 있을 때 자연스럽게 생긴다.

    기업이 신입 사원에게 기대하는 모습 중 첫 번째가 애사심과 로열티다. 물론 이 외에도 성실성, 도전 의식, 창의성 등 다양하다. 또한 애사심과 로열티를 가진 인재를 채용하는 것은 쉽지 않다. 애사심과 로열티를 가진 인재가 절대적으로 부족하기도 하지만, 회사에서 성장한 직원들도 언제든지 기회만 된다면 더 좋은 회사로 이직하는 것을 당연하게 생각하기 때문이다. 이제는 회사가 평생직장이나 직원을 끝까지 지켜 준다는 생각은 어느 누구도 기대하지 않으며, 더 높은 연봉이나 직급 상승의 기회가 있다면 언제든지 이직을 할 수 있다는 생각이 당연한 세상이다. 오히려 이직을 못 하는 직원은 능력이나 기회가 없기 때문이지, 애사심과 로열티 때문에 회사에 남아 있는 것이 아니다. 어쩌면 직장인에게 애사심과 로열티를 기대하는 자체가 AI 시대와 안 맞는 꼰대스러운 생각일지도 모른다.

그래서 기업들은 지금까지 해 오던 채용 방식을 공채 방식에서 경력직 수시 채용 방식으로 전환하고 있다. 경력 직원을 채용해 업무에 즉시 투입하는 것이 훨씬 효율적이라고 판단하고 있다. 이미 국내 5대 기업 중 삼성그룹 외에는 모두 공채 제도를 폐지했다. 기존에 해 오던 공채 방식은 사라져 가는 중이며, 공채 방식을 통해 인재를 채용하고 양성할 수 있다는 생각은 글로벌 경쟁 시대에 적합하지 않다고 판단한 것이다. 이로 인해 상대적으로 경력이 없거나 경력을 쌓을 기회를 얻지 못하는 취준생들의 취업은 더 힘들어졌다. 이제는 문과라서 죄송하기도 하지만, 경력이 없어서 더 죄송한 시대가 되었다.

만약 당신의 친구 중 "나는 안정적이고 오랫동안 직장 생활을 할 수 있는 선생님이 되고 싶어!"라고 말하는 친구와 "나는 후배들을 양성하고 존경받는 선생님이 되고 싶어!"라고 말하는 친구가 있다면, 당신은 아이를 누구에게 맡기고 싶은가? 또한 "나는 회사를 연봉 때문에 다녀!"라고 말하는 사람과 "회사는 돈을 벌기 위해 다니지만, 회사에는 나만의 소중한 가치도 있고 경력과 역량도 키우고 소속감과 행복도 느낄 수 있어서 다녀!"라고 말하는 친구가 있다면, 당신은 누구를 승진시킬 것인가? 누가 더 선생님답고 직장인다운가? 사실 정답은 정해져 있지만, 당신의 모습은 정답이 아닐 수 있다.

그렇다면 직장인의 부족한 애사심과 로열티는 어떻게 향상시킬 수 있을까?

첫째, 애사심과 로열티는 기본적인 자질 문제다. 즉, 채용 시점에 인재들이 가지고 들어오는 것이다. 지금까지 성장해 오면서 자신이 소속된 조직에 대해 유별난 애착과 소속감을 가지고 있는 사람들이 있다. 이들은 회사뿐만 아니라 교회나 친구 관계, 어떤 모임에서나 소속감이 높고 사람들을 잘 이끌어 간다. 회사는 채용 과정에서 이러한 자질을 가진 인재를 채용할 수 있어야 한다. 애사심과 로열티는 교육이나 훈련, 월급이나 복지를 통해 향상시킬 수 있는 것이 아니다. 그래서 회사는 애사심과 소속감을 가진 인재를 채용 시점에서 선별할 수 있는 방법을 가지고 있어야 한다. 하지만 대부분의 회사는 이런 인식조차 없는 것이 현실이다. 오히려 면접에서 외국어 역량이나 팀워크, 경험이나 리더십 등을 확인하기 바쁘다. 도대체 왜 그럴까? 애사심과 로열티를 기대하지만 확인할 수 있는 방법이 부족하기 때문은 아닐까? 그래서 확인할 줄 모르니 그동안

해 왔던 방법만을 고수하는 것은 아닐까?

둘째, 사람을 바라보는 시선, 긍정적 유대감, 유연한 근무 분위기, 배려와 소통이 원활한 조직 문화를 구현해야 한다. 만약 회사가 직원을 자산이 아닌 인건비로 생각한다면, 애사심이나 로열티를 기대해서는 안 된다. 직원을 소중한 자산으로 생각하고 일하는 방식과 워라밸의 조직 문화를 키워야 애사심이 향상될 가능성이 그나마 조금이라도 생긴다. 회사는 사람이 미래고 소중한 자산이라고 강조하지만, 사람의 가치는 잘 보이지도 않고 평가도 안 된다. 하지만 인건비는 명확하게 보이고 효율 지표로 철저히 관리된다. 직원을 쉽게 생각하는 조직 문화에서 사람의 가치는 점점 줄어들고, 애사심과 로열티는 아무리 찾아도 잘 보이지 않는다. 그래서 무엇보다 사람을 바라보는 시선 자체를 먼저 바꿔야 한다. 그렇지 않으면 애사심과 로열티를 기대해서는 안 된다.

셋째, 직원의 역량과 커리어가 성장할 수 있도록 적극적으로 투자해야 한다. 특히 사회적으로 인정받고 통용이 가능한 전문성 있는 커리어를 키울 수 있도록 적극 협조해야 한다. 요즘 MZ세대 직장인은 연봉 이상으로 워라밸이나 커리어가 중요하다고 생각한다. 만약 회사는 성장하는데 자신은 정체되어 있다고 느낀다면, 이직이나 퇴사를 고려할 것이고 그들에게 애사심과 로열티를 기대하기는 불가능해진다. 조직원의 역량과 커리어를 키우지 못하는 회사를 사랑하는 직원은 없다.

넷째, 연봉과 성과급, 각종 복지 혜택 등의 시스템은 기본이자 당연한 부분이다. 모든 직장인에게 연봉이나 복지 혜택은 무조건 많을수록 좋다. 애사심과 로열티까지는 몰라도 회사에 대한 불만은 확실히 줄어든다. 그렇다면 애사심이나 로열티의 가치는 월급에 포함되어 있을까? 솔직히 MZ세대 직장인들의 '월급 받은 만큼만 일하겠다.'는 생각에 애사심과 로열티가 끼어들어갈 자리는 없다. 게다가 업계 수준보다 연봉이 높다고 해서 애사심과 로열티가 올라가지는 않지만, 연봉이 낮은 경우 회사에 대한 불만은 급격하게 늘어난다. 또한 일정 수준 이상의 성과 보상 시스템이 정비되어 있어야 한다. 애사심과 로열티는 자발적인 감정이기 때문에 인위적으로 올리기는 쉽지 않지만, 물질적 보상이 미흡한 경우에는 그나마 조금 있는 애사심과 로열티를 확실하게 제거한다. 혹시 당신은 옆집에 비해 상대적으로 월급이 적은 노비들이 주인을 사랑하는 것을 본 적이 있는가? 고객의 로열티를 올리기 위해서는 많은 자원과 노력을 투자하면서, 왜 직원들에게는 그렇게 하지 못하는가? 고객도 중요한 자산이지만 직원은 더 중요한 자산이 아닌가? 혹시 애사심과 로열티를 당연하게 생각하고 있는 것은 아닐까?

마지막으로 애사심과 로열티는 교육이나 훈련을 한다고 해서 향상되는 것은 아니다. 당신은 직원들에게 해병대 훈련을 시킨다고 해서 애사심과 로열티, 열정과 정신력이 높아진다고 생각하는가? 그건 당신만의 꼰대스러운 확신이다. 오히려 회사에 대한 반목과 오해만 늘어날 가능성이 높다. 애사심은 머리와 이성이 아닌 가슴과 감성의 영역이다. 애사심을 향상시키려면 회사와 리더의 공감할 수 있는 진심이 필요하다. 만약 당신 스스로 애사심과 로열티를 향상시키고자 한다면, 개인 사업을 해 보는 것도 도움이 된다. 자기 사업이기 때문에 직원들에게 왜 애사심과 로열티를 기대하고 그것이 얼마나 중요한지를 직접 느낄 수 있다. 그리고 직장인은 회사에 진짜 주인이 될 수는 없지만, 업무를 내 것처럼 하는 것 자체는 좋은 경험이다. 이러한 생각을 바탕으로 업무를 지속한다면, 어느 순간 자신도 모르게 애사심이 생기기도 한다. 또한 태어남이 있으면 죽음이 당연한 것처럼, 직장 생활을 하는 모든 직장인은 반드시 퇴직하게 된다. 그때를 미리 준비한다고 생각하고 직장 생활을 한다면, 분명히 성장해 가는 자신의 모습을 발견할 수 있을 것이다.

위로보다 월급이 소중한 직장 생활 1

INJI's story

윗물이 맑을수록 애사심과 로열티는 올라간다

만약 대표이사나 임원이 "요즘은 애사심과 로열티가 있는 직원을 거의 볼 수가 없어서 안타깝네."라고 말한다면, 인사 팀장인 당신은 어떻게 이야기를 할 것인가? 단지 MZ세대 직원들만의 문제로 치부할 것인가? 그렇다면 애사심과 로열티가 높은 직원과 함께 근무하고 싶다면, 어떻게 해야 하는가? 직원들의 자발적인 애사심과 로열티를 기대한다면, 우선 그들이 회사와 당신을 따를 수 있도록 진심과 모범을 보여야 한다. 윗물이 맑을수록 애사심과 로열티가 올라간다.

아무리 좋은 이야기도 사람은 누구나 자신의 위치에서 듣고 해석한다. 솔직히 직원들은 회사가 왜 일방적으로 애사심과 로열티를 강요하는지 이해가 안 된다. 특히 강요하는 사람 중에는 인격적으로 문제가 있는 리더도 많다. 리더는 신뢰가 있어야 하는데, 그들은 싸이코패스인지 소시오패스인지 구분도 안 되고 뒷담화나 험담을 하면서 성장했기 때문에, 리더가 되어서도 똑같은 모습을 보여 준다. 게다가 그들은 애사심과 로열티가 없음에도 스스로 있다고 생각하거나, 회사가 아닌 자신만을 위해 행동함에도 이 모습을 애사심과 로열티로 착각하기도 한다. 역시 사람은 누구나 이기적이다. 2022년 대학교수들이 뽑은 올해의 사자성어는 "잘못을 하고도 고치지 않는다."라는 의미의 과이불개(過而不改)와 유사한 모습이다. 무엇이 잘못되었는지 모르니 바뀌거나 고치려고 하는 생각 자체가 없다. 그리고 그 책임과 피해는 고스란히 힘없는 우리들에게 돌아온다.

하지만 임원이나 리더, 직원 모두 똑같은 샐러리맨이다. 특히 임원은 월급을 많이 받는 샐러리맨이다. 직원들의 역량을 키우고 자신도 성과를 낼 수 있도록 노력해야 함에도 불구하고, 성과만을 강요하고 성과를 가로채기도 하며 스스로 성과를 만들지도 못하면서 부하 직원들의 성과만을 평가하려는 사람들도 많다. 그러면서도 부하 직원들에게는 애사심과 로열티를 당연하게 생각한다. 슬프지만 의도적인 강요에서는 애사심과 로열티, 도전 의식과 성취감, 소속감과 행복을 절대로 찾을 수가 없다.

애사심과 로열티가 사라져 가는 이유

　동료들과 함께 애사심과 로열티에 대한 이야기를 자주 했다. 직장인은 회사의 주인이 아니기 때문에 주인 의식을 가지기 힘든 것은 충분히 공감하고 이해할 수 있다. 하지만 애사심과 로열티가 있는 직원을 찾기가 점점 어려워지는 것은 왜일까? 그렇다면 애사심과 로열티는 어디에서 생겨나는 걸까? 혹시 과거 직장인들의 애사심과 로열티는 어쩔 수 없는 회사에 대한 집착은 아니었을까?

　우리는 고등학교를 3년밖에 안 다녔지만 누구나 애교심을 가지고 있다. 그리고 누군가가 당신의 고등학교를 욕한다면 맞서 싸울 수도 있다. 하지만 10년 이상을 다닌 회사에 대해서는 왜 애사심이 없을까? 고등학교는 의무 교육이었고 회사는 스스로 선택했음에도 말이다. 그렇다면 애교심보다 애사심이 더 높아야 하는 것은 아닐까?

　이렇게 생각해 보자. 만약 당신이 고등학교 2학년 때, 학교로부터 성적이 부진하다는 이유로 원하지도 않는 퇴학을 강요당했다면, 애교심이 지금까지 남아 있을까? 게다가 학교생활 중 왕따를 당했거나 담임이나 친구와의 관계가 좋지 않았거나 학교생활 자체가 지옥 같았다면, 그래도 여전히 애교심이 남아 있을까? 솔직히 우리가 애교심을 가지고 있는 것은 학교생활이 나름 즐거웠고 정상적으로 고등학교 3년을 마치고 졸업을 했기 때문이다. 하지만 회사에는 그렇지 못한 모습이 더 많다. 회사로부터 퇴직을 강요당하는 선배들의 모습, 부하 직원에게 지시와 욕설, 성과만을 강요하는 리더의 모습, 상사나 동료와의 불편한 관계를 고민하는 모습에서 회사에 대한 환멸을 느끼는 직원들이 점점 늘어나고 있다. 그리고 이 과정에서 애사심과 로열티는 이미 눈 녹듯이 녹아 내렸다.

그렇다면 애사심과 로열티를 높이려면 어떻게 해야 하는가? 모든 직원들에게 정년을 보장해야 하는가? 직장 상사나 동료와의 관계, 일하는 조직 문화는 어떻게 해야 하는가? 솔직히 애사심과 로열티, 조직 문화 등은 정답이 없는 추상명사와 같다. 보이지는 않지만 느낄 수는 있으며, 평가할 수는 없지만 나쁘다고 확신할 수 있는, 누구나 쉽게 말을 하지만 구체적인 대안이 없는, 그런 정답이 없는 뜬구름과 같은 말들이다. 그리고 이런 말들은 직장인을 항상 답답하게 만든다.

8. 신뢰

• 상사가 꼴 보기도 싫지만 인정과 신뢰는 받고 싶다면

세상의 모든 관계는 신용과 신뢰가 기본이다. 은행 대출이나 카드를 발급받을 때도 신용이 중요하고, 직장 상사나 동료 관계도 신뢰가 기본이며, 사업 또한 고객과의 신뢰가 무엇보다 중요하다. 특히 고정 고객이나 단골 손님은 신뢰를 기반으로 형성된다.

그렇다면 신용과 신뢰의 차이는 무엇일까? 신용은 사람이 가지고 있는 물질적인 가치를 믿는 것이며, 신뢰는 사람 자체의 가치를 믿는 것이다. 신뢰는 상대방을 믿고 함께하는 것이며, 상대방에 대한 인정에서 시작된다. 하지만 신뢰는 은행의 신용도처럼 점수화되어 나오지 않는다. 그리고 직장 상사나 동료들은 당신에 대해 마음속으로 항상 신뢰도를 평가하고 있다. 그 평가는 입사했을 때부터 시작되었으며 지금도 한참 진행 중이다.

당신이 직장 상사나 동료들에게 인정과 신뢰를 받고 싶다면, 먼저 상대방을 인정하고 신뢰할 수 있어야 한다. 신뢰는 당신이 기대하는 것을 상대방이 실행하거나 가져다 줄 것이라는 믿음이다. 상사가 당신에게 일

정 수준 이상의 업무를 수행해 줄 것이라는 믿음과 확신. 즉, 신뢰는 기대치에 대한 부합도를 의미한다. 그리고 상사의 인정과 신뢰를 받으면서 성장한 직원이 나중에 상사가 되었을 때 부하 직원을 신뢰할 수 있다. 항상 질책만 받으면서 어렵게 승진한 직원이 상사가 되면, 그의 부하 직원은 인정과 신뢰를 받기보다는 불행한 직장 생활을 하게 될 확률이 높다. 직장 생활은 장점과 강점의 강화를 통해 성과를 낼 수 있으며, 단점과 약점의 보완을 통해 승진도 가능하다. 게다가 상대방의 장점을 알아볼 수 있는 눈이 있어야 그에 맞는 칭찬도 가능하고 신뢰도 할 수 있다.

하지만 인정과 신뢰없이 단점을 보완하면서 힘들게 성장한 상사는 지시와 지적을 통해 부하 직원들을 개선하려고 한다. 물론 본인이 그렇게 성장했기 때문이다. 이런 경험을 가진 상사와 함께 근무하는 부하 직원들은 스스로의 노력으로 성장은 가능하지만, 자발적이고 긍정적인 동기를 가지고 직장 생활을 하기란 쉽지 않다. 또한 상사들은 "도대체 잘하는 것이 있어야 인정과 신뢰를 하고 칭찬을 하지!"라고 말하고, 부하 직원은 '당신이 나를 제대로 알기나 하는가? 당신같이 성장한 사람 밑에서 일하는 내 자신이 너무 불행하다. 항상 지적만 하는 꼰대 같으니!'라고 생각한다. 안타깝게도 상사의 인정과 신뢰를 받지 못하는 부하 직원들은 오늘도 지옥 같은 직장 생활을 하고 있다.

그렇다면 직장 생활에서 인정과 신뢰를 받으려면 어떻게 해야 하는가?

첫째, 성실함과 정직함은 당연한 기본이다. 특히 성실함과 정직함은 신입 사원이 보여 줄 수 있는 최고의 덕목이자 유일한 역량이다. 위기나 힘든 상황일수록 성실함과 정직함이 정답이다. 성실함은 상사나 주변 동료들의 평가와 신뢰를 결정할 것이며, 정직함은 위기를 극복할 수 있는 힘이 된다. 보통 인정과 신뢰는 여기에서 시작된다. 그래서 위기일수록 거짓말이나 변명하기보다는 무조건 정직해야 한다. "거짓말의 가장 큰 벌은 진실을 이야기했을 때도 아무도 믿어 주지 않는다는 것이다." 라는 말처럼, 한 번 잃은 신뢰는 직장 생활에 치명적이다. 또한 상사에게 보고할 때는 모르는 것은 모르는 것으로, 아는 것은 정확하게 표현해야 한다. 모르는 것은 다시 확인하고 보고하면 된다. 혹시라도 모르는 것을 아는 척하거나 확인하지 않은 것을 확인한 것처럼 말하면 반드시 문제가 생긴다.

만약 보고 중에 하게 된 거짓말을 계속 고집한다면, 상사의 행동은 정해져 있다. 당신의 직장 생활은 불행해지고 업무적으로나 직장인으로서의 신뢰도 잃어버릴 것이다. 회사에는 이런 상황의 직원들이 의외로 많고 당신도 절대 예외가 아니다. 혹시 당신의 거짓말을 상사나 동료들이 모를 것으로 생각하는가? 원래 방귀가 잦으면 변이 나오기 쉽고, 거짓말과 변명이 반복되면 검증되는 순간이 반드시 다가온다. 게다가 당신과 지금 함께하는 사람은 당신을 옳은 길로 이끌어 줄 참된 스승이나 당신만을 무조건 이해하고 편을 들어주는 부모님이 아니다. 당신을 통해 성과를 내야 하는 상사다. 게다가 거짓말을 용인해 줄 상사는 없다. 잘못이나 실수는 개선될 가능성이 충분하지만, 정직하지 못한 것은 절대로 용납되지 않는다. 성실함과 정직함은 신뢰받는 직장 생활의 가장 기본임을 반드시 기억해야 한다.

둘째, 약속이나 약속 시간은 무조건 지켜야 한다. 약속을 지킬 자신이 없으면 약속 자체를 하지 말아야 한다. 개인적으로는 저녁 약속을 가급적 잡지 않았다. 야근이나 주말 근무 등 스스로 통제하지 못하는 상황으로 인해 약속을 지키지 못하는 것을 항상 두려워했다. 그래서 만약 부하 직원과 저녁 식사를 함께하기로 약속했는데 상사나 임원이 저녁 식사를 제안하면, 부하 직원과 선약이 있다고 솔직히 말씀드리고 저녁 식사를 다음으로 미뤘다. 하지만 마음이 편하지는 않았다. 직장인이라면 누구나 쉽게 이해할 수 있을 것이다. 그래서 나는 어쩌면 생길지도 모르는 상황 때문에라도 저녁 약속을 잡지 않았다.

약속 시간을 지키는 것은 신뢰의 시작이다. 특히 작은 약속일수록 잘지켜야 한다. 약속 장소에 최소 10분 전에는 반드시 도착할 수 있어야 하며, 불안하다면 한 시간 전이라도 미리 도착해야 한다. 그래도 만약 어쩔 수 없이 늦어야 한다면, 약속 시간 전에 상대방에게 미리 연락해서 늦은 이유와 얼마나 늦을지에 대해 설명하고 사과와 양해를 구해야 한다. 예를 들어 14시 약속이고 20분 정도 늦을 것 같다면, 최소한 13시 50분에는 연락해서 양해를 구하는 것과 14시 10분에 연락하는 것은 완전히 다르다. 원래 약속 시간 이후의 시간은 다르게 흐른다. 그리고 이런 상황이 반복되면 상대방에게 더 이상 양해도 안 된다. 당신은 이미 약속 시간을 지키지 않는 양아치가 된 것이다.

또한 약속 시간을 지키는 것도 습관이다. 지각은 하는 사람만 하듯이, 약속 시간을 지키는 사람은 철저히 지키고 그렇지 않은 사람은 자주 어긴다. 그리고 솔직히 상대방이 약속 시간을 못 지키는 이유는 당신을 우습게 생각하기 때문이다. 약속 시간을 못 지키는 것은 버스나 지하철 등의 문제가 아니다. 상대방이 당신에 대해 늦어도 되는 혹은 마음대로 해도 괜찮은 상대라고 업신여기는 것이다. 어떤 면에서는 갑질이다. 물론 약속 시간을 어긴 사람은 아니라고 부인할 수도 있지만, 상대방은 갑질이라고 느낀다. 업무상 갑과 을은 존재하지만 사람은 높고 낮음이 없는데, 직장 생활을 하다 보면 사람 자체가 높다고 생각하는 사람들도 있다. 하지만 만약 당신이 대표이사와 미팅 약속이 있다면, 그래도 늦을 것인가? 당연히 미리 도착해서 대기하지 않을까? 높은 사람과의 약속은 미리 도착해서 대기하면서 아랫사람이나 파트너사 사람들과는 약속 시간을 지키지 못한다면, 당신은 지금 갑질을 하는 중이다. 당연히 서로 간의 신뢰는 미팅을 시작하기도 전에 이미 사라졌다. 다만 표현을 하지 않을 뿐이다. 게다가 당신에 대한 인정과 신뢰, 평판은 이렇게 만들어지고 있다는 사실을 기억해야 한다. 한 번 생긴 불신과 나쁜 평판은 잘 바뀌지 않으며 불행하게도 당신을 평생 따라다닌다.

셋째, 업무와 성과에 대한 책임감이 있어야 한다. 직장인이 가장 피하고 싶은 부분이 있다면 책임을 지는 것이다. 그렇다면 직장인 중 업무에 대한 책임감이 없는 사람이 있을까? 개인적인 경험으로는 확실히 많다. 그들은 성과는 인정받고 싶지만 책임을 지지 않기 위해 최선을 다한다. 그리고 직장인은 월급을 받고 생활하는 노예다. 상사로부터 주어진 업무는 어쩔 수 없이 해야 하지만, 자신의 의견이 반영되거나 스스로 결정한 것도 아니다. 대부분 팀이나 상사에 의해 결정된다. 그래서 책임을 져야 하는 업무는 가급적 피하고 싶다. 또한 당신이 업무에 대한 책임감이 있는지 없는지는 상사와 주변 동료들은 다 알고 있다. 책임감이 없으면 사람이나 업무에 대한 신뢰가 생기지 않는다. 상사는 당신에게 업무를 믿고 맡길 수가 없다. 신뢰는 상사와 부하 직원이 함께 쌓는 것이다. 그래서 상사의 인정과 신뢰를 받고 싶다면, 그나마 부족한 책임감이라도 많은 척을 해야 한다. 솔직히 회사는 시스템으로 돌아가니 책임은 크게 걱정하지 않아도 된다. 당신 책임이 아닌 업무는 절대로 책임지지 않으며, 당신이 책임져야 할 업무는 어떻게든 당신의 책임으로 돌아온다. 피하려 해도 피할 수가 없다. 이를 이해한다면, 업무를 적극적이고 책임감 있는 자세로 할 수 있다. 도대체 왜 재주는 곰이 부리는데, 왕서방이 돈을 가져갈까? 아마도 곰은 재주를 부리고 싶은 생각이 추호도 없는데, 왕서방이 힘들게 때리고 훈련을 시켜서 돈을 벌었기 때문일 것이다. 그렇다면 과연 왕서방은 곰을 신뢰할까? 혹시 곰을 때리고 갈궈야 하는 존재로만 생각하지는 않을까? 어쩌면 신뢰와 책임감이 부족한 당신에 대한 상사의 생각일지도 모른다.

넷째, 보고 자료에 대한 오타와 디테일 확인은 필수적이다. 모든 성과는 마무리와 디테일이 중요하다. 아무리 좋은 내용도 오타가 있으면 보고 자료와 보고자에 대한 신뢰를 급격히 떨어뜨린다. 개인적으로 오타가 많은 보고 자료는 보고 싶지도 않다. 솔직히 오타가 심하면 던져 버리고 싶기도 하다. 가끔은 보고자가 상사를 무시한다고 생각되기도 한다. 하지만 보고자 입장에서도 자신이 만든 보고 자료에 오타가 보이지 않을 때가 많다. 아무리 봐도 잘 보이지 않는다. 그러나 신기하게도 상사는 오타를 한눈에 확인한다. 물론 당신은 상사가 큰 그림을 보는 능력은 부족하면서 오타만 확인할 줄 안다고 불평할 수도 있다. 하지만 반대로 생각하면 당신은 오타조차도 확인 못 하는 업무 집중력이 부족한 직원일 수도 있다. 자신의 보고 자료를 소중하게 생각하고 상사의 인정과 신뢰를 받고 싶다면, 오타와 디테일은 반드시 개선되어야 한다. 예를 들어 취준생이 자기소개서에 나이가 28세인데 258세라고 적거나, 고려대를 졸업했는데 고래대라고 적혀 있는 것을 확인했다면, 당신은 취준생에 대해서 어떻게 생각하겠는가? 정말로 취준생이 최선을 다했고 큰 그림을 그릴 수 있다고 생각하는가? 만약 취준생이 오타보다는 사람을 평가해 달라고 부탁한다면, 당신은 취준생에게 무슨 말을 해 주겠는가? 역지사지하면 충분히 이해할 수 있다.

이 외에도 인정과 신뢰를 쌓기 위한 방법은 수없이 많다. 상사가 꼴도 보기 싫지만 인정과 신뢰는 받고 싶다면, 이는 양아치적인 생각이다. 당신이 직장 생활을 계속하는 한, 지금 이 시간에도 당신에 대한 신뢰는 계속 쌓이고 있고 누군가에 의해 평가되고 있다는 것을 항상 경계하고 두려워해야 한다.

INJI's story

나는 왜 부하 직원을 지키려고 최선을 다했을까?

기획과장 시절, 함께 근무했던 A 대리는 멘토인 팀장에게 업무 능력을 부인당했다. 하지만 나는 A 대리를 인정하고 신뢰했다. 항상 업무에 최선을 다하고 보이지 않는 곳에서도 열심히 노력하는 친구였다.

어느 날, 팀장이 과장들과 업무 미팅을 미팅하면서 A 대리를 타 부서로 이동시키라고 강압적으로 지시했다. 그 당시 기획 직원 모두는 제대로 휴무도 못 하고 매일 같은 야근에 지쳐 있었다. 갑자기 화가 났다. 그래서 팀장에게 "만약 업무가 제대로 안 돌아간다고 생각해서 저의 부하 직원을 손대려고 하시면, 먼저 저부터 타 부서로 보내 주세요. 만약 저부터 못 보내면 제 밑에 직원 중 어느 누구도 절대 이동 못 시킵니다!"라고 대들었다. 그러자 팀장은 "무슨 말을 그렇게 함부로 하나?"라고 화내면서 회의실을 박차고 나갔다. 그리고 그 자리에 함께 있던 동료 과장들도 "너무 심하게 팀장에게 말하지 마. 팀 분위기만 나빠지고 불편해!"라고 말했다.

나는 직장 생활의 많은 것을 걸고 A 대리를 끝까지 지켰다. 이 상황을

A 대리는 알고 있을까? 물론 굳이 알아주기를 원했던 적도 없다. 그냥 내 성격의 일부분에 불과했다. 그리고 A 대리를 포함한 부하 직원 어느 누구도 나에게 자신을 신뢰해 달라고 부탁한 적도 없다. 그냥 내 스스로 부하 직원을 지키고 싶었고 신뢰했을 뿐이다.

하지만 시간이 흘러 가장 후회되는 것은 직장 생활을 굳이 그렇게까지 무리하면서 할 필요가 없었다는 사실이다. 그냥 나를 위하고 좋은 게 좋은 것이며 모두가 좋은 방향으로 A 대리를 타 부서로 보냈어야 했다. 그 후 A 대리는 과장으로 승진해서 타 부서로 이동하고 차장이 되자마자 다른 회사로 이직했다. 솔직히 손해 본 느낌을 지울 수가 없다. 아쉽지만 우리의 인연은 그렇게 끝났다.

그렇다면 나는 왜 부하 직원을 지키려고 최선을 다했을까? 혹시 나만의 고집이었을까? 만약 지금 그때로 다시 돌아간다면 과연 어떻게 할까? 그때와 지금의 생각은 많이 다르겠지만 그래도 똑같이 할 것 같다.

거짓말은 직장 생활에 너무 치명적이다

기획과장 시절, 함께 근무했던 A 대리가 있었다. 그는 키도 크고 잘생기고 농구도 잘하는 매력적인 친구였다.

여름 휴가에서 복귀한 날, 멘토인 팀장님이 나를 조용히 불러 단호하게 말했다. "A 대리, 지금 바로 타 부서로 이동시켜!" 나는 이유를 물어보지도 못했다. 팀장님이 이렇게 말하는 스타일이 아닌데, 너무 단호했기 때문이다. 나는 팀장이 A 대리에 대해 무엇인가를 확인하고 실망했다고 확신했다. 당연히 직속 상사인 나도 A 대리의 문제점을 알고 있었다. 그래서 조심스럽게 "A 대리의 어떤 나쁜 모습을 보셨나요?"라고 슬쩍 물었다. 팀장님은 "A 대리는 거짓말을 해. 이런 직원은 나중에 큰 사고를 친다. 그래서 절대로 함께 일하면 안 돼!"라고 단호하게 말했다. 나는 팀장님에게 죄송하다고 말하고 A 대리를 바로 이동시켰다. 사실 나 또한 A 대리가 거짓말 한다는 것을 알고 있었다. A 대리는 유관 부서의 의견을 확인하라고 지시하면, 직접 확인도 하지 않고 가만히 있다가 다시 보고하면서 확인했다고 거짓말을 했다. 그래서 따로 불러서 몇 번 주의를 주기도 했다.

하지만 그 당시 나에게는 부하 직원 한 명 한 명이 너무 소중했다. 그리고 업무를 하면서 A 대리의 잘못된 습관을 고쳐 가려고 노력했다. 그러나 고쳐지지는 않았고 휴가 기간 사이에 팀장님에게 검증을 당했다. A 대리는 다른 부서에 가서도 마찬가지였다. 시간이 흘러 A 대리는 동기들이 차장으로 승진할 때 그제서야 간신히 과장으로 승진했다. 아마 A 대리는 거짓말하는 습관을 고치기 전까지 힘들게 직장 생활을 하다가 마무리될 것 같다. 아쉽지만 돌이키기에는 너무 늦었다. 거짓말은 직장 생활에 너무 치명적이다.

쌓인 신뢰가 다르면 생각과 행동도 다르다

부하 직원들과 신뢰에 대해서 자주 했던 이야기다.

A, B라는 직원이 있다. 정식 출근 시간은 오전 9시다. A는 항상 30분 전에 출근해서 그날의 업무를 미리 준비한다. 하지만 B는 5분 전에 간신히 출근하거나 지각을 자주 한다. 그리고 어느 날 폭우가 와서 A와 B 직원 모두 출근 시간을 넘겼고 아직 출근 전이라고 가정하자.

팀장은 A 직원에 대해서는 "A 직원 혹시 출근하다 다쳤거나 문제가 없는지 확인해 봐!"라고 말하고, B 직원에 대해서는 "B 직원 또 늦네. 정말 정신을 못 차리는 직원이네. 지각하는 습관은 고쳐지지가 않아. 참 문제야."라고 말한다면, 이것은 차별인가? 그렇다면 B 직원에게는 무엇이 문제인가? 슬프게도 B 직원은 자신만 억울하고 정확한 문제가 무엇인지 모르며 주변 동료들은 이미 다 알고 있다.

이는 평소 A와 B 직원과 팀장 간에 쌓인 신뢰의 문제다. 직장 생활의 신뢰는 상사와 부하 직원이 함께 쌓는 것이다. 팀장은 A 직원을 편애하는 것도 아니고 B 직원을 싫어하는 것도 아니다. 그냥 평소 쌓인 신뢰와 이미지 때문에 같은 상황에서 생각과 행동이 다른 것이다. 그렇다면 진짜 폭우 때문에 늦은 B 직원은 억울한 것이 아닐까? B 직원은 이 상황에서 누구를 탓해야 하는가? 슬픈 사실은 팀장을 포함한 동료 어느 누구도 B 직원의 억울함에 공감하지도 않고 팀장과 똑같이 생각한다는 것이다. 그리고 어쩌면 A 직원에 대해 팀장이 확인해 보라는 말을 하기도 전에 A 직원이 팀장에게 미리 전화를 했거나, 주변 동료들이 A 직원에게 미리 출근 상황을 확인했을 가능성이 높다. 하지만 B 직원에 대해서는 아무도 신경 쓰지 않는다. 그렇다면 B 직원은 왕따인가? 동료들에게는 B 직원이 그냥 오늘도 지각한 하루에 불과할 뿐이다.

이렇게 쌓인 신뢰가 다르면 생각과 행동도 다르다. 그리고 이러한 신뢰의 연장선에 평가와 승진도 함께한다. 지금 당신의 모습은 A 직원인가? B 직원인가? 사람을 의심하거나 믿지 못하면 쓰지 말고, 쓴다면 의심하지 말고 믿어야 한다. 하지만 상사는 부하 직원을 신뢰하지 않으면서도 쓸 수밖에 없는 답답한 상황이다.

신입 사원이 이직을 자주 하는 이유는 자신에게 맞는 더 좋은 회사를 찾기 위해서다. 하지만 그보다 더 큰 이유는 상사나 동료들에게 인정과 신뢰를 받지 못했기 때문이 아닐까? 그래도 젊은 파랑새는 새롭게 시작할 기회가 있지만, 안타깝게도 나이 먹은 새는 더 이상 파랑새도 아니고 신뢰를 되살릴 기회도 없다.

당신의 신뢰는 오타와 함께 사라졌다

가끔 부하 직원들은 "우리 상사는 숲은 못 보고 항상 나무만 봐. 그래서 보고 자료에서 오타만 찾고, 보고 내용의 핵심은 이해하지도 못해서 업무 진행이 안 돼. 안 그래도 일도 많은데 스트레스 받아 죽겠네."라고 말한다. 물론 충분히 이해할 수 있다.

반대로 상사들은 "우리 팀 직원 중에 A 직원은 기본이 너무 부족해. 오타가 있어도 수치스러워하지도 않고 업무에 대한 집중력이나 책임감도 없어. 그런데 성격만 급해서 뭐든지 빨리만 하려고 해. 실수도 너무 많고 이러다가 큰 사고 날 것 같아. 빨리 다른 부서로 보내야지. 그렇지 않으면 성과는 둘째 치고 팀 케미에 문제가 될 것 같아서 걱정이야."라고 말한다.

슬프지만 당신의 신뢰는 오타와 함께 사라졌다. 게다가 한 번 깨진 신뢰는 만회하기 힘들다. 그리고 시간이 흐를수록 서로 간의 불신만 커지게 된다. 혹시 상사가 당신에 대해 다른 팀장들과 이렇게 이야기하고 있다는 사실이 무섭지 않은가? 이 대화 안에 당신에 대한 신뢰는 어디에 숨어 있을까? 신뢰는 믿음과 시간을 쌓아야 하는데, 당신은 지금 무엇을 쌓고 있는가? 혹시라도 가슴에 느껴지는 것이 있다면, 오늘 저녁 상사에게 소주 한잔 사 달라고 부탁해 보자.

9. 칭찬

• 직장인은 항상 칭찬에 목마르다

직장인은 항상 칭찬에 목마르다. "칭찬 한마디에 한 달은 살 수 있다." 는 마크 트웨인의 말처럼, 모든 직장인은 부정보다는 긍정을, 질책보다는 칭찬을 갈구한다. 개인적으로는 칭찬 한마디에 한 달이 아니라 1년은 살 아갈 수 있다고 생각했다. 그만큼 진심을 담은 칭찬은 누구에게나 위력적 이다.

직장인이 칭찬을 이토록 갈구하는 이유는 제대로 된 칭찬을 받아 본 경험이 거의 없기 때문이다. 현실은 칭찬보다는 질책이 더 익숙하고, 상 사는 '칭찬을 꼭 말로 해야 아나?'라는 생각으로 잘 표현하지 않는다. 그 렇다면 우리는 칭찬을 제대로 표현한 적이 없어서 미숙한 것은 아닐까? 사랑도 표현하지 않으면 알 수 없듯이, 칭찬도 마찬가지다. 개인적으로 도 직장 생활 동안 마음에 와닿는 칭찬을 거의 들어 본 적이 없다. 솔직 히 칭찬보다는 90% 이상이 지적이나 질책이었다. 질책을 듣지 않는 것 이 오히려 다행이었으며, 질책을 받는 옆 동료를 보면서 행복감을 느꼈 는지도 모르겠다.

어쩌면 우리가 들었던 칭찬은 초등학교까지 들었던 것이 전부였을지도 모를 만큼 칭찬에 대한 기억은 별로 없다. 그래서 혹시라도 칭찬을 들으면 상대방이 비꼬는 것은 아닌지 오해와 의심을 하기도 한다. 상사의 "수고했어!"라는 말 한마디에 감동하는 수많은 직장인들. "수고했어!"라는 간단한 말 한마디가 나에게는 최고의 칭찬이며 인정이었다. 하지만 칭찬이 부족한 모습이 엄연한 현실이기에 직장 생활이 더 힘들었는지도 모르겠다. 만약 직장 생활에서 행복을 찾는다면, 연봉보다는 공감과 칭찬이 아닐까 하는 생각이 들기도 했다.

그렇다면 무조건 칭찬만 하는 것이 좋은 것인가? 칭찬은 무조건 약이 될 것이라고 생각하기 쉽지만, 반드시 그렇지만은 않다. 어떤 사람에게는 칭찬이 오히려 독이 되고 질책이 약이 되기도 한다. 칭찬의 효과는 상황과 사람에 따라 다르다. 보통 부하 직원의 비전이나 목표 의식 등 정성적인 부분에 대해서는 칭찬이 바람직하다. 즉, 앞으로 더 좋아지기를 기대하는 칭찬이다. 하지만 업무 디테일이나 집중력이 부족한 경우는 질책이 더 효과적이다. 또한 자신감이 높은 직원은 칭찬을 당연하게 생각하고 질책을 자존심 상해하거나 두려워하는 경우가 많다. 이럴 때는 질책도 칭찬처럼 부드럽게 해야 한다. 실수를 했더라도 "이 부분은 일부러 실수한 거지?"라고 웃으면서 말한다면 충분히 효과적이다. 하지만 자존감이 부족한 직원은 칭찬이 귀에 잘 들어오지도 않고 질책은 항상 익숙하다. 그리고 이미 익숙한 질책은 피드백으로 작동되지도 않는다. 그래서 자존감이 부족한 직원은 칭찬이나 질책보다는 인정과 신뢰의 표현을 많이 해 주는 것이 바람직하다. 무엇보다 스스로에 대한 믿음과 자신감을 키워 주는 것이 중요하다. 이 또한 칭찬이라면 칭찬이 효과적이다. 결국 칭찬과 질책 모두 사람에 따라 다르게 해야 한다. 개인적으로는 칭찬을 80%, 질책을 20% 정도 활용하는 것이 바람직하다고 생각한다. 부하 직원을 성장시키고 성과를 창출해야 하는 리더는 칭찬과 질책, 당근과 채찍을 동시에 잘 활용해야 한다.

그렇다면 당신의 직장 상사는 왜 이렇게 질책을 많이 하는 것일까? 우선 상사의 성장 과정에서 이유를 찾을 수 있다. 그들은 직장 생활을 고통과 인내의 연속이라고 생각한다. 지금까지 직장 생활을 하면서 칭찬을 받아 본 적은 거의 없고 질책만 받고 성장했기 때문이다. 그러나 상사의 칭찬과 신뢰를 받으면서 성장해야 부하 직원에게 똑같이 할 수 있다. 하지만 당신의 상사는 항상 질책에 익숙하기에 익숙한 것을 부하 직원들에게 그대로 사용한다. 그게 몸에 맞고 가장 쉬운 방법이다. 그들에게 칭찬은 현실을 잘 모르는 대학교수나 책 속의 이야기에 불과하다. 게다가 칭찬보다 질책의 효과가 훨씬 즉각적이고 확실하다. 질책을 받은 부하 직원들은 상사가 더럽고 무서워서 행동하는 척이라도 한다. 그리고 실제 성과로 연결되기도 한다. 이런 상사들은 "역시! 부하 직원들은 가만 놔두면 안 돼. 항상 콕콕 쪼아 줘야 팀이 돌아간다니까!"라고 말한다.

상사는 칭찬을 통해 부하 직원들의 성장을 유도하고 기다려 줄 수 있어야 하지만, 상사 자신의 조급함과 항상 무엇인가에 쫓기고 있다는 강박 때문에 칭찬에 인색하다. 즉, 상사는 당신을 칭찬하고 기다려 줄 수 있는 마음의 여유도 없고 자신감도 없다. 그래서 직장 생활이 점점 힘들고 슬퍼진다. 솔직히 상사나 부하 직원 모두 칭찬을 하거나 듣고 싶지만, 그렇지 못한 모습을 현실 탓으로 돌리는 상황이 안타깝기만 하다.

그렇다면 진심이 담긴 칭찬은 어떤 사람들이 잘할 수 있을까?

첫째, 그들은 매사에 긍정적이고 희망적이다. 특히 사람에 대한 애정과 관심이 많다. 약점보다는 강점을 바라보며 장점에 대해 많은 관심과 칭찬을 한다. 과거보다 미래에 대해 이야기하는 것을 좋아하며, 기분 좋은 대화 주제를 많이 가지고 있다. 또한 어릴 때부터 유복하고 별다른 어려움 없이 성장한 사람들이 대부분이다. 이들은 어처구니 없는 열등감이나 피해 의식도 없으며 불필요한 오해도 하지 않는다. 항상 대화의 중심이고 소통의 리더이자 긍정적인 에너지의 소유자들이며, 함께하면 항상 기분 좋고 행복한 사람들이다.

둘째, 그들은 신뢰와 칭찬을 받으면서 성장한 사람들이다. 사람은 신뢰와 칭찬을 받으며 성장해야 후배나 부하 직원을 신뢰와 칭찬을 통해 이끌어 갈 수 있다. 고기도 먹어 본 사람이 잘 먹고, 칭찬도 많이 받아 본 사람이 잘한다. 보통 직장 생활은 대부분 선배나 상사에게 배우고 경험한 대로 부하 직원들에게 똑같이 한다. 가끔 어떤 못난 상사들은 후배들이 성장하기를 바라는 마음에서 질책을 한다고 말한다. 그러나 이렇게 말하는 상사들의 성장 과정을 보면, 칭찬보다는 질책이 훨씬 많았고 질책을 피하는 것이 오히려 칭찬이었으며, 어쩌다 칭찬을 들으면 어색해하면서도 속으로 다행이라고 생각하면서 성장한 사람들이다. 항상 나쁜 결과는 경계하고 좋은 결과는 다행인 사람들이다. 이런 상사들은 직장 생활을 인내와 야근, 무조건적인 희생으로 채워 온 사람들이다. 안타깝게도 회사에는 이런 상사들이 생각보다 많다. 게다가 가슴속에 피해 의식과 복수심만 가득하다. 직장 생활이 불행한 사람들이고 스스로는 최선을 다했다고 위로하지만, 결국 나중에 회사에 헌신하다 헌신짝이 됨을 느끼게 된다.

셋째, 그들은 자연스러운 주제와 대화를 통해 공감대를 형성하고 소통하는 능력이 뛰어나다. 항상 상대방의 이야기를 경청하며 자신의 생각과 이야기를 부드럽게 풀어 나간다. 이들은 직장 생활은 위아래가 있지만 사람 자체는 동등하다고 생각하며, "고맙다, 고맙습니다."라는 표현을 많이 사용한다. 그리고 이들이 이러한 대화가 가능한 이유는 긍정과 칭찬, 배려의 단어가 대화에 많이 녹아 있기 때문이다. 특히 대화를 하는 상대방이 그렇게 느낀다. 그래서 많은 동료들이 함께하기를 원하고 좋은 리더십을 가진 상사가 된다. 하지만 회사에서는 눈을 씻고 찾아야 찾을 수 있을 만큼 그 수가 많지는 않다. 오히려 이기주의자나 소시오패스가 더 많다. 그래서 직장 생활이 괴롭고 힘들다.

그렇다면 익숙하지 않은 칭찬을 잘하는 방법은 무엇이 있을까?

첫째, 결과와 과정 모두를 구체적으로 표현해야 한다. 물론 질책도 마찬가지다. 막연한 칭찬은 기분 좋은 사탕발림에 불과하다. 칭찬은 무엇을 어떻게 실행해서 결과가 좋았다는 식으로 정확하고 구체적으로 해야 한다. 그래야 앞으로도 잘했던 부분에 대해서는 강화가 되고 성과가 향상된다. 질책이나 피드백 또한 마찬가지다. 하지만 여전히 익숙하지 않은 칭찬으로 긍정적인 감정만을 전달하는 상사가 대부분이다. 그래서 코끼리는 춤을 추지 않는다. 그래도 그나마 감사하고 다행이라고 생각한다. 칭찬은 의식하고 익숙해질수록 개선 가능성이 높아지기 때문이다. 그리고 칭찬을 하려는 의지와 노력이 더해지면 제대로 된 칭찬을 할 수 있게 된다. 다만 연습과 시간이 필요하고 그 안에 진심을 담을 수 있어야 한다.

둘째, 가급적 칭찬은 공개적으로, 질책은 개인적으로 해야 한다. 만약 둘 중에 하나만 선택해야 한다면, 반드시 질책은 개인적으로 해야 한다. 혹시라도 타산지석의 마음으로 질책을 공개적으로 한다면, 질책을 받는 당사자는 귀로는 듣지만 마음에는 들리지 않고 오히려 당신에 대한 적대감만 키우게 된다. 또한 질책을 함께 들은 부하 직원들도 오해만 쌓이고 팀워크나 관계가 악화된다. 결과적으로 질책의 목적이나 리더십은 작동되지 않고 팀워크나 성과는 점점 하락하게 된다. 그러나 칭찬은 반대다. 칭찬은 가급적 공개적이고 구체적으로 해야 한다. 물론 같이 듣는 부하 직원들의 편애나 오해가 생기지 않도록 주의해야 하며, 팀원 모두가 공감하고 더 좋은 성과를 이끌어 낼 수 있도록 칭찬의 내용을 정확하고 구체적으로 공유해야 한다. 하지만 여전히 칭찬에 익숙하지 않아서 칭찬은 하지 않고, 질책만을 공개적으로 하는 상사가 더 많은 것이 현실이다. 아니면 칭찬과 질책 모두 하지 않고 평가와 고과에만 집중하는 하는 상사들도 있다. 왜냐하면 그것이 가장 편하고 쉽기 때문이다.

셋째, 상대방을 진심으로 위하는 마음과 솔직한 감정을 담을 수 있어야 한다. 칭찬은 고래를 춤추게도 하지만, 진심이 없는 칭찬은 고래뿐만 아니라 부하 직원 모두를 죽이기도 한다. 게다가 공감이나 이해가 되지 않는 칭찬은 오히려 막연한 자만심이나 오해를 만들기도 한다. 이를 경계하기 위해서는 상대방에 대한 진심을 바탕으로 성장 배경이나 관심사 등을 이해하고 행동이나 성과에 대해 구체적으로 칭찬할 수 있어야 한다. 그래야 동기 부여가 되며 더 높은 성과를 위해 노력하게 된다. 칭찬은 진심만 담을 수 있다면 무조건 통한다. 말하는 방법이나 내용은 그다음이다.

마지막으로 칭찬을 해야 하는 상황이 발생하면 즉시 해야 한다. 칭찬은 시간이 지나면 잊혀지기 쉽고 효과는 반감된다. 그래서 아무리 바쁘더라도 칭찬은 즉시 해야 한다. 반대로 질책은 말하고자 하는 내용과 감정을 정리해야 할 시간이 필요하다. 내용을 한 번 더 확인하고 개인적으로 조용히 질책을 해야 한다. 그래야 오해나 부작용을 최소화할 수 있다.

사실 칭찬은 상사가 부하 직원에게만 하는 것이 아니라, 후배나 부하 직원도 상사를 세련되게 칭찬할 수 있어야 한다. 칭찬은 사람이 사람에게 하는 것이며 굳이 위아래를 구분할 필요가 없다. 특히 칭찬의 대상이 없는 곳에서의 칭찬은 훨씬 효과적이다. 그리고 상사도 사람이며 칭찬을 싫어하는 상사는 없다. 반드시 기억하자. 상사도 당신만큼 칭찬에 목마른 직장인이라는 사실을.

10. 코칭

• 뛰어난 제자보다 훌륭한 스승이 훨씬 귀하고 소중하다

해외에서 많이 배우고 똑똑한 교수님이 학생들을 잘 가르치고 인기가 있는 것은 아니다. 그렇다고 뛰어난 야구 선수가 좋은 감독이 되는 것도 아니다. 많이 아는 것은 생각과 행동의 방향이 자신을 향해 있는 것이고, 잘 가르치는 것은 방향이 상대방에게 맞추어져야 한다. 물론 많이 배우고 똑똑하면 잘 가르칠 확률이 조금이라도 높은 것은 사실이다. 회사도 마찬가지다. 실력과 역량을 인정받는 상사가 뛰어난 부하 직원을 양성하는 것은 아니다. 그래서 코칭이나 티칭은 교육의 방향성과 중심이 누구인지가 중요하다. 상사의 방향성이 부하 직원을 육성하는 데 있는지 아니면 지금 당장의 성과를 향상시키는 것에 있는지에 따라 코칭과 티칭 여부가 정해진다. 안타깝게도 대부분의 상사는 지적과 질책, 성과 중심의 티칭을 많이 사용한다. 물론 진심 어린 코칭을 통해 부하 직원의 역량을 키우려고 노력하는 상사도 많다. 그리고 직장 생활을 시작할 때, 처음에 어떤 상사를 만나느냐에 따라 당신의 직장 생활도 많이 달라진다. 그래서 직장 생활은 첫 번째 부서, 첫 번째 상사가 가장 중요하다고 말한다.

코칭은 '개인이 지닌 능력을 최대한으로 발휘하게 하여 목표에 도달할 수 있도록 돕는 일'이라고 정의한다. 코칭은 당신의 잠재력과 가능성을 성과로 전환하는 방법을 알려 주는 것이다. 코칭은 상사가 인내심을 가지고 팀원의 질문을 기다리고, 팀원의 성장 가능성에 초점을 맞추며, 스스로 목표에 도달할 수 있는 방법을 찾을 수 있도록 도와주는 것이다. 반대로 티칭은 질문하기 전에 미리 지시하거나 알려주고 내용을 일방적으로 전달하는 과정이다. 이는 지식과 정보를 미리 알려주는 학원 강사와 비슷하며, 80~90년대 학교에서 배웠던 익숙한 방식이다. 물론 내용이나 학습자의 규모에 따라 코칭보다 티칭이 효율적일 때도 있다. 코칭은 양방향 소통을 중심으로 부하 직원의 적극성과 자율성이 무엇보다 중요하며, 리더가 부하 직원의 성장하고 싶은 욕구와 잠재력을 불러일으키도록 도와주는 것이다. 반대로 티칭은 코칭에 비해 수동적이며, 리더가 부하 직원에게 일방적인 지시와 전달을 통해 변화와 성과를 강제하는 것이다.

그렇다면 코칭과 티칭 중 어느 것이 더 효율적일까? 솔직히 상사의 입장에서는 티칭이 훨씬 편하고 효율적이다. 대부분의 상사는 항상 바쁘고 시간이 부족하다. 부하 직원과는 시간이 다르게 흐른다. 그리고 티칭에 익숙한 상사는 부하 직원 모두에게 시간과 마음을 내서 코칭하는 것은 불가능하다고 생각한다. 게다가 옆 부서 상사들도 자신과 크게 다르지 않다고 생각한다. 하지만 진실은 코칭을 할 줄 모르는 것이다. 사실 코칭은 시간이 있다고 해서 할 수 있는 것이 아니다. 그들은 입사 때부터 티칭 중심의 성장 과정을 겪어 왔기 때문에 코칭에 대한 이해가 절대적으로 부족하다. 그러나 마음 한편으로는 상사인 자신에게도 누군가가 코칭을 해 주기를 희망한다. 또한 상사는 부하 직원보다 훨씬 외롭고 힘들다. 업무나 의사 결정에 대한 확신도 부족하고 치열한 경쟁 속에서 성과를 인정받고 더 잘하고 싶어 한다. 하지만 지금 이 상황을 어떻게 해야 할지도 모르겠고 답답한 경우도 많다. 누군가에게 자신의 힘든 상황을 털어놓고 위로받고 싶어 한다. 그러나 그런 사람을 찾기란 쉽지 않다. 그래서 과거 선배나 상사로부터 배운 대로 후배들에게 똑같이 하는 것이다. "라떼는~." 하면서 말이다.

부하 직원과 입장을 바꿔서 생각해도 똑같다. 부하 직원은 상사의 진심 어린 코칭을 원하지만, 코칭을 해 주는 선배나 상사를 찾기란 멘토를 찾는 것만큼 힘들다. 우리의 직장 생활이 외롭고 힘든 이유는 무엇일까? 당신을 위한 코치나 멘토는 없고 티칭과 성과 강요형 상사가 옆에 있기 때문은 아닐까? 그렇다면 누군가의 코치가 되는 것과 원하는 코치를 찾는 것 중 어느 것이 더 쉬울까? 우리는 모두 진정한 코치나 멘토를 항상 그리워한다.

그렇다면 상사나 선배로서 코칭을 잘하기 위한 방법은 무엇이 있을까?

첫째, 리더 자신의 직접적인 경험과 실력이 있어야 한다. 독서나 학습

등의 간접 경험도 중요하지만, 리더는 직접적인 경험을 기반으로 부하 직원들을 코칭해야 한다. 보통 대학 교수보다 회사 CEO의 이야기가 가슴에 와닿는 이유는 당신과 같은 직장 문화를 공유하고 있으며 직접적인 경험을 바탕으로 말하기 때문이다. 전쟁을 많이 경험한 장수가 전투력과 자신감이 높듯이, 많은 경험과 실력 있는 리더는 부하 직원의 신뢰를 높이고 효과적인 코칭을 할 수 있다.

둘째, 부하 직원의 동기와 열정을 불러일으킬 수 있어야 한다. 코칭은 경청과 소통을 통해 부하 직원의 진심을 이해하고 공감대를 형성해야 하며 동기와 열정을 불러일으킬 수 있어야 한다. 그리고 티칭이 일방향이라면 코칭은 양방향으로 진행된다. 서로에 대한 이해와 공감대가 형성되어야 동기와 열정을 일으킬 수 있는 코칭이 가능하다. 그래서 코칭은 처음 만나자마자 바로 할 수 있는 것이 아니다. 부하 직원과 함께 시간과 마음을 갈아 넣어야 한다. 진심 어린 코칭은 여기서부터 시작된다.

셋째, 코칭은 타이밍과 준비가 중요하다. 버스가 떠나고 손을 아무리 흔들어도 버스는 돌아오지 않는다. 회사의 성과도 마찬가지다. 또한 부하 직원의 가능성은 가능성일 뿐, 아직 실력이나 구체적인 성과도 아니다. 부하 직원의 가능성을 성과로 전환하려면 그에 맞는 적합한 코칭이 선행되어야 한다. 즉, 코칭을 통해 항상 준비가 되어 있어야 한다. 그래야 기회가 왔을 때, 가능성을 성과로 연결할 수 있다. 미리 기회를 예측

위로보다 월급이 소중한 직장 생활 1

하고 준비된 타이밍을 기다려야 한다.

넷째, 부하 직원의 태도나 마음가짐이 무엇보다 중요하며, 가능성 있는 부하 직원에게 집중해야 한다. 모든 부하 직원을 코칭하려고 하는 리더는 모든 학생을 다 받아 주고 가르치는 학원 강사와 같다. 요즘 대치동 학원도 가능성 있는 학생을 선별해서 받고 실력을 구분한다. 좋은 대학을 가고 싶은 열망이 가득한 학생, 코칭을 절실히 원하고 성장하고 싶은 욕구가 강한 사람, 열정적이고 배우려는 자세가 확실한 사람, 코칭을 통해 충분한 가능성이 있는 사람에게만 집중해야 한다. 그리고 만약 코칭의 실패가 반복되거나 스스로 코칭 능력이 부족하다고 생각된다면, 당신의 코칭 방법이 잘못되었거나 아니면 사람을 선택하는 눈이 잘못되었기 때문이다. 리더의 코칭 방법은 충분히 개선될 수 있지만, 사람을 선택하는 눈이 나쁜 것은 또 다른 차원의 문제다. 가능성에 투자해야 하는데, 어쩌면 당신은 불가능에 투자하고 있는지도 모른다. 그래서 역량 있고 누구에게나 인정받는 코치가 되려면, 잠재력이나 가능성이 아닌 이미 검증되고 확실한 사람에게 코칭을 하는 것이 가장 쉬운 방법일지도 모른다.

마지막으로 코칭도 아무 때나 함부로 하면 안 된다. 무엇보다 타이밍이 중요하다. 코칭은 칭찬만큼 어렵고 상대방이 원하지 않거나 받아들이지 않는 코칭은 효과도 없다. 오히려 성급한 코칭은 당신을 꼰대로 만든다. 코칭이나 피드백, 칭찬과 조언 모두 상대방의 입장을 잘 이해해야 가능하다. 그리고 만약 누군가가 당신에게 코칭을 원한다면, 대안이나 해답부터 먼저 찾으려고 하면 안 된다. 어쩌면 그 상대방은 함께 이야기를 들어 주는 것만으로도 충분한 코칭이나 위안이 될 수도 있다. 우선은 경청하고 마음을 열어 함께하는 것이 먼저다.

코칭을 한다는 것은 참 어렵고 힘든 일이다. 그렇다면 코칭은 상사와 부하 직원 중 누구를 위해서 하는 것인가? 물론 성과를 위해서 한다. 그렇다면 누구의 성과인가? 당연히 회사의 성과이며 리더와 부하 직원 모두의 성과다. 결국 코칭은 전체를 위해서 필요한 것이다. 하지만 직장 생활은 나 하나 챙기기도 바쁘고 힘들다. 게다가 우리는 주기보다는 받기에, 교육하기보다는 교육받기에 익숙하다. 그리고 좋은 학생이 되기는 쉽지만, 좋은 코치가 되는 것은 쉽지 않다. 뛰어난 제자보다 훌륭한 스승이 훨씬 귀하고 소중한 이유다. 또한 회사가 지속적인 성장을 원한다면, 역량이 검증된 리더가 좋은 코치가 될 수 있도록 여건과 문화를 만들어 가야 한다. 코칭은 그냥 리더 개인에게 맡길 문제가 절대 아니다.

학생들이 대치동으로 몰려가는 이유

당신은 뛰어난 스승 밑에 많은 제자들이 있는 것을 본 적이 있는가? 그렇다면 왜 뛰어난 스승은 늘 혼자 지내고 제자들을 받는 데 그렇게 냉정했을까? 혹시 자신을 훌쩍 뛰어넘을 수 있는 제자가 아니면 안 받겠다는 자신감과 청출어람의 인재를 기대하기 때문은 아닐까? 뛰어난 스승은 코칭 능력도 탁월하지만, 그보다 먼저 사람을 정확히 보는 눈을 가지고 있다. 애니메이션 〈머털도사〉의 내용도 이와 비슷하다.

누덕 마을의 누덕 도사는 오랫동안 제자 없이 지내다가 머털이를 유일한 제자로 선택했다. 머털이는 선한 마음과 순수함을 가지고 있었으며, 무엇인가 되고자 했던 열망과 적극성이 있었다. 반대로 경쟁자인 왕지락 도사는 탐욕스러운 꺼꾸리를 제자로 받는다. 꺼꾸리의 역량이 뛰어났기 때문이다. 그러나 사실 꺼꾸리는 누덕 도사에게 먼저 가서 제자로 받아 달라고 부탁했으나 거부당했다. 누덕 도사는 꺼꾸리의 인성을 알았던 것이다. 그리고 결국 꺼꾸리에게 배신을 당한 왕지락 도사가 죽어 가면서 "누덕 도사님, 당신이 왜 꺼꾸리를 받아들이지 않았는지 이제야 알겠습니다."라고 후회했다. 누덕 도사는 사람의 인성과 가능성을 볼 줄 알았고, 왕지락 도사는 겉으로 드러나는 능력만 볼 줄 알았던 것이다. 즉, 왕지락 도사는 사람 보는 눈이 부족했던 것이다. 그리고 머털이는 스승을 뛰어 넘어 꺼꾸리를 죽이고 원수를 갚는다.

지금 회사에서 당신이 생각하는 멘토나 스승은 누구인가? 혹시 당신은 누군가의 멘토인가? 리더가 코칭을 시작할 때 가장 중요한 것은 부하 직원의 마음가짐과 태도다. 마음가짐과 태도가 나쁘면 그 어떤 코칭도 시간 낭비에 불과해진다. 세상은 뛰어난 제자보다 좋은 스승이 절대적으로 부족하다. 그래서 많은 학생들이 대치동으로 몰려가는지도 모르겠다. 그곳엔 분명히 뛰어난 누군가가 있기는 있는 모양이다.

위로보다 월급이 소중한 직장 생활 1

11. 팀워크와 조직력

● 팀보다 뛰어난 개인은 없다

"저것은 벽/어쩔 수 없는 벽이라고 우리가 느낄 때/그때 담쟁이는 말없이 그 벽을 오른다/(중략)한 뼘이라도 꼭 여럿이 함께 손을 잡고 올라간다"는 도종환의 시처럼, 직장 생활도 팀워크와 조직력을 통해 성과와 가치를 창출하고 위기를 극복해 나간다. 삼성전자 등 수많은 글로벌 회사는 한 명이 10만 명을 먹여 살릴 수 있는 인재, 탁월한 역량을 가진 글로벌 인재의 중요성을 강조한다. 야구 판의 "왼손 150km를 던지는 투수는 지옥에 가서라도 무조건 데리고 와야 한다."라는 말처럼, 글로벌 인재를 채용하기 위한 기업들의 노력은 그 어느 때보다 필사적이다. 누군가는 이 같은 상황을 '인재 경영, 인재 전쟁의 시대'라고 말하기도 한다

물론 개인 한 명이 회사 전체를 이끌어 갈 수 있는 성과와 가치를 만들어 내기도 한다. 하지만 대부분의 회사는 개인의 역량보다는 팀워크와 조직력을 통해 성과를 창출하는 경우가 훨씬 많다. 보통 대기업이나 공기업 등 기업의 규모가 클수록 개인 역량보다는 집단 지성과 팀워크를 통해 성과와 가치를 만들어 내는 경우가 많으며 게다가 운영 측면에서도

훨씬 효율적이다. 또한 팀보다 뛰어난 개인은 없다. 대기업의 업무는 한 사람이 모든 일을 전부 잘할 수도 없고, 모두 다 할 수도 없다. 만약 독고다이 정신이나 개인 역량이 출중하여 회사의 업무를 혼자서 다 할 수 있다면, 직장 생활보다는 개인 사업을 선택하는 것이 바람직하다. 하지만 혼자서는 모든 일을 다 할 수 없기에, 부족한 부분이나 필요한 역량이 있다면 더 잘할 수 있는 사람을 찾고 그들과 함께해 나가면 그것으로 충분하다.

팀워크란 팀(TEAM)과 일(WORK)의 합성어로, 팀의 모든 구성원들이 공동의 목적을 달성하기 위해 상호 관계성을 가지고 협력하는 것이며, 이를 통해 더 높은 성과와 가치를 만들어 내는 힘이다. 그리고 팀워크는 나 자신만이 아닌 우리, 함께라는 생각이 전제되어야 하며, 팀원들 간의 공감대와 소통, 리더의 명확한 방향 설정과 리더십 등이 조화가 되어야 한다. 이렇게 형성된 팀워크를 통해 조직원들의 경험과 지식을 공유할 수 있으며, 팀원들의 조화와 관계성에 따라 창의적인 아이디어나 문제 해결 방안을 도출할 수도 있다. 또한 개인보다는 팀과 조직 차원에서 도전 의식이 더 강해지기도 한다. 혼자서 도전하면 엄두도 안 나고 기회도 거의 없지만, 팀으로 함께하면 과감한 도전이 가능하다. 그래서 팀워크는 함께 배우며 성장할 수 있는 윈윈 관계가 되어야 한다. 팀의 성과와 개인의 성과는 같은 방향에 있어야 몰입도 높아지고 성과도 향상된다. 특히 일본이나 한국 등 팀워크와 조화를 중시하는 동양적인 조직 문화에서는 개인의 성과를 팀의 성과와 동일하게 바라보는 경우도 많다. 그래서 조직의 논리와 가치에 집중하고 개인들 간의 관계가 점점 중요해진다. 그리고 이 과정에서 개인의 가치는 점점 축소되거나 사라지고 나중엔 조직만 남게 된다.

보통 직장 생활의 전문성에 대해 이야기할 경우, 자신의 분야에서 NO.1 혹은 ONLY 1이 되어야 한다고 말한다. 하지만 반대로 생각하면 NO.1이나 ONLY 1인 사람을 제외하면, 모든 사람이 전문성이 없거나 쓸모없게 생각되기도 한다. 그러나 직장 생활은 반드시 어느 한 분야에 NO.1이 될 필요는 없다. 당신이 역량을 가지고 있지 않더라도 팀에 필요한 부분이 무엇인지 확인하고 누가 그 역량을 가지고 있는지 알 수만 있다면, 협조를 통해 함께하거나 외부에서 돈을 주고 이용하면 된다. 즉, 팀워크를 통해 조직의 성과가 NO.1이 될 수 있는 방법을 찾으면 된다. 팀워크는 혼자서는 불가능한 일을 가능하게 만든다. 그래서 사람들은 팀워크를 위대하다고 말한다. 하지만 팀워크와 조직력을 향상시키기가 쉽지 않다. 당연히 모든 조직은 팀워크가 강할 것 같지만, 실제로 팀워크가 부족하거나 없는 경우가 더 많은 것이 현실이다. 그래서 가끔 직장인들은 "우리 회사나 팀은 콩가루 집단."이라고 비아냥대기도 한다.

그렇다면 팀워크와 조직력을 강화하려면 어떻게 해야 할까? 우선 팀에 대한 공정한 성과 평가와 보상 체계가 정립되어 있어야 한다. 조직의 성과와 개인의 성과가 명확하게 연동되어야 하며 어느 정도 예측이 가능해야 한다. 조직원에 대한 성과 평가가 명확하지 않으면 프리라이더만 많아지고 조직원들 간의 불신이 커진다. 또한 팀 목표에 대한 공감대와 비전이 명확해야 한다. 리더와 조직원 간에 역지사지의 자세와 배려, 신뢰와 소통 능력이 뛰어나야 하며, 업무에 대한 권한과 책임의 범위가 명확해야 한다. 이를 통해 임파워먼트도 가능해진다. 그래서 팀워크나 소속감이 뛰어난 직원을 채용하는 것이 그 무엇보다 중요하다.

하지만 MZ세대 직장인들은 과거 그 어느 때보다 개인주의적이고 팀워크가 부족하다고 한다. 팀워크를 '함께 일하는 동료들에게 피해를 주지 않는 것' 정도로 생각하는 직원들도 많다. 그들은 '월급 받은 만큼만 일하고, 딱 1인분만 일하고 싶다!'는 생각이 팽배하다. 하지만 조직의 리더는 팀워크를 통해 성과를 향상시켜야 하는 숙제를 가지고 있다. 그래서 리더는 그들을 이해하기 위해 열심히 공부하고 배려하려고 노력한다. 그러나 그들은 어릴 때부터 혼자 공부하는 데 익숙하고, 모든 것을 자신에게만 집중하며, 친구들과 같이 운동을 하거나 무엇인가 늘 함께하는 시간이 상대적으로 적었다. 즉, 지금까지 살아온 환경이 기존의 상사들과는 많이 다르다. 그리고 이것은 어느 조직에서나 볼 수 있는 세대 차이에 불과하다.

또한 그들은 모든 것을 독립적으로 실행하고 공정한 평가를 받는 것이 당연하다고 생각한다. 하지만 회사에서는 개인의 역량보다는 팀워크가 우선시되며 이를 통해 지속적인 성과가 창출된다. 그래서 리더들은 그들과 공감대를 형성하고 팀워크를 향상시키기 위해 많은 노력을 한다. 만약 그들이 조직이나 팀에 대한 로열티가 있다면 이보다 좋을 수는 없다. 사실 조직에서 개인의 역량 차이는 크게 부각되지 않으며, 개인의 역량을 보여 줄 수 있는 기회조차도 거의 없다. 안타깝게도 20년이 넘는 직장 생활 동안, 10만 명을 먹여 살릴 수 있는 역량을 가진 인재를 보지 못했다. 솔직히 그들을 알아보는 눈이 없는 것인지, 실제로 존재하지 않는 것인지는 잘 모르겠다.

조직의 가장 큰 병폐이자 대기업 병이라고 불리는 부서 이기주의도 마찬가지다. 개인적으로 10년 넘게 조직과 조직 문화 업무를 담당하면서 느낀 점은 '조직은 분명 살아 있는 생물이며 직장인과 똑같이 생각하고 행동한다.'는 것이다. 모든 조직은 목표나 성과를 위해 최선을 다하지만, 무엇보다 자기 부서의 이익을 위해 노력한다. 당연히 조직 간에도 이해 충돌이 생기고 이기적인 모습들이 많이 나타난다. 예를 들어 어떤 이슈에 대해 확실한 성과가 보장된다면 우리 조직의 성과이기를 바라고, 문제가 우려된다면 의사 결정 과정이나 책임에서 벗어나고 싶어 한다. 그래서 회사 전체의 조직력을 강화하려면, 다른 조직의 입장을 이해하는 것이 필수적이다. 만약 당신이 대표로서 회사의 성과를 올리고자 한다면, 대표와 리더의 역할, 조직 간에 협업과 소통 방식에 대해서 충분한 고민을 해야 한다. 어쩌면 그래서 매년 조직 개편을 하고 많은 소통 지표를 만들어 실행하지 않는가? 그럼에도 불구하고 부서 이기주의가 줄어들지 않는 것을 보면, 사람이나 조직 모두 이기적인 모습이 본능인지도 모르겠다.

위로보다 월급이 소중한 직장 생활 1

INJI's story

함께했던 솔직한 롤링 페이퍼

기획과장 시절 있었던 일이다.

그 당시 나는 조직을 이끌어 갈 때 가장 중요하다고 생각했던 부분이 팀워크였다. 잦은 야근과 반복되는 휴일 출근을 견디면서 그나마 성과를 인정받을 수 있었던 힘은 어느 한 개인이 아닌 팀워크에서 나온다고 생각했다. 하지만 회사는 나의 이러한 생각과 행동을 '전체주의적이고 개인의 희생을 일방적으로 강요함'이라는 말로 평가하고 폄하했다. 솔직히 억울했지만 그래도 틀린 말은 아니라고 생각했다. 역시 조직이 사람을 보는 눈은 정확하고 매서웠다.

힘들었던 한 해를 마무리하는 시점에서, 8명의 부하 직원들과 함께 홍대의 분위기 좋은 바에서 망년회를 했다. 하지만 무작정 술만 마시는 의미 없는 망년회보다는 나름 기획스러운 의미를 부여하고 싶었다. 그래서 소통과 주제가 있는 술자리를 위해, 조직원 각자 동료들에 대해 생각하는 장단점과 자신의 장단점을 롤링 페이퍼 형식으로 솔직하게 쓰고 그 내용을 미리 정리했다. 물론 누가 어떻게 썼는지는 절대 알 수 없도록 했다.

그리고 망년회를 하면서 직원들과 함께 읽었다. 신기하게도 그 안에 쓰인 내용은 살짝만 들어도 누구인지 바로 알 수가 있었다. 나를 포함한 모든 직원들이 비슷하게 느끼는 단어들이었다. 예를 들면 "항상 슬픈 눈동자", "우울하고 힘들어 보임.", "술 좀 그만 마셔.", "건강해 보이지 않음.", "지각하지 말자." 등 읽기만 하면 그 내용이 누구에 대한 말인지 금방 이해했다. 게다가 상사인 나에 대해서 쓰인 내용은 "제발 적당히 좀 하자.", "고집이 너무 세다." 등이었다. 나는 도저히 부인할 수가 없었다. 역시 사람이 사람을 보는 눈은 비슷했다.

그렇게 서로 웃으면서 내용을 흔쾌히 받아들였고 어느 누구도 서운해하지 않았다. 물론 상사였던 나만의 생각일지도 모른다. 특히 장점에 대해서 이야기할 때는 분위기가 훨씬 좋았다. 개인적으로 처음 해 봤지만, 지금까지도 확실하게 기억하는 것을 보면 해 보길 잘했다고 생각한다. 부하 직원과 나 자신을 이해하는 계기가 되었고 팀워크가 더 좋아졌다고 생각한다.

회사에서 가장 소통이 안 되고 이기적인 부서는 어디인가?

개인적으로 경험한 회사는 모든 직원을 대상으로 순환보직 원칙을 적용했다. 다양한 부서 경험을 바탕으로 조직 간의 소통 능력을 향상시키고 부서 이기주의를 경계하고자 실행했다고 생각한다. 하지만 일부 조직은 조직 자체가 가지고 있는 전문성이나 히스토리로 인해 순환 보직 원칙에서 예외가 되기도 했다. 나 또한 기획실에서 10년 이상을 근무했고 순환 보직의 예외 적용이 된 케이스다. 그러나 고인 물은 썩듯이, 이런 조직들은 부서 이기주의가 다른 부서들에 비해 유독 심했다.

기획실에서 10년을 넘게 조직과 조직 문화 업무를 담당하면서 느낀 점들이 많았다. 그래서 가끔 직원들에게 "우리 회사의 조직은 고객을 상대하기에 소통이 무엇보다 중요하다. 하지만 본사의 5개 부서는 부서 이기주의가 유별나게 심하다. 그리고 많은 부서들이 이 5개 부서와 협업이나 소통을 하면 항상 충돌한다."고 말했다. 사람들은 그 5개 부서가 어디인지 궁금해했다. "5개 부서는 재무, 해외사업, 신규사업, 홍보, 디자인"이라고 말했다. 그러면 모두 "아." 하면서 공감했다. 이 부서들은 순환보직 원칙에서도 예외지만, 영업이 중심인 회사 조직과는 사용하는 단어도 다르고 부서의 성격도 명확했다. 물론 지금은 많이 변했을 것이다. 이 외에도 부서 이기주의가 심한 조직들이 많았다. 대부분 대표이사가 신뢰하고 힘이 센 본사 부서들이다. 회사의 주요 정책이나 의사 결정에 영향을 미치는 기획, 인사, 총무, 구매 등 본사 STAFF 부서들이다. 그래서 새롭게 부임한 대표이사가 기획과 인사 부서의 모든 직원을 적폐라고 불렀는지도 모르겠다.

그렇다면 당신이 생각하는 회사에서 가장 소통이 안 되고 이기적인 부서는 어디인가?

위로보다 월급이 소중한 직장 생활 1

12. 다양성과 꼰대

● 다양성이 충돌하는 가장 대표적인 단어, '꼰대'

최근 기업의 화두는 다양성에 대한 인정과 존중이다. 기업의 혁신과 경쟁력을 위한 근본적인 힘을 다양성에서 찾는 경우도 많아지고 있다. 다양성이란 나이, 종교, 성별, 인종, 문화적 배경 등 개인적 특성의 차이를 의미한다. 즉, 상대방은 나와 다르며 그 차이를 인정하고 존중해야 한다는 것이다. 확장해서 생각하면, 사람의 성장 환경이나 의견 차이도 다양성에 포함된다. 그리고 지금의 시대는 다름과 틀림의 차이를 정확히 구분할 수 있어야 하며, 차이는 인정하되 차별은 안 된다는 사고가 기본 바탕이 되어야 한다.

기업의 다양성 확보를 위한 노력은 이미 오래전부터 시작되었다. 남성 중심의 조직에서 여성 임원이나 여성 간부 사원을 키우려는 제도적인 노력과 더불어 기존 남녀 간의 불평등한 제도나 차별도 점점 사라지고 있다. 물론 당연히 옳은 방향이지만, 그 과정에서 일부 부작용이 존재하는 것도 사실이다. 하지만 분명한 것은 사회나 기업 모두 다양성을 추구하고 공정한 방향으로 변화하고 있다는 것이다. 학연이나 지연이라는 말도 사라지고 있으며 채용 방식도 학력이나 학점, 전공 등의 스펙보다는 지원자의 실질적인 역량을 확인하기 위해 다양한 방식으로 진행된다. 게다가 면접관에게는 지원자의 출신 지역, 학교, 전공, 학점 등은 아예 보이지도 않고 오직 지원자의 경험과 역량만을 기준으로 면접을 진행하고 있다. 이 외에도 기업의 다양성 확보를 위한 노력은 많은 영역에서 진행되고 있다. 이제는 다양성을 위한 변화의 속도 차이만 존재할 뿐, 방향성은 확실히 정해져 있다.

고정관념이란 사람들의 행동을 결정하는 잘 변하지 않는 굳은 생각과 믿음, 지나치게 일반화된 생각을 의미한다. 보통 나이가 많아질수록 그동안 살면서 배운 것과 경험한 것에 의해 고정관념이 많아지거나 강해질 가능성이 높다. 그리고 이러한 고정관념을 상대방에게 강요하거나, 과거의 지식과 경험으로 현재를 살아가는 사람들을 우리는 꼰대라고 부른다. 꼰대라는 말은 세대 간의 갈등과 다양성이 충돌하는 가장 대표적인 단어다. 회사에서 나이가 많거나 직급이나 직책이 높은 사람들에게서 많이 볼 수 있다. 하지만 상대적으로 젊은 꼰대들도 많다. 진심을 담고 도움이 되는 이야기임에도 불구하고, 듣기 불편하면 무조건 상대방을 꼰대라고 규정하며 귀를 닫는 역꼰대들도 많다. 나이 든 꼰대의 특징은 무수히 많지만 젊은 꼰대도 크게 다르지 않다. 오히려 젊은 꼰대가 보기가 더 안좋다. 또한 꼰대는 자신만의 경험을 정답이라고 확신하며 충고하고 가르치려고 한다. 자유롭고 편하게 말하라고 하면서, 정작 듣지도 않고 자신의 생각만을 강요하는 답정너 스타일도 많다. 게다가 상사나 선배가 시키면 무조건 따라야 한다는 상명하복형 사고방식을 가지고 있기도 하다. 특히 '라떼는~'이라고 시작되는 대부분의 대화는 나이가 많고 적음에 상관없이 모든 꼰대들에게 공통적으로 나타나는 모습이다. 하지만 정작 자기 자신을 꼰대라고 생각하는 사람은 별로 없다. 오히려 자신의 꼰대스러운 모습을 상대방에 대한 배려이자 성과를 위한 노력이라고 포장하기도 한다.

특히 요즘은 회사나 조직에서 꼰대로 보이지 않기 위해 혹은 쿨 하게 보이려고 노력하는 사람들도 많다. 하지만 당신의 꼰대스러운 모습은 상대방이 평가하는 것이며, 한 번 굳어진 이미지는 잘 바뀌지 않는다. 오히려 꼰대스러운 사람의 쿨 한 행동은 역효과가 생기기도 한다. 그리고 겉으로 보이는 인종, 성별, 외모 등의 차이보다 생각과 경험의 차이를 받아들이지 못하고 충돌하는 경우가 더 많다. 사실 다양성의 충돌은 대부분 경험과 생각의 차이에서 기인한다. 겉으로 보이는 것은 보이는 차이에 불과하지만, 개인의 생각이나 경험은 보이지도 않고 이해하기도 쉽지 않다. 그래서 점점 꼰대가 늘어나는 중이다.

그렇다면 우리는 어떻게 해야 꼰대스러움을 조금이나마 피할 수 있을까?

우선 자신의 생각이 틀릴지도 모른다고 항상 경계해야 한다. 과거에는 정답이었지만 지금은 틀릴 수도 있다는 생각과 상대방의 생각은 강요나 설득을 통해 변화시킬 수 없음을 인정하고 받아들여야 한다. 그리고 모든 대화는 말하기보다 듣기부터 시작해야 한다. 존경은 직급이나 나이 때문에 생기는 권리가 아니라 뛰어난 역량과 인간적인 성취라고 생각해야 한다. 또한 나이가 있는 상사만 꼰대가 아니라 상대적으로 젊은 선배들도 꼰대로 불리기 쉽다. 그래서 자신의 경험을 가르치려고만 하고 후배들을 이해하고 공감하려는 노력을 하지 않는다면, 나이에 상관없이 꼰대로 전락하기 쉽다.

또한 과거의 경험이 현재의 의사 결정에 근거가 되어서도 안 된다. 과거의 경험은 참고 사항에 불과할 뿐, 지금은 시간, 장소, 사람 등 모든 상황이 과거와는 다르다. 하지만 대부분의 상사나 선배들은 과거의 경험이나 의사 결정을 통해 지금까지 잘해왔으니 나름 정답이라는 확신과 경험을 바탕으로 동일한 방식으로 의사 결정을 하는 경우가 많다. 이를 누군가는 '성공의 저주'라고 말한다. 이런 모습들은 기업과 개인 모두에게 많이 나타난다. 하지만 지금의 의사 결정은 지금의 상황과 논리에 맞게 판단해야 한다. 이러한 판단을 통해 과거와 동일한 의사 결정은 가능할 수 있지만, 과거의 경험만을 근거로 자신의 생각과 판단을 상대방에게 강요하거나 일방적 의사 결정을 하면 안 된다. 그리고 다양성의 충돌은 갈등의 문제가 아니라 이해의 문제다. 다만 이해가 안 되면 갈등이 시작된다. 만약 당신이 꼰대가 되기 싫다면, 우선 자신의 현재 모습을 정확히 이해하고 상대방의 입장을 이해하고 배려하는 자세가 무엇보다 중요하다. 지금의 정답은 설득이나 강요가 아닌 너와 내가 함께 이해하고 찾아가는 것임을 반드시 기억해야 한다.

그렇다면 상사나 선배들은 왜 MZ세대 신입 사원이나 후배들을 무조건 이해하고 배려해야만 하는 것일까? 반대로 후배들은 상사나 선배들의 입장을 이해하려는 노력이 왜 이렇게 부족한 것일까? 혹시 상사만이 느끼는 피해 의식에 불과한가? 사실 상사나 선배들은 MZ세대 후배들에게 서운함과 반감을 꽤 많이 가지고 있다. 물론 세대가 달라서 생각이 다르다는 것은 충분히 이해할 수 있다. 하지만 과거의 경험이 무조건 틀린 것만도 아니고 지금 후배들의 생각이 반드시 옳은 것만도 아니다. 만약 당신이 신입 사원이라면, 회사를 이끌어 온 선배들과 지난날의 성과가 지금 당신을 여기 있을 수 있게 했음에 오히려 감사해야 하지 않을까? 물론 이렇게 생각하는 자체가 또 다른 꼰대스러움일지도 모른다. 그렇다면 당신은 과거의 상사나 선배들의 성과를 부인하는 것인가? 나이 든 선배들도 지금의 후배들처럼 젊었던 시절이 있었다. 그들은 치열한 경쟁과 성과를 위해 헌신했고 회사로부터 인정받아 상사가 된 것이다. 상사나 선배들은 후배들이 꼰대라고 무시하거나 함부로 매도될 대상이 절대 아니다.

당연하게도 상사나 선배들은 MZ세대와의 이해와 소통을 통해 성과를 만들어야 하는 숙제를 가지고 있다. 쉽게 말하면 당신을 통해 성과를 만들어 내야 한다. 그래서 후배들을 이해하려고 최선을 다하는 것이다. 직장인은 누구나 자신의 입장에서 생각하며, 지금 자신의 상황이 가장 힘들기에 서로 반목하고 오해의 골이 깊어 가는지도 모른다. 그래서 어느 회사도 다양성과 세대 갈등에서 자유로울 수 없다. 게다가 세상은 90년대생이 밀려오고 있다. 그리고 이제 2000년대생도 밀려오기 시작했다. 그렇다면 70~80년대생 선배들은 갑자기 어디로 사라졌는가? 아니다. 지금 당신 옆에서 함께하고 있다.

청년은 미래를 말하고 중년은 현재를 말하며 노년은 왕년을 말한다고 한다. 그렇다면 지금 당신은 누구와 어떤 이야기를 하고 있는가? 나이와 생각과 경험이 다르다고 해서 배척하기보다는 서로 이해하고 함께하려고 노력하는 것이 당연하지 않을까? 안 그래도 한국은 젠더 갈등, 세대 갈등, 지역 갈등 등 수많은 갈등 속에 있다. 누군가는 '갈등 공화국'이라고 말하기도 하며, 이러한 갈등 자체가 한국을 성장시키는 원동력이라고 한다. 마치 프로 불평러가 개선과 혁신을 이끌어 간다고 하듯이 말이다. 이제는 갈등과 불평에 대한 현상에만 집중하지 말고 해결 과정에서 의미와 가치를 찾아야 한다. 구성원 모두가 서로에 대한 이해를 바탕으로 풀어 가지 않으면, 갈등을 해결하는 방법은 폭력이나 강압뿐이다. 그러면 모두가 불행해진다. 그래서 직장인은 너 나 할 것 없이 모두가 힘들고 불행한 것인지도 모른다.

위로보다 월급이 소중한 직장 생활 1

이제 세상은 다름과 차이를 인정하고 배려하는 것이 당연한 사회가 되어 가고 있다. 과거와 비교하기에는 세상이 너무 빨리 변해 가고 있다. 게다가 앞으로 변화의 속도는 더욱 빨라질 것이다. 그리고 직장인이라면 생각과 성장 환경이 다른 사람들과 함께 성과를 만들어 내야 한다. 다양성을 이해하고 포용하지 못한다면, 어쩌면 자연인으로 혼자 살아야 할지도 모른다.

도대체 후배들을 어디까지, 어떻게 이해해야 하는가?

당신은 대학교 4학년이며 고등학교 후배들의 요청으로 대학 생활에 대해 모교를 방문해서 이야기를 한다고 가정하자.

당신은 학창 시절과 대학 생활에 대한 경험을 후배들의 입장에서 진심을 다해 이야기를 했는데, 받아들이는 후배들이 당신을 꼰대라고 생각한다면, 당신의 마음은 어떻겠는가? 나중에 또 다시 후배들을 위해 모교에 방문하고 싶을까? 그렇지 않다면 결국 누구의 손해일까?

직장 생활도 마찬가지다. 상사나 선배가 진심으로 후배들을 위해 이야기했을 때, 후배들의 자세가 당신을 꼰대라고 생각하고 거부한다면 어떻겠는가? 그럼에도 후배들에게 도움 되는 이야기를 계속하고 싶을까? 사실 상사라면 질책만 하거나, 옆 부서 선배라면 그냥 무시하는 것이 가장 편하다. 그렇다면 후배인 당신은 상사나 선배가 멘토 역할이나 도움을 주는 것이 당연한 의무라고 생각하는가? 하지만 이미 후배에게 실망한 상사나 선배들은 '내가 왜 굳이 후배들을 위해 시간을 내서 알려 주고 가르쳐야 하는가?'라고 생각한다. 지금 당장 해야 하는 일도 많고 바쁘고 지친다. 솔직히 팀장이나 직속 선배만 아니면 버릇없는 후배와의 관계를 벌써 정리했을 것이다. 도대체 후배들을 어디까지, 어떻게 이해해야 하는가?

상사나 선배도 후배나 부하 직원을 인정하고 배려해야 하지만, 후배 또한 마찬가지다. 어쩌면 후배들이 상사나 선배의 입장을 더 많이 이해해야 할지도 모른다. 그들은 적어도 직장 생활에서는 약자이기 때문이다. 그래야 하나라도 더 배울 수 있고 함께할 수 있는 기회가 생긴다. 혹시 안 배우고 몰라도 전혀 상관없고, 오늘 당장 상사나 선배와 함께하지 않는 것이 더 행복하다고 생각하는가? 그럼 그렇게 행동하면 된다. 하지만 직장 생활이 경쟁이라면, 당신은 동료들과의 경쟁에서 앞서 나갈 수 없을 것이다. 지금 이 시간에도 후배 중 누군가는 상사나 선배에게 감사해하며 하나라도 더 배우면서 함께 있을 것이다.

원래 빼앗긴 들에도 봄은 오고, 어디에서나 꽃은 피는 법이다. 그리고 당신이 그 꽃이 아닐 가능성은 100%다.

13. 리더십

- ## 성과를 위한 가장 강력한 지도이자 나침반

대부분의 직장인들은 리더십에 대해 쉽게 말하지만, 정작 리더십의 의미가 무엇이고 어떻게 해야 향상시킬 수 있는지에 대해서는 잘 모른다. 그냥 감각적으로만 중요하게 느끼며 상사에 대한 불만에 불과한 경우가 대부분이다. 하지만 누구나 리더 직책을 처음 수행하게 되면 가장 고민하고 힘들어하는 부분이 리더십이다. 솔직히 리더는 누구나 될 수 있지만, 리더에 어울리는 리더십을 갖추고 인정받기는 쉽지 않다.

만약 100억을 가지고 있다면, 한국인은 예금이나 적금을 통해 안정적수익을 기대하기보다는 개인 사업이나 창업을 선호한다고 한다. 주식이나 부동산 등 리스크가 상대적으로 높은 투자를 하기도 한다. 그래서 해외 유명 교수들은 한국 경제 발전의 원동력은 높은 교육열과 기업가 정신 때문이라고 말하기도 한다. 기업가 정신이란 '기업의 본질인 이윤 추구와 사회적 책임을 다하기 위해 기업인이 갖추어야 할 기본적인 자세와 정신'을 의미한다. 기업가 정신은 위험을 감수하며 직관과 혁신, 비전과 리더십 등 새로운 사업에 도전하고자 하는 의지와 역량을 의미한다. 특히 한국인에게는 기업가 정신. 즉, '사장 마인드'라고 불리는 사업가적 기질이 유난히 강하다고 한다. 그리고 오너에겐 오너십이나 기업가 정신, 상사나 리더에게는 리더십, 조직원에게는 팔로우십이 강조된다. 그러나 상사와 리더의 리더십이 오너십으로 표출되거나 오너처럼 행동하는 경우도 많다. 이는 리더십을 오너십으로 오해하는 것이다. 하지만 리더는 오너가 아니며, 이 사실을 절대로 착각하면 안 된다. 당신은 그냥 월급이 가장 소중한 직장인에 불과할 뿐이다.

리더십이란 '조직이나 단체가 지니고 있는 힘을 최대한 발휘하여 부하 직원과의 화합과 성과를 이끌어 내는 리더의 자질'을 의미한다. 또한 '긍정적인 영향을 통해 부하 직원의 자발적인 따름을 이끌어 낼 수 있는 힘'이라고 말하기도 한다. 게다가 리더십은 정답이 없으며 이벤트도 아니고 반복적이며 일관성이 있어야 한다. 그리고 우리 모두는 누군가에게는 리더이자 선배이며, 부하 직원이자 후배이기도 하다. 또한 리더십은 팀장이나 리더가 되었을 때에만 나타나는 것이 아니다. 당신의 리더십은 평소 생활하는 모습에서 확인할 수 있다. 만약 리더는 아니지만 당신의 리더십에 대해 알고 싶다면, 회사나 개인적인 모임 등에서 나타나는 자신의 모습을 객관화해서 보면 알 수 있다. 그래도 잘 모르겠으면, 친한 선배나 지인들에게 솔직하게 물어보는 것도 괜찮은 방법이다.

리더십의 핵심은 성과에 있다. 그리고 그다음이 인간적인 매력이다.

리더를 신뢰하고 따를 수 있는 힘은 실력과 성과에서 나온다. "회사에서 성과 외에 무엇으로 당신을 증명할 수 있는가?"라는 피터 드러커의 말처럼, 성과는 회사의 궁극적인 목적이며 리더인 당신의 존재 이유다. 마찬가지로 리더십도 성과가 모든 것을 결정한다. 잔인하게 들릴 수도 있지만, 성과가 없으면 리더십도 없는 것이다.

그렇다면 당신은 어떤 리더십을 가지고 있는가? 혹시 상사나 다른 사람들의 리더십에 대해 불평과 평가만 하고 있지는 않은가? 보통 리더십의 종류는 카리스마 리더십, 코칭 리더십, 서번트 리더십, 감성 리더십, 윤리적 리더십, 셀프 리더십, 팀 리더십 등 7가지로 구분된다. 물론 이 외에도 수많은 리더십의 종류와 구분이 있을 것이다. 그리고 솔직히 어떤 리더십이 가장 바람직한지는 알 수 없다. 다만 현재의 상황을 극복하고 성과를 창출할 수 있는 리더십만이 정답이다. 즉, 성과가 있으면 리더십이 있는 것이고, 성과가 없으면 리더십이 없는 것이다. 성과를 위해서는 카리스마적인 통제도 해야 하고, 부하 직원들의 역량 향상을 위한 코칭도 필요하다. 부하 직원들의 마음을 이해하고 소통하는 리더십도 필요하고, 윤리적이고 공정성도 있어야 하며, 솔선수범하는 자세도 필요하다. 무엇보다 현재 상황에 필요한 리더십을 적절히 선택해서 성과를 내는 것이 리더에게 가장 중요한 자질이다.

그렇다면 리더십을 키우기 위해서는 어떻게 해야 하는가?

첫째, 성과 중심적 사고와 전문성을 키워야 한다. 리더를 믿고 따르게 만드는 가장 큰 힘은 성과와 전문성이다. 즉, 리더가 전문성과 실력이 있음을 부하 직원에게 증명할 수 있어야 한다. 그리고 전문성을 바탕으로 성과를 창출하고 혁신적 사고와 문제 해결력을 기본으로 할 때, 부하 직원들의 신뢰는 높아지고 리더십도 향상된다. 솔직히 리더에게 주어진 평가나 고과 등의 인사권은 리더십과 상관없다. 오히려 잘못 활용해서 악영향을 주는 경우가 더 많다. 어쨌든 리더는 반드시 전문성과 실력이 있어야 한다.

둘째, 메타인지와 윤리 의식을 높여야 한다. 자신이 할 수 있는 것과 못하는 것, 알고 있는 것과 모르는 것에 대한 솔직하고 정확한 이해가 선행되어야 한다. 그리고 리더 자신에게 적합하고 실행할 수 있는 리더십이 어떤 유형인지도 잘 알아야 한다. 또한 리더는 모르는 것은 모른다고 솔직하게 이야기할 수도 있어야 한다. 모르는 것을 아무리 아는 척을 해도 부하 직원들은 당신이 모르고 있다는 것을 다 알고 있다. 당신도 상사에게 그렇지 않은가? 그리고 솔선수범과 윤리적인 행동 등 기본적인 부분을 놓치지 말아야 한다. 특히 거짓말과 비윤리적인 행동은 리더십에 치명적이다. 부하 직원은 신뢰를 잃은 리더를 더 이상 따르지 않으며 팀의 성과는 바닥을 치게 된다. 솔직히 회사에서 공정성과 윤리성을 잃은 리더만큼 불쌍해 보이는 리더도 없다.

셋째, 많은 경험과 실행력이 있어야 한다. "리더십은 재능이 아니라 행동이다."라는 말처럼, 열정과 자신감을 바탕으로 새로움에 도전하고 과감하게 실행할 수 있어야 한다. 말로만 지시하는 리더가 아닌 앞장서서 책임지고 실행에 집중하는 과정에서 당신의 리더십은 자연스럽게 향상된다. 뛰어난 장수는 많은 경험과 위험을 극복하는 과정에서 만들어지며, 전장에서 선봉에 서지 않는 장수는 병사들이 신뢰하지 않는다. 리더는 팀의 성과를 책임지는 최일선의 장수임을 잊지 말아야 한다. 제발 해본 적도 없고 할 줄도 모르고 책임지기도 싫으면서 지시만 하지는 말자.

넷째, 명확한 비전과 방향 제시 능력이 있어야 한다. 리더가 조직이 어느 방향으로 가야 하는지 모르면 단결된 추진력이 생기지 않는다. 오히려 부하 직원들은 배가 산으로 가는 것이 두려워 노를 젓는 척만 하거나 배에서 이탈할 수도 있다. 당연히 성과는 바닥을 드러내고 당신의 리더십은 성과와 함께 침몰하게 된다. 게다가 누군가는 무조건 애자일이나 속도가 중요하다고 말하지만, 솔직히 방향과 속도는 둘 다 중요하다. 다만 상황에 따른 우선순위만 다를 뿐이다. 그래서 리더는 상황에 대한 이해와 책임감을 바탕으로 명확한 방향을 제시할 수 있어야 한다.

마지막으로 부하 직원들의 코칭과 성장에 관심이 있어야 한다. 조직에서 리더 혼자만 인정받고 잘나간다고 해서 좋은 것이 아니다. 리더는 부하 직원들과 함께 성장하고 인정을 받아야 한다. 뛰어난 스승이 탁월한 제자를 키우듯이, 뛰어난 리더십은 부하 직원 모두를 성장시킬 수 있다. 물론 부하 직원도 마찬가지다. 부하 직원은 뛰어난 리더십을 가진 리더와 함께하기를 원하며 인정받으며 성장하고 싶은 욕심이 가득하다. 또한 회사에서 승진하면 할수록 리더에게 가장 중요하게 요구되는 역량이기도 하다. 이를 위해서는 부하 직원을 배려하는 역지사지 자세와 공감대를 형성하는 능력이 필요하다. 부하 직원의 다양성을 이해하고 경청과 공감을 통해 소통할 수 있어야 한다. 리더는 부하 직원과 함께 성장할 수 있어야 한다.

이 외에도 리더십을 향상하는 방법은 수없이 많을 것이다. 그렇다면 당신은 어떤 리더십 향상 방법이 자신에게 가장 어울리고 쉽게 할 수 있다고 생각하는가? 개인적으로는 실행력과 윤리적인 부분이었다. 직장 생활을 하면서 모든 의사 결정에 책임을 져야 한다고 생각했기에 실행력에 집중할 수 있었으며, 모든 행동에 책임을 져야 했기에 그나마 윤리적일 수 있었던 것 같다. 반대로 가장 힘들었던 부분은 다양성과 소통이었다. 솔직히 겸손하지 못했고 다양성에 대한 이해도 부족했다고 생각한다. 생각해 보면, 바람직한 리더십을 가진 리더는 아니었던 것 같다.

사실 리더십은 설명하면 할수록 말만 길어지고 애매모호하게 들리는 단어다. 어쩌면 정답이 없는 추상명사와 같이, 명확하게 정의되기 힘들고 사람마다 생각하는 정의가 따로 있을지도 모른다. 그리고 사람마다 성장 배경과 경험이 다르기에 리더의 모습은 상이하고, 표현 방식이 다르기에 리더십도 차이가 생긴다. 하지만 이것 하나만은 확실하다. 리더는 반드시 성과를 책임져야 하는 사람이며, 리더십은 성과를 위한 가장 강력한 지도이자 나침반이라는 사실이다.

INJI's story

이런 모습의 사람들이 어떻게 리더까지 승진했을까?

직장 생활을 하다 보면, 부하 직원들이 욕을 하거나 무시하는 리더를 가끔 보게 된다. 솔직히 누구의 잘못이고 무엇이 문제인지는 알 수 없다. 사실 그다지 관심도 없고 어느 누구의 편에도 서고 싶지 않다. 하지만 이런 모습의 리더를 보면서 같은 리더였던 나 자신의 모습을 다시 생각하게 된다. "인간이란 자신을 지켜 주지 않거나 잘못을 바로잡을 힘이 없는 자에게 충성을 다하지 않는다."는 마키아벨리의 말처럼, 리더에게는 부하 직원의 신뢰와 전문성, 실력과 성과 창출 능력이 무엇보다 중요하다.

그렇다면 부하 직원에게 신뢰가 없고 무시당하는 리더는 과연 어떤 모습들일까?

첫째, 그들은 그냥 착하기만 하다. 그러나 리더가 착하기만 하면 호구가 되기 쉽다. 심하면 부하 직원들이 리더를 동정하거나 우습게 생각하기도 한다. 하지만 반대로 리더는 책임지는 사고 없이 무탈하게 생활하기를 희망할 뿐이다. 그들은 직장 생활을 오래하는 것이 가장 큰 목표다. 안타깝지만 부서의 성과와 리더십은 사라진 지 오래다. 이는 무능력을 착함으로 포장된 것에 불과하다. 회사에는 의외로 이런 리더들이 많다. 그냥 여기저기 흘러 다니는 리더와 리더를 무시하는 부하 직원의 조합. 옆에서 보고 있으면 안타깝기만 하다

둘째, 그들은 뒤끝이 있고 소심하다. 자신의 감정을 상하게 한 부하 직원에게는 평가나 고과를 통해 복수하는 식이다. 솔직히 리더라는 자리에 주어진 인사권을 사용할 줄만 알 뿐, 올바르게 쓰지 못하는 것이다. 그래도 리더에게는 분명한 권한이다. 그래서 의외로 고과권에 집착하는 리더들이 많다. 가끔은 고과권으로 부하 직원을 겁박하기도 한다. 하지만 고과권은 리더라는 자리 자체에 주어지는 것이고, 리더십은 리더 자신이 만드는 것이다. 어쩌면 리더십을 인정받지 못하니 주어진 것에 더 집착하는 것인지도 모른다.

셋째, 그들은 우유부단한 의사 결정과 결과에 대한 책임감이 없다. 중요한 의사 결정이나 책임은 무조건 피하고 싶어한다. 소중한 직장 생활이 위험해질 수도 있기 때문이다. 하지만 리더는 자리에 대한 책임을 질 수밖에 없으며 피하려 해도 피할 수가 없다. 그럼에도 불구하고 리더는 책임을 피하려고 최선을 다한다. 안타깝게도 주변 동료나 부하 직원 모두가 그 사실을 알고 있다. 단지 리더 자신만 모를 뿐이다. 그리고 이 과정에서 리더십은 쥐고 새도 모르게 사라진다. 과연 책임감이 없는 리더를 따르는 부하 직원이 있을까?

넷째, 그들은 욕설을 자주 하고 부하 직원을 무시한다. "누워서 침 뱉기."라는 말처럼, 부하 직원을 무시하면 리더 자신도 무시당한다는 생각을 하지 못한다. 어쩌면 지금까지 직장 생활을 그렇게 배워 왔는지도 모른다. 게다가 부하 직원을 큰 소리로 질책함으로써 리더 자신의 권위를 확인하려고 한다. 하지만 신기하게도 타 부서나 상사에게는 공손하거나 약한 모습을 보인다. 만약 타 부서나 상사에게까지 욕을 하고 무시했다면, 리더까지 승진하지도 못했을 것이다. 또한 이런 리더는 자신이 함부로 해도 된다고 생각하는 부하 직원에게만 함부로 한다. 이는 마치 겁 많은 개와 같다. 원래 겁 많은 개가 도둑에게 짖지 않고 주인에게 짖는다. 주인은 나를 잡아먹지 않는다는 것을 확신하고 있기 때문이다. 당연히 소통과 팀워크는 사라졌고 성과도 마찬가지다. 그들은 쉽게 말하면 인성이 부족한 리더다. 하지만 이런 모습의 리더가 회사에서 인정을 받으면, 이런 모습들이 곰팡이처럼 금방 퍼지고 조직 전체에 문제가 된다. 그래서 이런 리더들은 반드시 걷어 내야 한다. 혹시 당신도 생각나는 누군가가 있지 않은가?

마지막으로 업무에 대한 전문성이나 자신감이 부족하다. 과거에 배운 지식이 전부이며 스스로 학습을 하거나 업무에 대한 관심이 절대적으로 부족하다. 리더 자신이 상사로부터 인정받지 못하니 당연히 자신감도 없다. 그래서 모든 의사 결정에 우유부단하게 되며 오히려 부하 직원에게 책임을 전가하기 바쁘다. 실력 없는 리더의 대표적인 모습이다. 이 외에도 많은 모습들이 있겠지만, 우리가 쉽게 말하는 탁월한 리더십의 반대 모습들이 아닐까 생각된다.

 그렇다면 이런 모습의 사람들이 어떻게 리더까지 승진했을까? 솔직히 의문스럽기만 하다. 하지만 직장 생활은 앞으로 누가 어떻게 될지 아무도 모른다. 오히려 길게 봐야 한다. 게다가 당신의 상사가 앞으로 어떻게 풀릴지 아무도 모른다. 그래서 상사는 아무리 무능력하고 싫어도 관계 정립을 잘해야 한다. 자칫하면 위협이 될지도 모르기 때문이다. 상사는 조심의 대상이지 무시의 대상이 되어서는 안 된다. 설령 남들이 다 무시해도, 당신은 절대 상사를 무시하면 안 된다.

14. 직장 상사

- ‘직장 상사’, 그들만큼 불행한 직장인도 없다

모든 직장인은 자기 자신이 가장 힘들고 외롭다. 신입 사원은 신입 사원대로, 팀장은 팀장대로 지금 자신의 위치가 가장 힘들다. 가끔 상대방의 입장을 이해할 수는 있어도 항상 자신이 가장 힘들다고 느낀다. 특히 직급이 올라갈수록 더 힘들고 외롭다고 느낀다. 그리고 직장인이라면 누구나 워라밸과 행복을 찾으려고 노력하지만, 각박해지고 치열한 경쟁에 대한 반작용에 불과할 뿐이다. 사실 위아래로 치이는 당신의 직장 상사야말로 힘들고 외롭다. 어쩌면 직장 생활이나 세상을 살아가는 것 자체가 외롭고 힘든 일인지도 모른다.

직장 생활을 잘하기 위해서는 직장 상사에 대한 이해와 공감을 할 수 있어야 한다. 물론 이해가 안 갈 때가 더 많지만 그래도 부하 직원이라면 상사를 이해하려고 노력해야 한다. 직장 생활을 잘하기 위해서는 적을 만들지 말라고 하지만, 가만히 있어도 적이 저절로 만들어지는 것이 직장 생활이다. 개그맨 박명수는 “원수는 외나무다리에서 만나고 평생 원수는 직장에서 만난다.”고 말했다. 직장인이라면 누구나 공감할 것이다.

그리고 당신의 원수는 함께 근무하고 있는 직장 상사가 될 확률이 가장 높다. 보통 둘 중 하나가 죽어야 끝나는 관계는 원수라고 하며, 둘 중의 하나라도 죽으면 더 이상 발전이 없는 관계. 즉, 상생하는 관계를 라이벌이라고 한다. 하지만 직장 생활은 라이벌은 거의 없고 원수가 되는 경우가 대부분이다. 게다가 오랫동안 친구인지 알았는데 알고 보니 원수였던 경우가 더 많은 것도 사실이다. 솔직히 상생할 수 있는 라이벌은 직장 생활을 해 본 적 없는 대학 교수의 이야기나 책 속에만 존재하는지도 모른다.

많은 직장인들은 "10명의 부하 직원보다 한 명의 상사가 더 싫다."고 말한다. 그래서 상사가 출근하면 지옥이고 출장이나 휴가를 가면 방학이다. 이러한 생각은 신입 사원이나 팀장을 포함한 모든 직장인에게 동일하다. 어쩌면 직장인에게 상사란 싫어할 수밖에 없는 존재인지도 모른다. 하지만 상사가 아무리 싫어도 당신은 아직 상사의 자리를 경험해 보지 못한 부하 직원에 불과하다. 당신이 막연하게 상사를 반목하고 험담하는 이유가 단지 상사이기 때문이라고 생각된다면, 이는 무엇인가 잘못된 것이다. 상사는 당신과 똑같이 신입 사원이나 대리, 과장 시절을 지나온 사람이다. 그래서 누구보다 당신의 생각과 마음을 잘 이해할 수 있다. 그리고 모든 부하 직원들에게 인정받고 좋은 상사는 세상에 없다. 단지 당신과 잘 맞고 안 맞는 상사가 있을 뿐이다. 당신이 상사와 잘 맞으면 좋은 상사, 안 맞으면 나쁜 상사가 된다. 상사의 좋고 나쁨은 당신의 기

위로보다 월급이 소중한 직장 생활 1

준에 불과하다. 그래서 부하 직원은 상사에게 맞추어야 한다. 지금도 누군가는 당신이 그토록 미워하는 상사와 즐거운 시간을 함께하고 있을지도 모른다. 상사와 함께하고 있는 누군가는 당신과 경쟁하는 사람일 수도 있다. 그리고 당신은 경쟁에서 이미 뒤처지고 있는지도 모른다. 개인적으로 상사를 싫어하면서 상사에게 인정받는 직장인을 본 적이 없다.

불가근 불가원(不可近 不可遠)이라는 말처럼, 상사와의 관계는 적당한 거리를 유지하는 것이 중요하다. 모든 인간 관계가 그렇듯이, 상사와 너무 가까우면 동료들의 시기와 오해를 받기 쉽고, 너무 멀면 상사로부터 배척당하기 쉽다. 보통 눈에서 멀어지면 마음에서도 멀어진다. 그래서 상사와 너무 멀리 있으면 안 된다. 차라리 가까이에 있는 것이 더 좋다. 또한 상사와 아무리 가까운 관계여도, 상사를 위한 진심 어린 조언을 하거나 자신의 속마음을 쉽게 드러내지 말아야 한다. 입에 쓰지만 몸에 좋을 것이라는 생각으로 혹은 상사를 위해서라는 생각으로 조언을 하거나 문제점을 말하면 자칫 오해가 생기기 쉽다. 상사가 당신의 이야기를 명확히 이해하고 마음에 담을 것이라는 기대는 버려야 한다. 오히려 상사에게 나쁜 이미지만 남길지도 모른다. 그래서 상사가 자신이나 부서의 문제점에 대해 먼저 묻기 전까지는 가급적 언급하지 말아야 한다. 하지만 MZ세대 직장인들은 상사에게 서슴없이 직언이나 조언을 할 때가 있다. 그들은 자신의 생각을 표현하는 데 거리낌이 없다. 항상 자신의 생각이 올바르고 공정하다고 생각하며 상사는 당연히 귀담아들어야 한다고 생각한다. 물론 틀린 말은 아니다. 하지만 이야기를 듣는 상사는 마음속으로 당신의 이야기를 거부하거나 당신에 대해 버릇없거나 형편없다고 생각할 수도 있다. 게다가 MZ세대 직장인 중에도 후배나 동료들에게 조언이나 직언을 들으면 상사와 비슷하게 반응하는 사람들도 많다. 역시 사람은 누구나 이기적이고 비슷하다. 그래서 상사와의 관계는 적당한 거리를 유지해야 한다. 상사를 적대시하거나 무시하면 당신의 직장 생활만 힘들어질 뿐이다. 지옥 같은 직장 생활은 의외로 아주 가까운 곳에 있다.

회사에는 팀장이나 리더보다 부하 직원의 수가 훨씬 많다. 보통 직장 상사라고 하면, 부하 직원의 성과를 가로채거나 사무실에서 소리만 지르고 회식을 강요하는 등 나쁜 모습으로만 생각된다. 물론 꼰대스러운 모습을 가진 상사들도 많다. 하지만 반대로 기본이 부족한 부하 직원들도 많다. 그들은 항상 불평불만으로 가득하고, 없는 소문을 만들어 내거나 자신의 업무에 충실하지도 않으며, 회사나 상사로부터 일방적인 피해 의식만 가득한 직원들이다. 그들에게 역지사지라는 단어는 상사나 상대방에게 당연하게 요구하는 말이며, 반대로 그들은 자신의 입장에서만 생각하고 행동한다. 그래서 마음이 상한 팀장들은 "배려가 반복되면 당연한 권리인 줄 아는 부하 직원들이 많다."고 불평한다. 사실 상사들이 정확한 이름을 밝히지만 않을 뿐, 굳이 말하지 않아도 그 사람이 누구인지는 팀장끼리 다 알고 있다. 솔직히 열 손가락 깨물어서 안 아픈 손가락은 없지만, 더 아픈 손가락은 반드시 있다. 다만 상사가 더 아픈 손가락을 표현하지 않을 뿐이다. 그리고 나중에 고과나 승진에서 더 아픈 손가락이 누구였는지를 확인할 수 있다. 게다가 드라마나 뉴스에서 상사는 항상 꼰대스럽고 욕만 먹는 존재로 보여지며, 부하 직원은 상사에게 일방적인 피해를 받는 모습으로 그려진다. 그래서 직장 경험이 없는 대학생도 상사라는 단어 자체에 대해 막연한 선입견이나 거부감을 가지고 있다. 그들에게 상사라는 단어는 그냥 피곤하고 무작정 싫은 말이다. 안타깝지만 이렇게 쌓인 인식들이 입사 후 상사에게 다가가기 더 힘들게 만든다.

슬프게도 회사는 상사에게 너무 많은 것들을 요구한다. 당신의 상사는 어쩌면 회사에서 가장 불행한 사람인지도 모른다. 그리고 상사의 '상'이라는 글자는 3가지의 의미와 역할을 가지고 있다. 부하 직원의 고과와 평가를 하거나 보고를 받는 '上(윗 상)'의 역할도 해야 하고, 공감대와 소통을 통해 성과를 내야 하는 '相(서로 상)'의 역할도 해야 하며, 부하 직원의 역량과 팀워크를 키우고 멘토나 롤 모델이 되어야 하는 '常(형상 상)'의 역할도 해야 한다. 즉, 상사는 보고를 받으면서도 자신의 상사에게 보고를 해야 하는 중간자적 입장이자, 소통과 팀워크를 통해 성과를 내야 하고 멘토나 롤 모델까지 되어야 한다. 하지만 이렇게 힘든 상사의 입장을 진심으로 이해하고 다가오는 부하 직원을 찾기란 쉽지 않다. 그래서 상사는 항상 외롭고 힘들다. 그리고 부하 직원이 상사가 되면 가장 힘들어하는 부분이 리더십이나 소통, 팀워크와 성과에 대해 책임을 지는 것이며, 이렇게 힘들다는 사실을 상사가 되어서야 깨닫게 된다.

보통 직장 생활에서 가장 힘든 시기는 신입 사원과 간부 사원 초년 차다. 신입 사원은 출근해서 숨만 쉬고 있어도 힘들다. 하지만 간부 사원은 승진해서 기분도 좋고 월급도 올랐지만, 리더로서 성과를 내야 하고 팀을 잘 이끌어야 한다는 부담감이 어깨를 짓누른다. 게다가 아직은 실무 담당자 역할에 익숙하고 부하 직원을 이끌어 가는 데 서투르다. 너무 답답했던 A라는 후배는 "팀장님, 어떻게 해야 직원들을 잘 이끌고 성과를 낼 수 있을까요? 부하 직원들이 제 마음 같지 않아서 너무 힘듭니다."라고 말했다. 그래서 "원래 다 그런 거야. 부하 직원들을 이끌어 가기보다는 함께 간다고 생각하고 잘 지내 봐."라고 말했다. 사람은 상대방의 입장을 경험해 봐야 이해하게 된다. 즉, 직접 맞아 봐야 얼마나 아픈지 안다. 그 전에 아무리 이야기해도 이해하지 못한다. 그리고 이렇게 힘든 경험을 한 상사들은 자신의 상사 입장을 잘 이해하게 된다. 게다가 직장 생활은 월급이 가장 중요하며 월급은 스트레스와 책임, 외로움과 고통의 양에 비례한다. 안타깝게도 이 말에 가장 부합되는 직장인이 바로 당신의 상사임을 이해해야 한다.

　만약 부하 직원들이 상사인 당신에게 솔직한 생각과 마음을 말하지 않는다면, 당신은 어떻게 부하 직원들의 마음을 이해할 수 있을까? 이성 친구도 마찬가지다. 사랑한다고 표현하지 않는데, 상대방이 당신의 마음을 어떻게 알겠는가? 혹시 서로 사랑한다면 당연히 알아야 한다고 생각하는가? 상사가 당신의 마음을 알아주지 못한다고 해서 실망감을 느끼고 있지는 않은가? 만약 그렇게 느낀다면 상사는 얼마나 당황스러울까? 상사는 당신의 상황이나 생각에 대해 솔직하게 말하지 않으면 당연히 모른다. 게다가 상사는 항상 바쁘고 당신 한 사람에게만 관심과 열정을 쏟기에는 상황 자체가 불가능하다. 부하 직원의 입장에서는 상사와의 관계가 일대일의 관계지만, 팀 전체를 이끌어 가는 상사 입장에서는 상사와 팀 전체 구성원과의 관계다. 그리고 상사는 당신의 모든 것을 이해하거나 사랑하는 부모님이 아니다. 그래서 당신의 상황이 힘들다면, 상사에게 먼저 마음을 열고 솔직하게 이야기를 해야 한다. 이 세상 어느 누구도 표현하지 않으면 알 수 없다. 그리고 부하 직원이라면 먼저 상사를 이해하거나 사랑하려고 노력해야 하며 자기 자신도 소중하게 생각해야 한다. 모든 일은 마음이 있어야 행동으로 옮겨질 수 있으며, 만약 마음은 있는데 행동이 없다면 그것은 마음이 없는 것이다. 오직 당신의 행동만이 진심이다. 당신이 상사의 입장을 조금이라도 이해한다면, 상사가 당신을 이해하고 알아주기를 기다리지 말고 먼저 다가가서 솔직하게 말해야 한다. 용기 있는 행동만이 상사에게 당신의 마음을 전달할 수 있는 유일한 방법이다. 적어도 표현하지 않고 서운해하지는 말자.

또한 상사가 아무리 무능력해 보여도 상사를 절대 무시해서는 안 된다. 상사는 당신보다 직장 생활도 오래 했고 경험도 많은 사람이다. 회사에 대한 이해도나 업무 역량, 경험과 인맥 등 전체적인 부분에서 당신보다 훨씬 뛰어나다. 솔직히 인정하기 싫더라도 인정해야 한다. 그리고 상사는 당신의 업무 태도나 습관, 강약점과 장단점 등에 대해 잘 이해하고 있다. 물론 상사가 부당한 업무 지시를 하거나 감정적으로 싫은 경우도 있겠지만, 적어도 상사는 회사라는 시스템 안에서 성과와 경쟁을 통해 팀장이라는 직책을 획득한 사람이다. 즉, 상사는 회사 시스템에서 역량이 있다고 인정되고 걸러진 사람이다. 상사라는 자격은 고스톱 쳐서 운 좋게 딴 것이 아니다. 게다가 상사는 당신이 미워한다고 해서 함부로 폄하하거나 험담할 수 있는 대상도 아니다. 상사는 당신을 이끌어 주거나 잘되게 하기는 어렵지만, 안 되게 하는 것은 확실하게 할 수 있다. 그리고 이에 따른 상처는 당신만 받게 된다. 만약 당신이 팀의 성과에 도움이 안 되고 문제와 오해만 계속 쌓인다면, 상사는 어느 순간 당신을 팀에서 걷어 낼 것이다. 상사는 당신의 직장 생활과 미래를 결정할 수 있는 엄청난 강자임을 잊지 말아야 한다.

상사는 경쟁이나 싸움의 대상이 되어서도 안 된다. 혹시 당신은 상사가 해 볼 만하다고 생각하는가? 안타깝게도 상사가 적이 되면 백전백패가 확실하고 후유증도 심각해진다. 만약 학창 시절에 교수님의 배려나 실력이 부족해서 실망했다면, 상사를 만나고 나면 교수님이 얼마나 당신을 배려했는지 이해하고 감사하게 될 것이다. 상사는 부모님이나 스승이 아니다. 부모를 이기는 자식은 있어도 상사를 이기는 부하 직원은 없다. 부모님이나 스승은 당신이 잘되기를 바라는 마음으로 다그치지만, 상사는 상사 자신이 잘되기 위해서 당신을 다그친다. 절대로 상사를 오해하면 안 된다. 상사는 당신의 역량을 키우고 배려하기 위해 직장 생활을 하는 사람이 아니다. 오히려 당신의 역량을 통해 상사 자신과 팀의 성과를 만들어 내야 하는 목적이 확실한 사람이다. 당연히 상사에게는 성과가 최우선이며, 만약 당신이 팀의 성과에 방해가 된다고 판단되면 팀에서 방출할 것이다. 그래서 직장 생활은 업무에 집중하고 성과를 통해 상사의 인정과 신뢰를 받아야 한다. 직장 생활의 모든 관계 중 상사와의 관계가 최우선이며, 상사와 협력하는 법을 배워야 한다. 만약 상사가 싸움이나 경쟁의 대상이라면, 당신의 직장 생활은 절대 행복할 수 없다.

상사는 부하 직원들의 역량을 키울 수 있어야 한다. 그리고 상사는 부하 직원들을 통해 성과를 이끌어 내는 리더십이 있어야 한다. 계속해서 강조하지만, 성과가 없으면 리더십도 없는 것이다. 그래서 상사는 성과를 내기 위해 부하 직원들의 성향을 잘 이해하고 그에 맞는 업무를 부여할 수 있어야 한다. 그리고 부하 직원들의 성향이 모두 다르듯이, 업무도 유사한 업무가 있고 성격이 다른 업무도 많다. 상사는 업무 성격에 따라 부하 직원들의 성향에 맞게 업무를 부여하고 코칭을 해야 한다. 이를 위해서는 부하 직원에 대한 장단점과 강약점에 대한 이해가 선행되어야 한다. 그래서 상사는 대장장이여야 한다. 소는 소 잡는 칼, 닭은 닭 잡는 칼을 업무나 상황에 맞게 사용해야 하고, 그 칼들을 항상 날카롭게 갈고 닦아야 한다. 그렇다면 만약 대장장이가 아무리 칼을 갈아도 날카로워지지 않는다면 어떻게 하겠는가? 당연히 다른 칼로 대체할 것이다. 하지만 칼을 계속 대체해도 날카로워지지 않는다면? 결국 역량이 부족한 대장장이는 바뀌게 된다. 이 또한 상사의 숙명이다. 그래서 부하 직원을 질책하고 자주 교체하는 상사는 실력과 역량이 부족한 상사임을 스스로 증명하는 것과 같다.

특히 직장인들이 농담처럼 쉽게 말하는 상사의 4가지 유형이 있다. 똑똑하고 부지런한 유형과 똑똑하고 게으른 유형, 멍청하고 부지런한 유형과 멍청하고 게으른 유형의 상사다. 이 4가지 유형 중 부하 직원 입장에서 가장 좋은 상사는 똑똑하고 게으른 유형이고, 가장 피하고 싶은 상사는 멍청하고 부지런한 유형이다. 똑똑하고 부지런하면 성과는 인정받지만 몸이 항상 피곤하고, 멍청하고 부지런하면 성과도 없이 몸만 죽도록 피곤하다. 그리고 이런 상사들의 조직을 보면, 모두가 열심히 일하는 듯이 보이지만 자세히 보면 필요 없는 일을 가장 열심히 하는 조직이다. 당연히 부하 직원들의 불만도 많고 성과도 없는 비효율적인 조직이다.

직장인은 누구나 인정과 신뢰를 받으면서 일하고 싶어 한다. 성과를 통해 인정과 신뢰를 받는 것이 최우선이고, 마음 편하고 여유 있게 일하는 것이 그다음이다. 또한 당연히 일을 했으면 성과를 인정받고 승진을 하거나 보상도 받아야 한다. 그래서 상사는 똑똑한 것이 부지런한 것보다 더 중요한 역량이다. 그렇다면 지금 당신의 상사는 어떠한 유형인가? 그리고 반대로 이 4가지 유형의 상사를 부하 직원으로 바꿔서 생각해도 마찬가지다. 당신은 어떠한 유형의 부하 직원인가? 혹시 잘 모르겠으면, 친한 동료나 상사와의 대화를 통해 자신을 이해해야 한다. 혹시 당신은 불평불만만 많고 상사를 험담하거나 성과가 부족한 직원은 아닌지 냉정하게 고민해 봐야 한다. 회사에서 인정받지 못하는 상사나 부하 직원은 반드시 이유가 있다.

신입 사원에게 가장 중요하고 많은 영향을 미치는 사람은 처음 만나게 되는 상사와 선배들이다. 혹시 당신은 첫사랑이 기억나는가? 첫사랑은 가슴속에 확실하게 각인되고 헤어진 후에도 당신의 연애 스타일에 많은 영향을 미친다. 마찬가지로 첫 상사나 첫 부서가 직장 생활에 가장 큰 영향을 미친다. 특히 신입 사원은 첫 부서에서 직장 생활의 기본을 배운다. 그리고 입사한 지 3년 정도가 지나면 자신만의 업무 스타일이 정립된다. 그 이후로는 업무 스타일이 잘 바뀌지 않는다. 그래서 첫 상사와 첫 부서는 인정과 신뢰를 받고 훌륭한 인성을 가진 사람들로 구성되어야 한다. 물론 신입 사원 스스로 부서나 사람을 선택할 수 없지만, 다른 팀이나 회사 안에서도 인정과 신뢰를 받는 상사나 선배를 찾을 수 있다. 성적이 좋아지려면 공부도 열심히 해야 하지만 우선 좋은 선생님을 만나야 하듯이, 신입 사원은 뛰어난 역량을 지닌 상사나 선배를 찾고 친분을 꾸준히 만들어야 한다. 직장 생활은 당신과 함께하는 사람들의 수준이 당신의 수준을 결정하게 된다는 것을 기억해야 한다.

솔직히 직장 생활은 누구나 힘들고 외롭다. 어제만 해도 친구인지 알았던 동료가 오늘부터 원수가 되기도 한다. 그리고 나이가 들면 진정한 친구를 사귀기 어렵다고 하듯이, 직장 동료가 친구가 되는 것은 쉽지 않다. 또한 승진하면 할수록 스트레스도 많아지고 외로워진다. 지금 당신의 상사가 그렇다. 상사는 혼자지만 부하 직원은 다수고 함께하면서도 외로움을 느낀다. 게다가 가끔 상사는 사원이나 대리 시절이 가장 마음 편하고 행복했다고 말하기도 한다. 직장 상사, 그들만큼 불행한 직장인도 없다. 상사는 당신보다 월급과 직책만 높을 뿐, 직장 생활에서 느끼는 감정은 당신과 거의 비슷하다. 어쩌면 더 나쁠지도 모른다. 그렇다면 오늘부터라도 상사와 당신을 위해 서로 한 발짝씩 다가서고 이해하려고 노력하면 안 될까? 당신과 상사는 외나무 다리가 아닌 매일 만나서 행복한 관계가 충분히 될 수 있는데, 도대체 왜 이렇게 어려운 길로만 가려고 하는 것일까?

직장 상사를 좋아하거나 사랑하는 것이 가능할까?

직장 상사를 좋아하거나 사랑하는 것이 가능할까?

대부분의 직장인들은 상사와의 관계가 좋지 않기 때문에 업무에 대한 중요한 포인트를 미리 협의하거나 공유하지 않는다. 그냥 업무가 주어지면 이해가 안 되거나 애매한 부분이 있어도 조용히 이해하는 척하면서 진행한다. 솔직히 상사와는 말도 섞기 싫다. 당연히 중간보고는 하지 않으며 필요성조차 느끼지 못한다. 그리고 시간이 지나 상사가 업무 진행 상태를 확인하면, 그때부터 고통의 시간이 시작된다. 가끔은 자신을 넘어 부서 전체의 고통이 되기도 한다.

당신이 보고 때문에 상사에게 끌려갔다고 가정하자. 만약 업무 목적과 방향이 틀린 경우, 상사는 "왜 미리 물어보거나 확인하지 않고 당신 맘대로 진행했냐? 내가 이렇게 될 줄 알았다. 괜히 아까운 시간만 낭비했다! 제발 모르면 확인하거나 물어봐라!"라는 식으로 짜증을 낸다. 하지만 당신은 속으로 '물어보면 항상 짜증만 내고 정확한 대답은 안 해 주면서 왜 이제 와서 급하니까 뭐라고 하냐? 그리고 이렇게 될 줄 알고 있었으면 미리 말해 주던가!'라고 생각한다. 이런 상황은 계속 악순환되고 인정과 신뢰라는 말은 저 세상의 단어가 된다. 그렇게 계속된 악순환의 결과는 상사와 부하 직원 모두에게 문제가 되며 서로 간에 오해와 불신은 깊어져 간다. 슬프게도 대부분은 좋은 방향으로 해결되지 않는다. 성과가 없는 것은 당연하며 부하 직원은 부서 이동이나 퇴사 등으로 관계가 정리된다. 보통은 상사보다 부하 직원의 피해가 더 크다. 그래도 상사를 좋아하거나 사랑하라는 말인가? 하지만 지금도 당신의 경쟁 상대인 누군가는 이 어려운 것을 해내고 있다.

보통 상사와의 관계는 '불가원 불가근(不可近 不可遠)'이라고 한다. 너무 가까이도 하지 말고 멀리해서도 안 된다. 적당한 거리를 유지할 수 있는 수준이면 충분하다. 상사를 좋아하고 사랑하지는 못해도 너무 멀리하면 당신의 직장 생활만 힘들어진다.

행복한 이기주의자로 직장 생활을 할 수만 있다면

기획과장 시절, VIP 보고를 대기하면서 A 팀장과 했던 대화다.

A 팀장은 "너도 요즘 많이 힘들지? 특히 요즘 애들은 버릇도 없고 엉망이고 어쩌고저쩌고….."라고 말했다. 신입 사원과 후배들에 대한 불만이었다. 개인적으로 이 이야기를 들었을 때 짜증이 많이 났다. 그날은 그냥 컨디션이 안 좋았던 모양이다.

그래서 나는 "팀장님, 저도 동기 120명과 함께 2000년에 입사했습니다. 그리고 10년이 넘은 지금, 이제는 30명 남짓밖에 안 남았습니다. 그동안 다들 많이 그만두었습니다. 지금 동기 중에는 과장도 있고 아직 대리도 많습니다. 팀장님은 동기 중에서 가장 인정받고 잘나가는 사람이라서 이렇게 말씀하시는지 모르겠지만, 지금의 신입 사원이나 어린 직원들 모두가 팀장님 같이 인정을 받으면서 직장 생활을 하지는 않을 겁니다. 그들 중 팀장님 같이 인정받고 승진하는 사람은 일부분에 불과할 거예요. 나중에 그렇게 될 수 있는 친구들이 지금 누군지 모르면서 그들 모두를 한 묶음으로 묶어서 평가하는 것은 아닌 듯합니다."라고 말했다. 개인적으로 후배들에 대한 A 팀장의 생각이 싫었다.

사실 나는 후배들에 대한 기대가 그 누구보다 컸다. 그들과 함께 더 좋은 회사를 만들어 갈 수 있기를 희망했다. 그래서 가능하면 후배들이 듣기 싫어하는 이야기는 하지 않았고, 그동안 경험했던 불편한 일들은 후배들에게 하지 않으려고 노력했다. 어쨌든 변화는 항상 나부터 시작한다고 생각했다. 물론 가끔 본전 생각도 났지만, 그래도 변해야 한다면 나부터 시작하는 것이 옳다고 생각했다. 하지만 직장 생활은 후배들에게 기대하거나 나부터 변화하려고 노력하는 것이 아무런 의미가 없다는 사실을 어느 순간 깨달았다. 그냥 행복한 이기주의자로 직장 생활을 할 수만 있다면, 어쩌면 A 팀장 같은 모습이 직장 생활의 정답인지도 모른다.

직장 상사들이 점점 소시오패스가 되어 가는 이유

팀장 시절, 상사로서 절실히 느꼈던 생각이다.

 과거 선배들에게 받았던 말도 안 되는 비난과 질책을 후배들에게 하지 않는다고 해서 혹은 나부터 좋은 선배나 상사가 되기 위해 노력한다고 해서, 후배들이 당신에게 감사해할 것이라고 생각한다면 이는 확실한 오판이다. 부하 직원들을 이해하며 지키려고 노력하다 보면, 오히려 어느 순간 호구가 되어 있거나 상사로부터 리더십이 부족하다는 질책을 받게 될지도 모른다. 그래서 친한 팀장들에게 "불평불만이 많고 기본이 안 된 부하 직원들은 함부로 해도 된다. 그리고 나중에 그 후배가 당신보다 높이 승진하거나 상사가 되는 순간이 오면, 그때 회사를 그만두면 된다. 부하 직원의 눈치도 보지 말고, 팀장인 당신의 생각에 자신감을 가지고 과감하게 행동해야 한다."고 말했다.

 개인적으로 기본이 부족한 부하 직원들을 지키려고 노력했던 모습을 후회한다. 지금 당신과 함께하고 있는 부하 직원이나 후배들은 어쩌면 자신만 생각하는 이기적인 직원들에 불과할지도 모른다. 그들은 당신의 입장이 되기 전까지는 절대로 당신을 이해하거나 고마워하지 않는다. 그리고 이 사실을 너무 늦게 깨닫지 않기를 희망한다. 그래서 예전 상사들이 나에게 "부하 직원들을 너무 믿지는 마. 어차피 나중에 너만 상처받아."라고 말했는지도 모르겠다. 이래서 직장 상사들이 점점 소시오패스가 되는 것 같기도 하다.

- 2권에서 계속 -

위로보다 월급이 소중한 직장 생활 1